Ilustración Traviesa

E.L. KOSLO

Derechos de Autor

TRADUCCIÓN: CATHY COSME – @illustracoss
Edición: The Romance Doctor - Brittni Van @the_romance_doc
Diseño de portada de libro por E.L. Koslo
Ilustraciones de personajes de @qamber.emporium
Imágenes: Depositphotos: @ G.Wolf, @ dsgdessert, @ Irynaalex, @ annbkk .gmail.com
Interior: @ artelka_lucky, @ chekman1
Tipografías: Rustling Trees & BaskervilleBT

La Dedicatoria

ESTE ES PARA TODAS las chicas neuropicantes a las que se les dijo toda su vida que mantuvieran los pensamientos intrusivos "inapropiados" en su interior.

.

La vida es más divertida cuando lo agarras con las dos manos...

Como Hazel está a punto de hacerle al mejor amigo de su hermano antes de que se lo lleve a la puesta de sol.

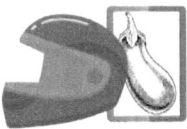

ERES PERFECTO EXACTAMENTE COMO eres.

Tu neurodivergencia no te define.

Eres un alma hermosa que simplemente experimenta la vida de una manera diferente a cualquier otra.

Capítulo
Uno

Hazel

— No. Simplemente no. No lo voy a hacer. Aunque últimamente no era exactamente sociable, tampoco tenía ningún deseo de participar en este ridículo experimento de las citas rápidas a ciegas. Ya me costaba mucho encontrar chicos con los que conectara cara a cara, no me veía capaz de coquetear con extraños a través de una pantalla opaca.

— Vamos, Haz — imploró Charley, mirándome desde donde estaba sentada en el suelo ordenando cosas que había sacado de su armario para empacar, con lo que sabía que era una expresión intencionadamente patética. Sabía que no podía resistirme a su cara de cachorrito y claramente no tenía reparos en usarla para conseguir lo que quería. — Necesito una mujer más para equilibrar las cosas. Prometo que ninguno de los chicos es un raro, los revisé a todos yo misma. Incluso pasaron por las preguntas rápidas de Hudson para detectar imbéciles. Todos aprobaron con gran éxito.

— ¿Hudson sabe que me estás preguntando? No puedo imaginar que él esté de acuerdo con esto. No le gusta cuando intento salir con chicos que vienen al bar. Aunque últimamente rara vez salgo de este lugar. ¿Dónde más se supone que debo conocer chicos en este pueblo? ¿El supermercado?

— No es una mala idea, pero por favor intenta esto primero. En el peor de los casos, no conectas con nadie y no tienes que dar tu número. Y en el mejor, conoces a algunos chicos agradables, coqueteas por el móvil, y luego en la fiesta dentro de dos semanas los conoces en persona. ¿No será más fácil conocerlos si es a través de mensajes? Eso eliminará a los desinteresados.

— O me van a timar como a una pringada. Sabes que últimamente he sido un imán para los raros, Char. Voy a ser una virgen de cuarenta años a este ritmo.

— Haz. ¿En serio? Dudo que siquiera seas una virgen de veinticinco años. Creo que es admirable cómo has logrado obtener dos títulos y aún no has caído en la cultura de las aventuras de una noche.

— Sí, — me burlé, poniendo los ojos en blanco hacia mi ex compañera de piso, la Reina de las Aventuras de Una Noche. Puede que estuviera felizmente comprometida y mudándose con mi hermano en unos días, pero yo recordaba todas las noches en que traía a casa a sus diversos acompañantes.

Gastar el dinero de mi primera gran comisión había valido la pena por los auriculares con cancelación de ruido que me evitaron escuchar a mi mejor amiga teniendo orgasmos con la cabecera de la cama golpeando la pared.

— Porque la pasaste tan mal siendo follada por todos esos chicos al azar de la universidad que solían desfilar por aquí. Gracias a Dios no traes a Hudson también. Ya es bastante malo ver cómo coquetean los dos, no necesito escucharlo en absoluto. Necesitaría blanquear mi cerebro si supiera cómo sonaba Hudson cuando él...

— ¡Hazel! Respira, te estás descontrolando otra vez. De vuelta a las citas rápidas a ciegas. Por favor, inténtalo. Si lo odias, entonces puedes hacer que me siente en poses raras durante horas para que las dibujes, y no me quejaré.

No era la figura femenina la que necesitaba como modelo. Y definitivamente no le iba a contar a Charley sobre los tipos de comisiones que ahora llenaban mi lista de espera cada vez más larga. Ella le diría a Hudson, y mi hermano me robaría la tablet para evitar que me corrompiera con el lado pervertido de Bookstagram.

— Solo si prometes que esto solo sucederá una vez. Si va como supongo que irá, entonces nunca más me someteré a uno de tus eventos.

— ¡Yay! — Charley vitoreó. — Diría que te ayudaría a prepararte, pero podrías usar pijamas la primera noche si quisieras porque no verás a ninguno de los solteros. Pero no te decepcionarán. Hay algunos que creo que son perfectos para ti.

Pero no quería a alguien perfecto para mí. No tenía sueños levemente pornográficos sobre quién debería ser perfecto para mí.

No, mi estúpido subconsciente seguía teniendo sueños eróticos sobre el hombre que vivía encima de la tienda de tatuajes al otro lado del estacionamiento. El hombre cuyo rostro sorprendido post-orgásmico me había atormentado durante casi dos años.

El mismo hombre al que intentaba no imaginar cada vez que necesitaba masturbarme después de escuchar todos los audiolibros subidos de tono en los últimos meses.

Todo era parte de mi trabajo como ilustradora que trabajaba con novelistas románticos. Había estado escuchando cada uno de los libros de forma intensiva para entender mejor lo que los autores con los que trabajaba querían en sus comisiones de arte de personajes. Todos me habían dado detalles sobre qué capítulos y escenas querían que dibujara, pero con algunos de ellos había estado tan curiosa por el resto de la historia que había escuchado todo mientras trabajaba.

Lo cual era una idea épicamente mala cuando había estado trabajando más noches. Ir al bar a ver a Reid ligar con mujeres cuando yo estaba cachonda de escuchar pornografía verbal todo el día era una tortura.

— ¿Me estás escuchando? — Charley se rió, cerrando con cinta adhesiva una de las cajas que estaba usando para su mudanza. Sorprendentemente, casi había terminado, aunque todavía le quedaban unos días hasta que Hudson planeaba transportar el resto de sus pertenencias a su casa a unas pocos kilómetros de distancia. Mi hermano no sabía que su futura novia era tan desastrosa como yo. — Tienes una expresión rara en la cara ahora mismo. Si esto realmente te incomoda tanto, tenía algunas chicas elegidas por si alguien se retiraba.

Sacudiendo la cabeza y tratando de ahuyentar la imagen persistente de un Reid mayormente desnudo de mi mente, otra vez, mi pecho se agitó con un suspiro exagerado mientras me sentaba en el borde de su colchón desnudo. No había dormido aquí en semanas, y la iba a extrañar incluso si solo iba a estar a unos pocos kilómetros de distancia.

— Está bien. Tienes razón. Solo estoy siendo una quejica. Quizás conozca a alguien. No pasa nada por intentarlo. Si quiero entregar de una vez mi *tarjeta de virginidad* mejor busco a alguien con un pene de verdad.

Charley se rió, sacudiendo la cabeza mientras se sentaba a mi lado y me daba un abrazo. — No la entregues porque sí. Si has esperado tanto tiempo, más vale que sea con alguien que te guste. Alguien en quien confíes.

— Voy a morir virgen, — gemí dramáticamente, cayendo de espaldas sobre el colchón y cubriéndome los ojos con el antebrazo.

— Siempre podrías pedirle a Reid que te ayude.

¿Qué...coño...?

Un rubor se apoderó de mis mejillas mientras ella me lanzaba una mirada traviesa.

— Eso fue cruel, incluso para ti.

— No lo digo para ser cruel, Haz. Lo digo porque los dos han estado coqueteando desde Halloween y tal vez si follarais ayudaría a aliviar un poco la tensión ahora que no huyes de la habitación cada vez que él entra.

— Es mi amigo, Char. Y Hudson lo mataría. Lo torturaría de verdad de una manera lenta y dolorosa con sus propias agujas de tatuar.

Ella puso los ojos en blanco. — Ambos sabemos que a tu hermano solo le gusta hablar. Puede que amenace con cortar la polla de Reid si te hace daño, pero si ustedes dos realmente quisieran llevar las cosas más allá de su amistad incómodamente tensa, entonces háganlo.

— Tiene un tipo, y yo no soy ese tipo. — A Reid le gustaban las mujeres que tenían atributos mucho más grandes que mis pequeños sujetadores talla A y mi figura delgada. Y no tenía ningún tatuaje ni piercing, a pesar de siempre haber tenido curiosidad por ellos. Cada vez que estuve cerca de Reid en Halloween, tenía que luchar contra las ganas de jugar con los piercings de sus pezones, ya que el idiota tremendamente atractivo había pasado toda la noche sin camiseta.

Y cada vez que pensaba en lo que ocultaba debajo de sus camisetas ajustadas, me planteaba preguntas a las que nunca obtendría respuestas. Como... Si le tirara de uno de esos piercings, ¿se pondría duro?

— Creo que ahora que Hudson y yo nos estamos mudando juntos, Reid se está dando cuenta de que ya no son los chicos inmaduros de antes que no tenían responsabilidades. No ha estado ligando con mujeres por aquí desde hace un tiempo. Casualmente, ha sido un buen chico desde que... Le diste una paliza a la ex tóxica de tu hermano y luego coqueteaste con un lindo jugador de béisbol toda la noche en Halloween. — Charley sonrió, claramente riéndose al recordar que había agredido a la ex tóxica de mi hermano. — Lo cual le contó extensamente a tu hermano en múltiples ocasiones, porque Haz merece algo mejor que un aspirante a jugador de ligas menores que no se quedará aquí con ella de todos modos.

— Christian solo estaba siendo amable conmigo. Nos enviamos mensajes durante unos días, pero ya no volví a saber más de él una vez que empezaron sus entrenamientos. Está ocupado con la universidad y los entrenamientos. Y Reid tiene razón, incluso si no juega después de graduarse, no querrá quedarse en un pequeño pueblo universitario en una zona rural de Colorado. Todos los estudiantes terminan yéndose eventualmente. — Me encogí de hombros y ella me puso los ojos en blanco.

La naturaleza transitoria de vivir en un área que dependía en gran medida del turismo era la razón por la que muchos de los que vivíamos permanentemente aquí nunca salíamos con los estudiantes universitarios o los turistas que acudían en masa a Sage Springs y a las pequeñas comunidades circundantes durante la temporada de esquí. Mi prima Colette era instructora de esquí, y me había advertido hace años que no me enamorara de ninguno de los encantadores turistas.

— No todos se van.

Otra razón más por la que no estaba segura del todo en este asunto de las citas a ciegas. No tendría forma de identificar al hombre al otro lado de la pantalla, ¿y si terminaba con alguien que no tenía planes de quedarse aquí?

Aunque eso podría ser una buena solución para el problema que tengo con mi virginidad. Si fuera terrible haciéndolo, él podría simplemente irse de la ciudad, así no tendría que esconderme encima del bar de mi hermano. Podría ser simplemente la extraña ilustradora de libros pornográficos que vivía una vida de reclusión con sus vibradores y una colección de arte de penes.

— Lo estás haciendo de nuevo, Haz.

Otra razón más por la que no estaba segura de estar hecha para las citas a ciegas. Tenía cinco minutos para presentarme a alguien como una cita. Con mi TDAH, probablemente terminaría distrayéndome, desviándome con un conocimiento extrañamente específico sobre lo que se suponía que era un tema para iniciar la conversación y luego me pondría nerviosa y me quedaría en silencio por la mortificación de no poder tener una conversación como una persona normal.

Mis amigos y familiares pueden tolerar mis peculiaridades sociales, pero sabía que mis tendencias a interrumpir y cambiar de tema rápidamente durante una conversación molestaban a la mayoría de las personas. Me irritaba a mí misma con regularidad, pero no importaba qué medicamentos tomara, cuánto intentara enmascararlo o con qué frecuencia asistiera a terapia cognitivo-conductual, sucedía de todos modos.

A veces mi TDAH podía ser una bendición. Tenía hiperfoco cuando trabajaba en comisiones siempre y cuando siguiera mi rutina habitual, pero eso también significaba que olvidaba hacer cosas como alimentarme, beber agua o mirar el reloj para no llegar tarde a mis turnos en el bar.

— Solo... Está bien. Lo haré. Pero te juro por Dios, si recibo alguna foto de pollas durante la parte de los mensajes en toda esta experiencia, la imprimiré y pegaré copias en la puerta del garaje de Hudson con mi pegamento para manualidades como un mural fálico.

— Suena razonable, pero creo que logramos eliminar a los que enviaban fotos no solicitadas durante la etapa de selección. Estoy bastante segura de que Hudson hizo que algunos de ellos entregaran sus teléfonos para que él pudiera revisar sus galerias de fotos.

Más le vale no pedir ver las mías. Porque actualmente estaba lleno de fotografías de referencia de mis diversas fuentes de *investigación*. Algunos ilustradores utilizaban modelos 3D, diagramas de poses y libros de texto de ilustración para ayudarles a capturar el realismo en su trabajo.

También usé Pinterest, Instagram y pornografía.

El último no había ayudado con mis sucias fantasías sobre Reid. No importaba cómo se vieran, cada hombre en un vídeo que veía, solo por motivos de investigación, obviamente, se convertía en él.

Y cada vez que me excitaba pensando en él, se hacía más difícil resistir la tentación de huir cuando nos obligaban a estar en la misma habitación.

— Te prometo que te divertirás. O al menos tendrás historias divertidas que contarme después. Ya que me estarás informando sobre todo el proceso para que pueda mejorar las cosas para la próxima vez. Si Hudson está convencido de que la experiencia fue un éxito, es más probable que me deje hacerlo un evento anual.

Me sonrió, y me sentí terrible porque realmente no quería apoyar a mi amiga. Pero también sabía que ella se alimentaría de mi vergüenza cuando inevitablemente hacia algo vergonzoso.

— Si nadie me manda un mensaje a la mañana siguiente, nunca volveré a hablarte de esto.

— Está bien, — se rió ella. — Pero no creo que tengas de qué preocuparte. Probablemente tendrás a algunos chicos luchando por tu atención, si no a todos. Eres más divertida de lo que te crees, y a algunos chicos les parece sexy el sentido del humor. Todo saldrá bien.

Alerta de Spoiler: De hecho, no salió tan bien.

Capítulo Dos

Hazel

— ¿QUÉ ESTÁ HACIENDO aquí? — Siseé, pero mi atención se desvió rápidamente al observar cómo los músculos se movían bajo las mangas cortas de la camisa de Reid de una manera que no debería haberme hecho salivar y querer tomar una foto para poder dibujarlo más tarde.

Nunca esperé ser el tipo de chica que se excita observando un poco de pornografía de brazos. Pero me di cuenta de lo equivocada que estaba mientras observaba, hipnotizada, cómo los tendones de sus antebrazos se flexionaban y se movían. Reid estaba actualmente al otro lado de la habitación sosteniendo un extremo de la pantalla divisoria, para que Hudson pudiera colocar los pies de soporte, su espalda flexionándose mientras intentaba mantenerla firme.

Está ayudando con la preparación. Hudson le pidió que viniera a preparar todo para esta noche. Luego creo que van a beber cerveza con los cocineros y a vigilar las puertas.

— ¿Reid no va a participar en el evento, verdad? — Pregunté, moviéndome incómodamente mientras mis manos comenzaban a sudar. No había manera de que pudiera seguir adelante con esto si ella también se lo pedía a él.

— Espero que no, — bromeó Charley, su expresión se volvió seria cuando se dio cuenta de que no estaba bromeando. — No. No estará. Quiero decir, le pregunté, pero Hudson lo vetó. No está seguro de que Reid lo tome en serio.

— Porque si él lo está haciendo, yo me voy. No hay manera de que pueda hacerlo si estoy preocupada de que cada chico con el que hablo sea él. Y porque reconocería su voz y luego sobreanalizaría cada palabra que saliera de mi boca, lo que me pondría tan nerviosa que no podría hablar con nadie más.

Lo cual era otra razón por la que tenía que seguir adelante con el plan. Necesitaba dejar de estar enamorada de Reid y encontrar a alguien que pudiera ayudarme con mi problema. Estaba cansada de tocarme yo misma. Quería algo grande, duro, grueso...

— Cálmate. Vas a hacerlo bien. Solo sé la encantadora persona que eres y no tendrás ningún problema.

10

— ¿Por qué la gente siempre dice eso? No soy encantadora, Char. No soy tú. Tú desprendes vibras sexuales con tu ingeniosa labia y yo solo desprendo vibras de mujer desesperada que terminará viviendo rodeada de gatos.

— Eres alérgica a los gatos, Haz.

— Genial, solo falta que estornude y ninguno de estos chicos estará interesado.

— ¿Tomaste tus medicamentos hoy? Estás exagerando un poco ahora mismo.

— Sí, — siseé, queriendo que bajara la voz. Nadie estaba aquí todavía, pero no necesitaba que lo dijera en voz alta. — Incluso me aseguré de que mi alarma estuviera puesta, así que me lo tomé a tiempo.

— Entonces estarás bien. Solo relájate. Tengo un buen presentimiento sobre esto. Todo el tema del anonimato te ayudará a mantener la calma, y estarás enviando mensajes de texto con todo tu corazón durante las próximas dos semanas antes de conocer a tu Príncipe Azul.

— Solo estaría feliz si no es una rana.

— Creo que estás mezclando tus cuentos de hadas, pero no hay ranas entre los candidatos, lo prometo.

No estaba tan segura de creerle. Siempre había un truco. Y si alguien podía ser tímida durante una cita a ciegas, esa seria yo. Incluso a través de un cristal opaco.

— Solo ve y cámbiate a algo que te haga sentir sexy y segura. Luego baja y espera en la oficina de Hudson. Una vez que las otras mujeres empiecen a llegar, iré a buscarte.

Asintiendo, tomé una respiración profunda y me escapé a la cocina. Si iba a sobrevivir esta noche, necesitaba unas patatas fritas de apoyo emocional.

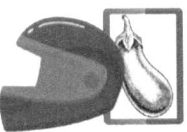

— ¿Estás escondida aquí?

Me sobresalté visiblemente al escuchar la inesperada voz que venía a través de la puerta abierta, instintivamente girando mi bloc de dibujo para que no pudiera ver lo que estaba dibujando. Al menos había pensado con anticipación y dejé mi cuaderno de estudios sobre el pene arriba. No es que supiera cómo era su pene de cerca... Aunque deseaba saberlo con desesperación.

— No, — respondí, alineando los bolígrafos de Hudson por color en su escritorio. Tal vez si evitaba mirarlo, podría mantener a raya mi rubor. — Solo estoy haciendo un poco de trabajo de líneas mientras espero a que Charley venga a recogerme.

Se sentó en la silla frente al escritorio, extendiendo un brazo largo en mi dirección con la palma hacia arriba. — Déjame ver.

— En absoluto, — balbuceé, agarrando la almohadilla y sosteniéndola contra mi pecho.

— Oh, vamos, Haz. No puede ser tan malo. Quiero ver en qué has estado trabajando. Parece que estás permanentemente pegada a tu iPad cuando no estás trabajando.

— Solo estaba practicando un poco de sombreado. — En los antebrazos que dibujé tan pronto como me senté en esta silla. Antebrazos a los que intentaba no mirar en persona, aunque no estaba funcionando ya que mis ojos se centraban en la forma en que Reid los flexionaba en ese momento.

— Entonces déjame ver.

— No es tan bueno como lo que tú haces, pero he estado tomando algunos talleres sobre cómo crear profundidad con el sombreado. Todavía siento que me queda un largo camino por recorrer en cuanto a nivel de habilidad, y es difícil conseguir que el conjunto de pinceles esté calibrado con mi stylus, pero mis bocetos no han parecido tan planos últimamente. Realmente ha ayudado con mi renderizado.

— Yo he tenido un poco más de práctica que tú, — se rió, inclinándose hacia adelante para poder atrapar el borde de mi cuaderno con los dedos. Rozaron la piel desnuda de mi clavícula, y me estremecí, mis traicioneras mejillas comenzando a calentarse con su toque accidental.

Llevó el cuaderno a su regazo, sus ojos recorriendo la página. Sin mirar hacia arriba, extendió una mano hacia mí lápiz.

— ¿Qué? Ni lo sueñes. Solo vas a presumir y hacerme sentir inferior.

— Haz, lo único que voy a hacer es mostrarte cómo variar el trazado y con qué fuerza presionar con el lápiz para crear una sombra más realista a lo largo del borde. Dibujar piel es difícil, pero has hecho un gran trabajo hasta ahora.

Mi rubor se intensificó ante sus elogios, y le entregué mi lápiz a regañadientes. Estudió el lápiz, las marcas de los dientes en el medio llamaron su atención. Sus ojos se encontraron con los míos con una mirada comprensiva, y aparté la vista.

— No me juzgues. A veces necesito algo en mi boca. La madera... La madera del lápiz. Lo pongo en mi boca para no perderlo. Cada vez que lo dejo a un lado, de repente desaparece.

O no recuerdo dónde lo dejé y paso más tiempo tratando de encontrarlo de lo que debería, y luego me distraigo y olvido lo que estaba buscando en primer lugar.

Los labios de Reid se curvaron de lado en una expresión de diversión, y abrí la boca para replicar, pero él asintió, interrumpiéndome. — A veces hago lo mismo. Todas las tapas de mis bolígrafos tienen marcas en el medio de mis dientes.

Me gustaría tener las marcas de tus dientes en mi medio.

Pero lo que realmente dije fue: — Es bueno saber que es un rasgo común en los artistas identificarse como castores.

Se echó a reír y mis ojos se abrieron de par en par al darme cuenta de lo que había dicho.

— Amo a los castores, pero me identifico más con los troncos que roen.

— Suena doloroso, — me reí. De nuevo, reprimí el impulso de pensar en el tronco duro de Reid. Era difícil. Mis risas aleatorias lo hicieron sonreír de una manera que me retorció el estómago y mi traviesa vagina...

No importa.

Detuve los pensamientos de Reid y su tronco duro que ya danzaban en mi mente.

— ¿Vas a compartir con la clase lo que te hace reír? — preguntó, dirigiendo su atención a mi cuaderno de bocetos. Sus dedos ágiles sostuvieron mi lápiz mientras danzaba por la página. — ¿Por qué estás dibujando brazos, de todos modos? ¿Esto es para alguna de tus comisiones?

— No... No exactamente. — De ninguna manera le diría que el brazo que había estado refinando era el suyo. — Solo un ejercicio de autodesarrollo. Nunca está de más practicar dibujando algo que te llame la atención.

— ¿Y los antebrazos llaman tu atención? — preguntó antes de que la punta de su lengua recorriera su labio superior.

— A veces. — Miré hacia la puerta, esperando que Charley apareciera y me rescatara de esta conversación.

— ¿Alguna razón?

Las palabras salieron de mi boca antes de que pudiera dejar que mi defectuoso filtro de cerebro a boca las revisara. — Porque son sexys.

— Se me ocurren cosas más sexys, — murmuró, su mirada deslizándose brevemente hacia la mía antes de volver al papel.

— ¿Como qué? — Siempre me había preguntado qué encontraba sexy alguien como Reid.

— Pestañas. — La forma en que parpadean cuando una mujer está excitada. Cómo hacen que sus ojos se vean cuando me miran a través de ellos.

— Mmm hmm, — murmuré, tragando con dificultad; mi mirada se centró de repente en mis manos. Sentí sus ojos sobre mí, pero no podía mirarlo. Un parpadeo de mis pestañas y él sabría que estaba excitada a su alrededor.

— Esa pequeña hendidura sobre la clavícula de una mujer, y la forma en que se retuerce cuando deslizo mis labios sobre ella.

Se me secó la boca, toda la humedad acumulándose en otros lugares mientras se aclaraba la garganta. Miré hacia arriba, notando cómo se movía en la silla, abriendo las piernas.

— La curva de la cadera de una mujer. Es uno de mis lugares favoritos para tatuar. Tan femenino y suave, pero también fuerte.

Se me erizó la piel cuando su voz sensual bajó, y tomé una respiración temblorosa mientras su mirada se encontraba con la mía.

— ¿Alguna vez has querido un tatuaje, Haz?

Aclarando mi garganta, decidí provocarlo, o habría confesado todos los lugares donde quería que sus grandes manos recorrieran mi piel. Los lugares que quería que él me marcara. — ¿Qué te hace pensar que no tengo ninguno?

— Más te vale estar de broma, Haz. Si has dejado que alguien más toque esa piel prístina, voy a...

— ¿A dónde vas, Reid? — Charley preguntó, apoyándose en el marco de la puerta. Mis mejillas ardieron mientras miraba hacia mi mejor amiga, sus ojos saltando entre el hombre que estaba al otro lado del escritorio y yo.

— Diles que se alejen de una vez, — gruñó, y mis ojos se abrieron de par en par, mis pezones una causa perdida contra el material que intentaba ocultarlos. — Si alguien está tocando la piel de Hazel con una aguja, soy yo.

— ¿Y si Hazel quiere que alguien más la toque? —Dijo Charley para llamar aún más la atención sobre el hecho que estaba deseando al mejor amigo de mi hermano. *Tan... Malditamente... Humeda.*

— Entonces tendrán que pasar por encima de mi cadáver. No hay manera en el puto infierno de que alguien más sea su primera vez.

Mi cara estaba completamente roja, y mis respiraciones eran entrecortadas mientras intentaba no derretirme en un charco y deslizarme de la silla del escritorio de Hudson al suelo. Sabía que estaba hablando de tatuarme, pero literalmente habría dado mi pecho derecho para que Reid fuera mi primera vez.

— Hmm, — Charley murmuró, tratando de no reírse mientras miraba mis mejillas sonrojadas. Esa perra sabía exactamente lo que estaba haciendo. — Entonces, esperemos que ninguno de los solteros de esta noche sepa cómo marcar la piel virgen.

Iba a matarla. Estaba muerta.

— Hazel es una chica inteligente, — murmuró, girándose hacia mí con una sonrisa. — Sabe a quién acudir cuando esté lista para su primera vez.

Joder.

— Está bien, chico, lárgate de aquí. Hudson te está esperando en la sala de descanso. Solo intenta no dejarlo pobre esta vez... Y nada de jugar al póker con dinero real. Estoy cansada de escuchar sus quejas después de que ustedes lo convencen de ir a por todo y él lo pierde.

— No es mi culpa que tu chico sea rápido de tirar — se rió Reid mientras se levantaba de la silla y metía mi lápiz detrás de su oreja.

— ¿Me lo vas a dar, Reid? — Pregunté, extendiendo la mano hacia mi cuaderno de bocetos. La risita de Charley desde la puerta confirmó que había llevado ese comentario inocente a un lugar sucio, y traté de contener el impulso de sonrojarme de nuevo mientras Reid se giraba para mirarme.

— Te daré lo que quieras, Haz, — respondió, con la voz baja y la mirada fija en el escote bajo de mi vestido. Volví a alcanzar el cuaderno y luché contra un escalofrío cuando mis dedos rozaron los suyos. Mis ojos siguieron su mano mientras caía a su lado, su pulgar enganchándose en su bolsillo. El bclsillo justo al lado de su...

— Puedes quedarte con el pene, — susurré, mis ojos se abrieron de par en par cuando me di cuenta de lo que le había dicho. — ¡EL LÁPIZ!" Quédate con el lápiz. Está bien, adiós.

Charley se rió histéricamente mientras yo corría hacia la puerta, pasándola y abriendo de golpe la puerta del baño de mujeres. Necesitaba simplemente ahogarme en un lavabo poco profundo del baño del bar antes de decir algo más embarazoso.

Iba a ser una noche larga.

Capítulo
Tres

Reid

— ¿DE VERDAD ME acaba de decir que me quede con el pene? — Pregunté, tratando de no estar completamente encantado por la mujer que acababa de correr por el pasillo hacia el baño.

La Hazel que conocía, o creía conocer, probablemente estaba ahí murmurando para sí misma mortificándose.

— Cállate, Reid. Sabes que la pones nerviosa.

— ¿Alguna vez va a superar eso?

— Probablemente no, — se rió Charley, revisando el pasillo para asegurarse de que nadie estuviera escuchando antes de acercarse a mí. — Está ansiosa por esta noche. Y sabes que ella piensa demasiado en todo y se asusta. Se suponía que debía estar aquí relajándose para poder coquetear con algunos solteros, pero claramente has deshecho lo que estaba tratando de lograr.

Mi cuello se erizó de irritación al pensar en lo que sucedería esta noche. El pequeño experimento de citas a ciegas de Charley parecía bastante genial desde afuera, pero aún no entendía por qué había involucrado a Hazel en ello.

— Hablando de... — Charley comenzó, bajando la voz nuevamente. — No vas a jugar al póker con los chicos. Está cancelado porque Hudson tuvo que ir a lidiar con algo en casa. Así que, será nuestro pequeño secreto que ahora serás el soltero número siete.

— ¿Qué? No. — Charley ya había intentado involucrarme en esto y Hudson había sido muy claro en que no debía participar. No estaba seguro si era porque no quería que coqueteara con su hermana o si pensaba que era demasiado puto, para tomármelo en serio. Pero rápidamente fui eliminado de su proceso de selección.

— Sí.

— No, no con... — Hice un gesto hacia el pasillo donde Haz todavía se estaba escondiendo en el baño. — Se va a volver loca. Sabes que sí. Incluso si logro no coquetear con ella, no estará feliz cuando se lo digas.

— Por eso no se lo estamos diciendo. Puedo decirte su número, así que actúa distante y desinteresado si realmente no te gusta. Hay números pares e impares. Así se formarán las parejas.

No iba a morder el anzuelo, sé que ella está tratando de averiguar si me gusta Hazel. Mirar desde lejos era lo más cerca que iba a estar de su mejor amiga. Hazel no se fijaba en chicos como yo. Ella se fijaba en tipos agradables como ese guapo jugador de béisbol que la había seguido demasiado de cerca en la fiesta de Halloween.

— ¿Importa siquiera que los números sean pares? — Susurré, tratando de no llamar la atención sobre nuestra conversación por miedo a que Hazel pudiera escucharla. — Las mujeres no tienen un límite para darle su número a los chicos. Y no hay ninguna garantía de que la gente cumpla con enviar mensajes de texto. El resultado no será diferente si lo hago o no.

— Pero entonces los números no coincidirán para las rotaciones.

— Lo resolverás. Eres una chica inteligente.

— Reid, — gruñó ella, con las manos en las caderas. — Si no haces esto, llevaré a Hazel a Butterfly Ridge y haré que el amigo de mi primo le haga el tatuaje del que ha estado hablando.

Charley estaba jugando sucio. Sabía que era ridículo, pero era muy posesivo con la piel de mis amigos. No de una manera espeluznante, como un asesino en serie. De una manera en la que un profesional del tatuaje se preocuparía.

Si estaban tomando la decisión de marcar permanentemente su piel, quería asegurarme de que se hiciera correctamente. Con más de una década de experiencia, conocía bien el manejo de la máquina de tatuar y siempre me aseguraba de que mis clientes estuvieran satisfechos una vez terminado. Algunos estaban muy, muy satisfechos.

Su amigo está buscando personas para practicar gratis.

Así fue como yo también había empezado. Pero nadie tan inexperto iba a tocar la piel impecable de Hazel.

Puede que no tenga un título de arte en ilustración, pero he estado ganando concursos de arte regionales desde que tenía diez años. Si mi familia hubiera podido pagar la matrícula, habría ido a una escuela como el Escuela de arte y diseño de Rocky Mountain, como Hazel.

Desafortunadamente, la mayoría de las prestigiosas escuelas de arte estaban en cualquiera de las costas, y apenas había podido juntar suficiente dinero para obtener mi título en gestión empresarial en la universidad comunitaria.

Entonces me había partido el lomo mientras hacía mi aprendizaje en un taller cerca de Boulder antes de volver a casa para abrir mi estudio en Sage Springs el año en que Hudson se hizo cargo del bar de su viejo.

— Vamos, ella volverá pronto y se volverá loca si sabe que te pregunté.

— Por eso es una idea terrible.

Me miró, levantando una ceja. — O es una oportunidad que no deberías desperdiciar. He estado viendo cómo ustedes dos han estado bailando el uno alrededor del otro durante meses. Claramente necesitas ayuda para ver lo que tienes justo frente a ti. Así que tal vez no poder verse ayudará.

— Hudson me mataría. — Especialmente desde que mis pensamientos sobre su hermanita no habían sido inocentes últimamente. No desde la noche en que le dio a la ex de Hudson en la entrepierna con un bate como una feroz guerrera angelical, ya que llevaba un halo.

— Solo te mataría si te aprovecharas de ella. No vas a hacer eso, ¿verdad? — Juzgando por su tono de voz, creo que me estaba dando permiso. — Y si te aprovechas de ella, será porque ella lo pidió.

— ¿Qué significa eso...?

Ella levantó la mano, susurrando la frase que selló mi destino.

— Porque querría que alguien a quien ama trate a su hermana con respeto. ¿Y quién mejor para hacerlo que su mejor amigo? Su mejor amigo que no ha podido apartar los ojos de ella durante meses. ¿Quién se aseguraría de que ella disfrute su primera vez? ¿Tú, o algún chico universitario inexperto que podría no saber lo que está haciendo?

— Charley... — Gruñí, apretando la mandíbula y cerrando los puños a los lados.

— Entonces, nos vemos en un rato. Ve a esperar afuera hasta que te envíe un mensaje.

— ¿En serio?

— ¿Quieres saber su número, o vas a adivinar?

No me costaría mucho esfuerzo adivinar. Si Hazel llevara una bolsa de papel sobre la cabeza, aún podría reconocer su voz entre la multitud.

— Nos va a matar a los dos.

— No si eres tan encantador como crees que eres. Entonces definitivamente no te matará. Tal vez te golpee. Pero no te va a matar.

Antes de que pudiera maldecirla por intentar arrastrarme a esto, se dio la vuelta y desapareció en el baño para buscar a su mejor amiga.

Esa amiga a la que había estado imaginando de una manera muy inapropiada durante meses.

19

Que era la hermana pequeña de mi mejor amigo.

Y la última persona que debería haber estado tocando.

Pero la idea de que alguien más le pusiera las manos encima me hizo escapar por la puerta trasera del bar y esperar un mensaje que debería haber ignorado.

Charley: *Es hora del espectáculo.*

Reid: *Quiero que quede claro que estoy haciendo esto bajo coacción.*

Charley: *Anotado. Ahora entra y convence a mi mejor amiga de que te dé su número.*

Reid: *No hay garantías. Puede que no sea su tipo.*

Charley: *Confía en mí, eres su tipo.*

Y eso era exactamente de lo que tenía miedo. Porque había empezado a pensar que ella también era mi tipo.

MIKEY, EL PORTERO QUE había trabajado aquí durante años, sonrió mientras sostenía la puerta abierta, señalando hacia el lado de la pared temporal donde un grupo de hombres merodeaba junto a la barra. — Diviértete. Intenta dar tu número a algunas chicas, y sé encantador.

— Solo estoy aquí para hacer un favor, — susurré, dándole una palmadita en el pecho mientras entraba.

— Charley puede ser persuasiva, pero ambos sabemos por qué estás aquí. ¿O debería decir para quién estás aquí? — La risa que siguió fue odiosa.

— ¿Tú también? — gemí, esperando no haber sido tan obvio cuando observaba a cierta pelirroja.

— Me pagan para observar a la gente toda la noche, y no has sido precisamente sutil las últimas semanas. Voy a hacer una suposición educada de que es porque no has tenido sexo en un tiempo. Al menos no con nadie que beba aquí. Porque te he visto rechazandolas a todas.

— ¿Todos piensan que soy un puto? — Gruñí, odiando que todos en mi vida parecieran saber demasiado sobre mi vida sexual.

— No, eres joven y aún no estás atado, pero tienes una especie de reputación aquí. Al menos la tenías.

— Quizás esta noche lo cambie.

— Tal vez, — se rió, dándome una palmada en el hombro. — Espero que consigas lo que viniste a buscar. Ella necesita a alguien divertido que no se aproveche de ella. Y tú no te aprovecharás, ¿verdad?

— Joder, ¿por qué demonios todos piensan que voy a aprovecharme de ella? ¿Crees que disfruto sintiéndome así?

— Tío, tienes que controlarte antes de sentarte en esa silla. — Asintió hacia las mesas alineadas con los cristales opacos, catorce sillas esperando a las catorce víctimas, o solteros, como Charley seguía llamándolos. Bajando la voz, continuó. — Porque esos chicos de la universidad vinieron a jugar, así que si quieres una oportunidad, tienes que aprovecharla.

Antes de que pudiera responder, Charley me vio de pie junto a la puerta y me arrastró, presionando un vaso en mi mano antes de empujarme hacia la silla en la mesa con un letrero pegado en la parte de atrás con un número siete impreso en él.

— El número siete de la suerte, Reid. Ven conmigo.

Olfateando, me di cuenta de que me había dado agua en lugar de vodka, pero probablemente necesitaba mantener la cabeza clara por las próximas horas, de todos modos.

— Te daría un trago para la suerte, pero este es un evento seco. — Me dirigió hacia la mesa, recogiendo un cuaderno y presionándolo en mi mano. — Esto es para tomar notas. Por favor, tómalo en serio. Sé que me estás salvando el pellejo aquí, pero creo que esto también podría ser bueno para ti.

Asintiendo, hojeé el libro, notando que no tenía líneas, lo cual era bueno para mí porque tenía la tendencia a garabatear cuando mi atención disminuía en situaciones con estimulación visual limitada.

Eso era parte de por qué me había sentido atraído por el tatuaje. Dibujar siempre había tenido un efecto calmante y mi atención a los proyectos visuales era mucho mejor que en cualquier otra actividad. Y como era algo que podía hacer mientras escuchaba música, era perfecto.

— Voy a poner esto en marcha. Solo respira y concéntrate en tu objetivo para la noche.

Suspirando, la miré hacia abajo. — Char, si no me quiere como soy, entonces ¿por qué me va a querer dentro de dos semanas después de que le haya mentido?

Me agarró por el frente de la camisa, tirándome hacia abajo hasta que nuestras narices estaban prácticamente tocándose. — Escuchame, idiota. Le gustas, pero te tiene miedo. Entonces, la vas a convencer de que te dé su número y luego le vas a mostrar quién eres con los pantalones puestos, y al final de dos semanas, ella va a tener suficiente confianza para pensar que puede manejar a alguien como tú. Y luego vas a hacerla sentir en las nubes y tratarla como a una princesa. Porque en el fondo, debajo de toda esa testosterona, ambos sabemos que quieres sentar cabeza, y ¿quién mejor para hacerlo que una mujer que es leal y divertida y tiene el potencial de ser el amor de tu vida si te dejaras de poner trabas a ti mismo?

Charley soltó su agarre en mi camisa, alisando las arrugas que había causado con su palma. — ¿Estamos claros?

— Como el cristal, — murmuré, sonriendo al darme cuenta de que mi mejor amiga realmente terminó con su pareja perfecta, y que tenía razón... Tal vez era hora de que encontrara la mía.

Capítulo
Cuatro

Reid

— ENTONCES, ÉL ERA alto y guapo y musculoso, todo cubierto de tatuajes con una motocicleta...

La soltera número cinco no era Haz. Y aunque me describía a la perfección, su voz realmente me ponía de los nervios.

— Y que simplemente no podía entender que había gastado demasiado dinero en mis extensiones como para cubrirlas con un casco y arriesgarme a que el viento las deshiciera. Entonces, insistí en que él llevara su coche, y no coincidía para nada con su personalidad. Condujo un maldito Mazda 3 usado, y ni siquiera tenía ventanas polarizadas ni nada. Era totalmente aburrido.

Y ella era claramente superficial a más no poder. Le había preguntado sobre su tipo ideal de hombre, y se puso a despotricar sobre su ex novio. No había dejado de hablar desde entonces.

Cuando sonó la campana indicando que esta ronda había terminado, me pasé la mano por la cara, rascando el vello que cubría mi mandíbula. Había estado debatiendo sobre deshacerme de la barba durante meses, pero en este punto de mi vida, era mi vello facial de apoyo emocional. ¿No se suponía que las barbas hacían a cada hombre exponencialmente más atractivo?

Y los inviernos en Colorado eran fríos como el demonio, así que era como tener un calentador de cara incorporado.

— Fue un placer conocerte, — se despidió, y me preparé para la siguiente mujer. Charley no me había advertido que me aburriría como una ostra durante esto.

Añadiendo un último trazo en cruz en la parte inferior de la letra E en mi papel, dibujé una línea a través del 5 escrito en la parte superior de la página y me reí de las increíblemente detalladas letras en bloque que deletreaban la palabra LIKE y cubrían la página de me gusta.

Estaba claro que no me gustaba el número cinco.

El número cuatro no era mucho mejor. No hablaba a menos que yo hiciera una pregunta, y aun así, daba respuestas de una sola frase. Después de hacer la mayoría de las preguntas de mi hoja de indicaciones, caímos en un incómodo silencio durante el último minuto. Ni siquiera se despidió cuando sonó el timbre, y me pregunté por qué algunas de estas mujeres habían participado si no se lo tomaban en serio.

Estaba intentándolo, pero después de tres rotaciones más que me mataban de aburrimiento, mi paciencia se estaba agotando. El número tres susurró todo, y después de pedirle que repitiera varias veces, terminé dibujando un conjunto muy detallado de labios en la página con palabras diminutas flotando alrededor.

Para cuando llegué a la decimocuarta soltera, estaba listo para simplemente apoyar la cabeza en la mesa y echarme una siesta. Si no tuviera miedo de que Charley agarrara el bate rosa que ahora guardaba debajo del mostrador del bar y me golpeara con él, lo habría hecho.

— Hola, — saludó, y una sonrisa se dibujó en mi rostro. Finalmente. Incluso con una sola palabra, reconocería esa suave y dulce voz en cualquier lugar. Me había estado atormentando en mis sueños durante meses.

— Hola, — respondí, bajando un poco la voz para que, con suerte, no me reconociera. Aunque hablar realmente el uno con el otro en los últimos meses fue un cambio reciente, habíamos pasado suficiente tiempo charlando en el bar mientras ella limpiaba vasos después de un turno como para que supiera cómo sonaba.

— Está bien, solo voy a preguntar... — se quedó en silencio, y me senté más erguido, listo para que me confrontara. Si me preguntara directamente quién soy, no le mentiría.

— Mm, — murmuré, esperando que eso fuera suficiente para que ella continuara.

— ¿Estás súper aburrido ahora mismo?

Riendo, miré hacia abajo la hoja que antes estaba en blanco con el 14 escrito en la parte superior. La suave línea de la mandíbula de una mujer se había curvado alrededor de la página, mis dedos moviéndose en piloto automático mientras sombreaba un ligero hoyuelo en su mejilla derecha, la forma de sus labios ya grabada en mi memoria.

— Como no te lo puedes imaginar.

Su risa suave hizo algo en mi pecho que no iba a reconocer en este momento. Pero esta fue la primera rotación en la que temía que el reloj contara regresivamente y que nuestro turno terminara.

— Entonces, probablemente deberíamos ponernos a ello. ¿Quieres hacer la primera pregunta, o debería hacerlo yo?

— Adelante, H... — Me quedé en silencio, aclarando mi garganta antes de corregir el rumbo después de casi decir su nombre. — Nena.

— Ah, un tipo de apodos. ¿Las llamas a todas nena?

— No, no realmente. Al menos no en una conversación cotidiana. Soy más de apodos en la intimidad.

— ¿De verdad? — ella se rió. — ¿Y cuál es tu favorito?

— Esta es nuestra primera cita, ¿y ya quieres saber cómo llamo a las mujeres en la cama? ¿No te estás adelantando un poco? Se supone que debemos hacer preguntas para conocernos mejor.

Su risa me llenaba el corazón, y casi me daba vergüenza a mí mismo lo mucho que me iluminaba cuando hablaba con ella últimamente. Era un hombre de treinta y un años, no un adolescente de dieciséis.

— Puedes decírmelo, — me instó, su voz adquiriendo un tono ronco que hizo que otras partes de mí se dieran cuenta.

— ¿Vas a ser una buena chica y usar las preguntas de la hoja si yo lo hago? ¿Hmm?

Ella soltó un pequeño chillido de sorpresa y dirigí mi atención a la página en la que había estado dibujando distraídamente. La imagen de los labios de Hazel en el papel me llevó a lamerme los míos, y me moví en mi silla porque ese ruido insignificante no debería haberme excitado.

— Creo que te has delatado, guapo.

— ¿Cómo sabes que soy guapo? — Le pregunté, decidiendo molestarla un poco.

— Solo una corazonada. Cualquier hombre con una voz como la tuya y como me has dicho *buena chica* tan suave tiene que ser atractivo. Claramente tienes práctica con esas palabras saliendo de tus labios.

— ¿Es así? — Humm, queriendo que siguiera hablando. Aunque estábamos completamente fuera de control y solo nos quedaban unos minutos, estaba disfrutando de este lado coqueto de ella.

— Oh sí, y los tonos de voz provocativos que salen de ti sin duda significan que tienes práctica en la seducción. Lo cual encuentro increíblemente atractivo. ¿Qué te parece atractivo, soltero número siete?

— Mujeres con sentido del humor.

— Entonces tienes suerte, soy increíblemente graciosa. La gente se ríe de mí todo el tiempo.

Decidiendo no caer en la trampa de que ella se menospreciara, continué con mi lista para ver cómo respondía.

— Una mujer que ama a su familia.

— Considerando que no puedo escapar de los míos; debo quererlos mucho.

— Eso no sonó muy convincente. ¿Se entrometen demasiado en tu vida?

— No realmente, — suspiró, aclarándose la garganta. — Solo tengo un hermano mayor muy protector, que también es mi jefe. Entonces, es difícil salir de mi zona de confort cuando siento que él está observando cada uno de mis movimientos.

— Probablemente es porque le importas y no quiere verte cometer errores.

— O porque es el mayor aguafiestas del mundo.

Me atraganté, tratando de no reírme de su evaluación de Hudson.

— Solo quiero salir de este molde en el que me ha metido. Pero tal vez ahora que no tiene a una perra loca como novia, su nueva novia pueda mantenerlo lo suficientemente distraído como para que finalmente pueda respirar. Incluso si me robó a mi mejor amiga.

Si no conociera la historia, habría hecho más preguntas al respecto. Pero ahora que estaba bastante seguro de que esta soltera era Hazel, de repente quería marchar hacia Charley y romper su maldito temporizador.

— Y ahora que puedes respirar, ¿qué planeas hacer con tu libertad de los hermanos mayores que te controlan?

— Bueno, — murmuró, y el sonido me recorrió como una onda de choque. Ahora que sus nervios estaban calmados por el anonimato del cristal opaco entre nosotros, sentí que realmente estaba dejando brillar su personalidad. Había estado tratando de hacerla sentir cómoda a mi alrededor durante meses, pero nuestra historia claramente la había puesto más nerviosa de lo que me había dado cuenta. — Quiero ser lo suficientemente valiente para hacer las cosas que siempre he querido.

— ¿Cuáles son?

— Bailar toda la noche. Encontrar a un chico que me entienda y no intente cambiarme. Robar la motocicleta de mi hermano solo para sentir el viento en mi cara... Hacerme un tatuaje.

— Sabes que deberías usar un casco si robas su motocicleta.

Ella se rió, y miré a Charley, que estaba de pie al final de los cristales opacos, implorándole que no dijera la hora como sabía que lo haría en menos de un minuto. Ella guiñó un ojo, y suspiré aliviado mientras mostraba su teléfono. La pantalla estaba en pausa en el minuto dos, y sabía que estaba esperando a que Hazel perdiera interés antes de dar la señal de tiempo.

Parte de mí sentía pena por los chicos atrapados con la chica que hablaba mucho y la susurradora, pero tal vez les gustaba eso.

A mi me gustaba la mujer al otro lado del cristal.

— Suenas exactamente como él.

— O tal vez solo quiero proteger el bonito rostro de la mujer al otro lado de este cristal.

— Sí, — se burló, su voz adoptando un tono que hizo querer derribar este cristal y tomarla del mentón. — Eso implicaría que yo fuera bonita. Soy promedio, en el mejor de los casos.

Hazel tenía una belleza natural, nada superficial como tantas de las mujeres que entraban al bar. Sus pómulos altos, ojos marrón oscuro, pecas que salpicaban sus mejillas y un cabello castaño sedoso...

Maldita sea, era una belleza. Aunque ella no lo viera.

— Bueno, encuentro tu risa muy atractiva.

— Oh, no te preocupes. Mi personalidad es bastante chispeante. Bueno... Cuando no estoy divagando sobre cosas al azar porque estoy nerviosa. O ponerme roja brillante cuando estoy avergonzada, lo cual es frecuente porque tengo un problema de vómito verbal. Y sé muchos datos aleatorios que añado a las conversaciones para hacerlas más incómodas. Luego está todo el tema de interrumpir a la gente y compartir de más. Sí. Tan atractiva. Es un milagro que esté aquí teniendo a todos los hombres golpeando mi puerta.

— Con gusto derribaría tu puerta. Disfruto escucharte.

Ella se rió, — Bueno, abróchate el cinturón. Porque si alguna vez nos encontramos en persona, estoy segura de que te vomitaré palabras por todas partes. O simplemente quedarme paralizada y salir corriendo. También soy buena en eso.

Sí, estaba bien consciente de su propensión a huir de situaciones incómodas. Ella había estado huyendo de mí durante años.

— Entonces llevaré mis zapatillas de correr para poder alcanzarte.

— Oh, eres un encantador, — se rió, y podía imaginarla sonrojándose mientras mordía su labio inferior.

— Ya que no nos queda mucho tiempo, ¿por qué no hacemos algunas preguntas de la hoja?

— Oh... Sí... La hoja. Me olvidé por completo de eso. A veces mi cerebro se desvía y no puedo volver a encarrilar mi tren de pensamiento.

— Tú primero, ¿qué pregunta quieres que responda? — Ofrecí, curioso por saber cuál elegiría.

— ¿Cuál es un error que nunca quieres repetir en la vida?

Joder. Había muchos errores que no querría repetir. Empezando por no darme cuenta de lo atraído que estaba por la hermana menor de mi mejor amigo. Pero también habría sido una tortura, porque necesitaba asentarse en quién era como adulta antes de que algún tipo mayor intentara enredarla en una relación.

Pero había una que estaba decidido a no cometer ahora. Y esa era dejar pasar esta oportunidad. Conocerla mejor valió la pena la decepción. Al menos de mi parte. Con suerte, en unas pocas semanas, también será el caso para ella. Si ella se alteraba, entonces yo podría simplemente retirarme después de la revelación. No es que no hubiera perfeccionado el arte de evitarme en los últimos años. Lo superaríamos, incluso si me odiaba.

— No perseguir oportunidades. Hay demasiadas veces en mi vida en las que jugué a lo seguro y me arrepentí de no haber tomado el riesgo. Cuanto mayor sea el riesgo, mayor será la recompensa, ¿verdad? Solía pensar que eso era una tontería, pero ha habido momentos en los que esperé demasiado y perdí la oportunidad por completo.

— Entonces, ¿son esos arrepentimientos con mujeres, o...?

— No, no realmente. Simplemente jugué la vida un poco demasiado segura cuando no estaba seguro de mi dirección, y ahora estoy tratando de alcanzar el lugar donde debería haber estado en primer lugar. Podría haber empezado mi propia tienda antes, pero el miedo al fracaso me mantuvo alejado de casa durante años más de lo que había planeado. Pasé años en una ciudad que odiaba, trabajando para alguien más cuando podría haber apostado por mí mismo, ya que al final terminé haciéndolo de todos modos.

— Me siento identificada con eso.

¿Cómo así? Siempre había parecido que sabía exactamente hacia dónde quería llevar su carrera. Sabía que estaba trabajando como freelance, y eso no estaba exento de sus propios riesgos, pero ella parecía tan segura de su trabajo.

— Dejé que mi miedo al rechazo me impidiera mostrarme. Ahora siento que estoy muy rezagada en la vida en general. — Ella hizo una pausa, mi ritmo cardíaco aumentó mientras esperaba que terminara su respuesta. — Y estoy cansada de ver a otras personas conseguir lo que yo quiero. Quiero ser aventurera y hacer cosas que me asusten por una vez en mi vida. He tenido miedo de cosas y de algunas personas durante demasiado tiempo.

— ¿De qué personas tienes miedo?

Charley había dicho que Haz tenía miedo de mí, pero quería saber por qué. Aparte del evidente incidente que ocurrió hace unos años. Uno que desearía poder borrar porque había creado una brecha entre nosotros.

— Hay un... Amigo que solía tener del que me distancié cuando ocurrió algo embarazoso hace unos años que echo de menos. Solíamos hablar mucho cuando era más joven, pero luego se mudó. Ha estado de vuelta por un tiempo, pero vi algo que no debería haber visto, y dejé que se interpusiera en nuestra amistad.

— Parece que tal vez quieras ser más que amigos.

Ella se rió, y no era su típica risa despreocupada. — No hay ninguna posibilidad de que eso suceda. Y estoy cansada de obsesionarme con eso, así que tal vez algo como esta noche sea una buena oportunidad para dejar atrás fantasías infantiles.

Mierda.

No quería tomar el camino vanidoso y pensar que estaba hablando de mí. Pero sabía que sí era yo. Y lo último que quería que hiciera era dejarme ir.

Capítulo
Cinco

Hazel

MIS MEJILLAS SE SENTÍAN calientes de lo mucho que me sonrojaba, sabiendo que mi coqueteo juguetón con el soltero número siete no era cómo normalmente reaccionaba con los hombres. Había algo en su voz que ayudaba a calmar mis nervios, y parecía genuinamente interesado en hablar conmigo en lugar de convertir todo esto en algo sobre él mismo.

No es que todo girara en torno a mí, pero la conversación parecía fluir, a diferencia de algunas de mis citas a ciegas anteriores que no tuvieron éxito. Ya había pasado por dos tipos de mucho ego, un presumido humilde, dos risas molestas y un respondedor de una palabra hasta ahora.

Para cuando llegué al número siete, mis esperanzas no eran muy altas de que le diera mi número a alguien esta noche, por mucho que sabía que Charley quería que lo hiciera.

— Sabes, a veces las fantasías pueden hacerse realidad. — Intenté no sacar conclusiones de su declaración, pero mis pezones no recibieron el mensaje, endureciéndose mientras pensaba en qué fantasías me gustaría que el soltero número siete hiciera realidad. Las cuales habían aumentado en frecuencia durante las últimas semanas, provocadas por la insistencia de Reid de no dejarme esconderme de él por más tiempo.

Aunque siempre había sido amigo de Hudson, nosotros también habíamos estado cerca una vez. Pero nunca me había visto. La verdadera yo. Él había visto a la tímida, reservada y completamente inexperta hermana menor de su amigo que había sido en mi adolescencia. Y no estaba segura de querer seguir siendo esa persona para él.

— Bueno, juega bien tus cartas y en unas pocas semanas, podrías tener una sorpresa...

— Confía en mí, mis cartas están donde quieren estar ahora mismo, — gruñó prácticamente, y supe sin lugar a dudas que este hombre obtendría mi número de teléfono al final de la noche.

Charley estaría más que satisfecha, pero no dejaría que mis nervios me dominaran y me perdiera la posibilidad de conseguir algo con él. Incluso si las cosas se arruinaran después de que comenzáramos a enviarnos mensajes o si él no fuera quien yo quería que fuera en unas pocas semanas cuando lo conociera en persona, no sería tímida ni me hablaría a mí misma para salir de ello.

— ¿Y dónde sería eso? — Sabía que estaba cruzando los límites de nuevo, ya que se suponía que esta era una cita amistosa para ver si nuestras personalidades eran compatibles, pero sabía que me arrepentiría si no seguía mis instintos. Incluso si mis instintos me decían que este hombre al otro lado de la pared tenía mucha más experiencia que yo.

— Estás tratando de ser traviesa otra vez, Ha... — su voz se desvaneció abruptamente, y me pregunté qué iba a decir. Después de aclararse la garganta, continuó, su voz un poco más profunda. — ¿Siempre has sido así de rebelde?

Una risa sorprendida salió de mí, y una oleada de escalofríos recorrió la parte posterior de mis brazos, no ayudando en absoluto con la situación de los pezones, cuando él se unió, su tono profundo evocando sentimientos que solo otro hombre en mi vida podría crear.

— No, soy todo lo contrario a una rebelde. Actualmente estás conversando con una auténtica santurróna. Si seguir las reglas fuera un deporte, yo sería campeóna mundial.

— Hmm, yo... — musitó, y pensé que pediría más detalles, ya que parecía estar más curioso acerca de mí que de revelar mucho sobre sí mismo, pero no lo hizo, el sonido de la voz de mi mejor amiga interrumpiéndolo.

— Treinta segundos, chicos y chicas, y luego pasamos a su próxima cita.

— Mierda, — maldijo, y la sonrisa que se dibujó en mis mejillas era traviesa. — Está bien, una última pregunta.

— ¿Hmm?

— ¿Cuál es tu talento oculto?

Si tan solo supiera qué talentos había estado persiguiendo últimamente. Charley era la única que sabía sobre todos los encargos en los que había estado trabajando. Pero a medida que pasaban los segundos, decidí que jugar a lo seguro ya no era lo que quería. Y al final de la noche, este tipo, este hombre, al otro lado del cristal valía la pena para revelar todos mis secretos traviesos. Porque tenía la sensación de que no me juzgaría.

Con una risa nerviosa, miré a Charley de reojo, y ella me hizo un gesto de aprobación mientras sostenía su teléfono que contaba los segundos para el final de la cita más extraña, pero más satisfactoria que jamás había tenido.

— Dibujar personas desnudas.

Estuvo en silencio por un momento, y pensé que tal vez se había molestado por mi respuesta, pero luego su respuesta momentos después de que sonó el temporizador en el teléfono de Charley me hizo latir el corazón más rápido.

— No pienses ni por un segundo que ese temporizador te está salvando de responder más de mis preguntas. Vamos a continuar esta discusión más tarde.

— Eh, — reí, un poco sorprendida por el tono brusco en su voz. — Estoy bastante segura de que nuestra cita ha terminado.

— Más te vale entregar ese número de teléfono al final de la noche, porque te lo digo ahora, esta discusión no ha terminado.

Mirando de reojo, noté que la próxima mujer que iba a tener una cita con el soltero número siete me lanzó una mirada impaciente. Bueno, ella podía esperar un maldito minuto.

— Tal vez eso sea cosa mía, — le dije en tono de broma, sabiendo muy bien que él era el único hombre que había ganado mi número hasta ahora. Y tenía la sensación de que podría ser el único.

— Ambos sabemos que no me habrías dicho eso si no quisieras una respuesta.

— Bueno, supongo que lo descubriremos. — Sabía que estaba interrumpiendo el horario de Charley, pero también quería decir que al diablo y derribar este estúpido cristal para rogarle al soltero número siete que me sacara de aquí.

— Espero tu mensaje.

— Arrogante. — La arrogancia que de repente emanaba de este hombre debería haber sido desagradable, pero tuvo el efecto contrario.

— No tienes ni idea, — se rió, y realmente, realmente quería que las próximas dos semanas pasaran volando para poder conocerlo en persona.

— Adiós, número siete.

— Esto no es un adiós, catorce. No si yo tengo algo que decir al respecto.

Ninguna cantidad de rubias enfadadas mientras me negaba a pasar rápidamente a mi siguiente soltero podría haber borrado la sonrisa de mi rostro.

— Entonces... — Charley me había estado esperando al final del evento, sonriendo de manera molesta mientras yo depositaba la tarjeta con mi número de teléfono en dos de las cajas numeradas que estaban sobre la mesa junto a la entrada del bar. — Pareces no haberlo odiado del todo.

— Cállate.

— Oh, vamos, le das tu número a un chico, en realidad a dos chicos, después de un evento que estabas muy en contra de hacer y piensas que no te voy a preguntar cómo te fue? ¡Esto es genial, Haz!

— No es para tanto. — Era un poco así, pero no quería adelantarme. Solo porque les había dado mi número de teléfono no significaba que fueran a enviarme un mensaje. La pelota estaba en su tejado, y de repente me puse nerviosa porque ninguno de los dos respondiera y me sintiera aún más perdedora de lo que ya me sentía.

— Sí, veo lo que estás haciendo. — Me lanzó una mirada de reojo mientras empezaba a recoger las hojas de preguntas y los números de las mesas del lado de las mujeres en la sala. Podía escuchar a algunas personas moviéndose al otro lado de los cristales, pero todas las demás mujeres ya se habían ido por la puerta principal y Charley había escoltado a los hombres por la puerta trasera antes de volver a entrar para interrogarme. — Estás tratando de convencerte de que no te divertiste. Que esta idea no fue increíble. Y ahora no quieres reconocer que tal vez esto era exactamente lo que necesitabas.

— Vaya, ¿qué humilde? — No había manera de que confirmara nada, porque ella ya se sentía satisfecha con cómo había ido el evento. Y si los mejores amigos servían para algo, era para mantenerte con los pies en la tierra cuando tu ego estaba en riesgo de volverse obscenamente grande. — No iría presumiendo de tu éxito hasta el final del experimento.

— Está bien. Esperaré a decirte *"te lo dije"* hasta después de que conozcas al amor de tu vida en la fiesta. Incluso podría esperar hasta después de tu boda para decirlo. Solo para ser aún más humilde. Pero estoy esperando que Charlotte sea el segundo nombre de tu primera hija.

— Solo busco a alguien que me quite la virginidad, Char, no busco un alma gemela. No todos tienen que estar enamorados solo porque tú lo estés.

Ella frunció el ceño, y me sentí un poco mal por aguarle la fiesta, pero ya no esperaba encontrar a mi alma gemela. Solo quería sentirme deseada por un hombre, por una vez. Ser el centro de atención de alguien, aunque fuera efímero.

No era hermosa y curvilínea como ella. No era segura de mí misma como ella. No era el objeto de la obsesión de un hombre como ella. Y estaba bien.

Estaría bien si eso nunca me pasara. Pero durante las próximas semanas, quería fingir que podía.

— TE HAS QUEDADO despierta. — Mi mano se estremeció al escuchar la voz baja proveniente de detrás de mí, pero afortunadamente la ilustración digital había hecho posible que errores, como la línea oscura que ahora estropeaba el rostro de la mujer que estaba dibujando, pudieran borrarse fácilmente. Afortunadamente, tenía la imagen ampliada, así que Reid no podía ver el resto, pero aún así cerré de golpe la cubierta magnética sobre la pantalla de mi iPad y puse mi mano encima antes de girarme para enfrentarme a él.

— ¿Qué sigues haciendo aquí? — Pregunté, con el pulso disparado mientras me giraba en mi taburete para enfrentarme a él. Su cabello era un caos, como si se lo hubiera estado enredando con las manos. Bajo diferentes circunstancias, habría asumido automáticamente que había sido otra persona quien había hecho el desastre, pero sabía que había estado con mi hermano toda la noche jugando al póker con los cocineros.

— Solo estaba ayudando a desmontar las mesas adicionales para Char. Ella y Hudson acaban de irse. Quería asegurarme de que todo estuviera cerrado antes de irme. — Al mirar hacia arriba, noté que la cocina estaba oscura, el bar que nos rodeaba silencioso, pero el aire a nuestro alrededor se sentía cargado. — Pensé que ya estarías dormida en el piso de arriba.

— Mm. — Mis dedos golpeaban distraídamente la cubierta bajo mi palma, surgiendo mis nervios habituales alrededor de Reid. Pero estaba tratando de luchar contra el impulso de huir, como normalmente hacía. Tal vez Siete tenía razón, a pesar de mis sentimientos no deseados hacia él, tal vez podría ser su amiga de nuevo. — Sabía que no podría dormir, así que estaba trabajando.

— ¿No querías usar ese elegante nuevo espacio de trabajo de arriba?

Reid y Hudson habían sido los que montaron mi nuevo escritorio mientras yo me escondía abajo en el bar dibujando, así que no me tentaba de babear viendo a Reid usar herramientas eléctricas. Una vez que terminaron, me sorprendió entrar y ver que habían colocado el tapete de escritorio que había estado esperando para cubrir la superficie. Y había una caja nueva de lápices que me gustaba usar sobre un cuaderno de bocetos de cuero nuevo. El único problema era que el cuaderno de bocetos tenía un grabado metálico en la portada, claramente una broma de mi mejor amiga porque era la silueta de un gatito de aspecto caricaturesco. Quería reprocharles por regalarme algo tan infantil, pero era lindo, y lo había mantenido junto a mi cama para garabatear en él cuando me despertaba por la mañana.

Pero también me dejó claro en la mente que todavía me veían como la torpe niña que pasaba más tiempo con la cara enterrada en un cuaderno de bocetos que en cualquier otra cosa. Lo cual era lo último que quería que Reid pensara cuando me miraba.

— ¿En qué estás trabajando? No son los antebrazos esta vez, veo.

— No, — me burlé, esperando que no me presionara por detalles, porque aunque la cara de la mujer con los ojos cerrados en la pantalla era discreta, si hacía zoom, él vería claramente que se suponía que ella estaba montando la cara de un hombre. Explicar que era mi última comisión de un libro de romance era lo último que quería tener que hacer en este momento. No importa que estuviera sin terminar mientras aún intentaba colocar las cosas correctamente.

— ¿Te gustaría compartir?

— No. — Mi palma se aplastó sobre la funda que cubría la pantalla, esperando que aceptara mi respuesta y siguiera adelante.

— ¿Qué es lo que te tiene tan tímida de repente? Las últimas semanas, cada vez que alguien te pregunta qué estás dibujando, cierras de golpe la tapa de tu iPad.

— Tal vez solo estoy protegiendo la privacidad de mis clientes.

— No sabía que las comisiones de ilustración eran secretos tan bien guardados.

— Bueno. Lo son. Me gusta mantener la integridad de mi trabajo, y algunas cosas que he estado dibujando aún no están listas para ser compartidas públicamente.

— Hmm. ¿Y qué son estas cosas que has estado dibujando?

Tal vez había estado escuchando demasiados libros de mis clientes últimamente, pero podría haber jurado que los ojos de Reid se oscurecieron mientras seguían lentamente desde donde mi mano sostenía la cubierta de mi iPad en su lugar hasta mis ojos. Si no supiera más, adivinaría que sabía lo que había estado dibujando, lo cual parecía imposible, porque ni siquiera Charley conocía todos los detalles.

Y después de que me atrapara, empecé a guardar mi bloc de dibujos lleno de penes encerrado en el cajón de abajo de mi nuevo escritorio junto con todo el material de referencia que había imprimido. Solo porque vivía sola no significaba que pudiera arriesgarme a dejar penes tirados por ahí si tenía visitas sorpresa. Porque mi madre me daría una charla sobre la seguridad, lo cual parecía gracioso con todo el sexo que claramente no estaba teniendo, Charley me molestaría un montón, y Hudson se pondría todo protector como un hermano mayor, y ya lo hacía de todos modos.

— Es privado, — murmuré.

— ¿Qué? — Sonrió, inclinándose más cerca. — No te escuché. ¿Dijiste que es privado?

Como no podía refutar su pregunta porque eso sería mentirle, y estaba tratando de no hacerlo, simplemente hice lo único que me quedaba en mi arsenal virginal. Me sonrojé. Fuertemente.

Reid levantó una ceja, y mi rostro se sonrojó aún más, pero mantuve el contacto visual, decidida a no ceder. Podía burlarse de mí todo lo que quisiera, pero estaba orgullosa de mis comisiones y de mi creciente lista de clientes, y nada de lo que dijera cualquier otra persona me haría detenerme.

Si dibujar personas desnudas ficticias era mi lugar feliz, entonces todos los demás podían joderse, incluido Reid. Aunque ese pensamiento solo me hacía imaginarlo haciendo exactamente eso. Masturbarse con... *Para*.

Pensamientos intrusivos estúpidos estaban tratando de meterme en problemas otra vez.

— Haz, — murmuró, sus yemas de los dedos rozando el dorso de mi mano. Mordí mi labio inferior, luchando contra un escalofrío, mi estómago revoloteando al contacto con sus dedos callosos. Maldito y atractivo idiota. Sabía lo que estaba tratando de hacer. Pero sabía que iba a caer en sus tonterías, de todos modos.

— Sí, Reid?

— Dámelo. — Sabía que la orden no era inherentemente sexual, y no debería haber estado pensando en lanzarle mis bragas al hombre como una pervertida, pero lo estaba. Definitivamente estaba pensando en darle cosas. Todas las cosas. Las cosas son la ropa que llevaba puesta y que de repente se sentía demasiado ajustada.

— No, — susurré, a pesar de mis pensamientos intrusivos. Esos pequeños cabrones necesitaban dejar de meterme en problemas.

— Sabes que quieres mostrármelo. Te alimentas de la retroalimentación positiva, al igual que yo. Entonces, ¿por qué no me dejas dártelo?

No. No. No podía permitir que mi mente se desviara por ese camino de pensamiento.

— Porque no es perfecto, así que tu comentario podría no ser tan positivo.

Él me liberó suavemente la mano, dejándola sobre la superficie lisa de la barra. Sosteniéndola con su palma, levantó el iPad con la otra mano, presionando el botón para activar la pantalla. — Código de acceso.

Sacudiendo la cabeza, traté de no desmayarme ante la sensación de que me sujetaba, aunque solo fuera mi mano.

Usando su pulgar, escribió rápidamente un código, sonriendo cuando se abrió la pantalla. Sabía que debería haber sido más original que usar mi fecha de nacimiento, pero este iPad tampoco se apartaba de mi vista.

Su capacidad para alejarse de la imagen en la pantalla era limitada ya que solo tenía una mano disponible, pero eso no le impidió desplazarse por la pantalla, sus ojos se abrieron de par en par mientras probablemente absorbía la forma femenina en la que yo había terminado mayormente el trabajo de líneas. El personaje femenino muy, muy desnudo.

— Has sido una chica traviesa, Haz. Pero esto es jodidamente sexy. ¿Por qué tenías tanto miedo de que viera esto?

— Creo que sabes por qué, — susurré, observando cómo su mirada oscilaba entre mí y la imagen atrevida en la pantalla.

— El cuerpo femenino no es motivo de vergüenza. Y esto es... Esto no es lo que esperaba. Pero parece incompleto.

— Porque lo está. — Mi voz era suave, pero la mirada en sus ojos me tenía hipnotizada. No podía apartar la mirada aunque lo intentara. Y quería que la fuente del deseo en sus ojos viniera de mí, no de alguna ilustración en mi iPad. Él la miraba de la manera en que siempre había fantaseado que él me mirara a mí.

De alguna manera, parecía apropiado que estuviera celosa de un producto de mi imaginación que le resultaba más atractivo que yo.

— ¿Qué necesitas?

Mordiéndome el labio inferior, aparté la mirada hacia la pantalla, para no tener que mirarlo. — No puedo conseguir la pose correcta.

— ¿Sobre qué está arrodillada? Tal vez pueda ayudar.

— Eh... — Aunque me negaba a mirar hacia arriba, aún sabía que estaba sonriendo con desdén, podía sentirlo ardiendo en el costado de mi cabeza. — No quiero decírtelo.

— Haz...

— Su cara, — solté, después de unos momentos cargados de silencio. — Está sentada en la cara de un tipo. Y como no puedo encontrar una imagen de referencia desde este ángulo, he estado teniendo dificultades para hacerlo bien. Y no tengo ninguna experiencia de primera mano con... Eso... Así que lo estoy inventando sobre la marcha y es horrible, ¿vale? ¿Contento ahora? ¿Listo para burlarte de mí un poco más?

Reid no dijo una palabra mientras yo me volvía loca por dentro, mortificada de que básicamente le hubiera dicho que nunca me había sentado en la cara de un hombre. O siquiera haber tenido mis partes íntimas cerca de la cara de un hombre, para el caso.

— En realidad, — dijo, aclarándose la garganta. — Tal vez podría ayudarte con eso.

Eh, disculpa. ¿Qué?

Capítulo
Seis

— ¿Lo SIENTO, QUÉ? — preguntó, con pánico en los ojos.

Mierda, básicamente acababa de insinuar que podría sentarse en mi cara. No es que estuviera tan en contra de la idea, pero no era lo que tenía en mente.

— Te iba a preguntar si querías que alguien te ayudara con las fotos de referencia.

— Oh, — dijo ella, sonando aliviada. — Oh... Eh. ¿Tal vez?

— No tengo ningún cliente hasta el mediodía de mañana. ¿Quieres hacerlo por la mañana?

Ella empezó a morderse el labio inferior otra vez, y mis dedos se movieron con el impulso de liberarlo y calmar su labio maltratado... Con mi lengua.

Mierda, necesitaba mantenerme en control. Después de coquetear con ella durante nuestra cita a ciegas, tenía que ponerme en la mentalidad adecuada para no delatarme. Todavía necesitaba enviarle un mensaje desde el número de teléfono VPN que había configurado momentos después de salir por la parte trasera del bar más temprano. Ya había ingresado su número en la aplicación de mensajería, pero no estaba seguro de qué decir.

También me sentía culpable por el engaño, pero no podía contactarla desde mi número personal o el número del móvil de la tienda, ya que conocía ambos. Y aunque ofrecerme a ayudarla con sus comisiones podría ponerme en riesgo de ser descubierto, también podría ver si esta atracción entre nosotros realmente estaba sucediendo o si era algo que yo estaba imaginando.

Probablemente pensaría que soy un pedazo de mierda más tarde por no ser sincero, pero ella había estado escondiéndose de mí durante años, y era hora de que dejara de hacerlo. Porque cuanto más tiempo pasaba con ella, más tiempo quería seguir pasándolo con ella, y no iba a dejar que su miedo al hombre que solía ser me detuviera.

Tal vez era cumplir treinta años o el hecho de que nunca antes había estado en una relación seria. Joder, tal vez fue porque finalmente estaba viendo, y realmente me atraía muchísimo, la mujer en la que se había convertido en los últimos años, lo que me había infundido este anhelo de estar cerca de ella.

— Sabes que simplemente apareceré si no me das una respuesta. Y aunque el dibujo de figuras no es donde concentro la mayor parte de mi energía, sé cómo hacerlo. A menos que tengas algunos amigos de la escuela de arte que estén felices de ayudarte...

Las mejillas de Hazel seguían sonrojadas incluso mientras sacudía la cabeza, tratando de disuadirme de seguir indagando en esta situación.

— Ninguno de ellos sabe en qué he estado trabajando.

Acercándome más, la atraje hacia mí, acariciando su mejilla. — Sabes que esto no es algo de lo que deberías avergonzarte, ¿verdad?

Sus ojos eran suaves mientras me miraba, la yema de mi pulgar acariciando distraídamente de su mejilla sonrojada. Ella realmente no sabía lo hermosa que era. Lo valiente que era. Pero estaba decidido a ser yo quien le hiciera ver lo increíble que realmente era.

— Haz, creo que es impresionante que estés construyendo un negocio a tu manera. No es fácil, pero si amas lo que haces, vale la pena. Tus sueños valen la pena.

— Está bien, — murmuró. No estaba seguro si era ella aceptando mi oferta de ayudarla o si estaba confirmando lo que había dicho, pero no estaba luchando conmigo. Y daría casi cualquier cosa por mantener su atención en este momento.

— Entonces, ¿me dejarás ayudarte?

La piel suave bajo mi pulgar se sonrojó, y supe que tenía mi respuesta. Puede que estuviera aprensiva por dejarme entrar, pero ya no se estaba escondiendo de mí.

Inclinándome, mis labios rozaron su mejilla mientras le susurraba al oído. — No te preocupes, estás en buenas manos. Soy un fotógrafo excelente. Y soy muy bueno dirigiendo.

— Espera. — Sus ojos se abrieron de par en par mientras daba un paso atrás. — No estás diciendo que vas a tomarme fotos, ¿verdad?

Encogiéndome de hombros, retrocedí, sabiendo que si no me iba pronto, nunca querría hacerlo. Y tenía un mensaje que enviar.

— Reid, esto no es arte de auto-retrato. No necesito fotos mías.

— ¿Cómo más piensas conseguir fotos de referencia para trabajar? ¿Estás planeando preguntarle a Charley?

Murmuró una maldición mientras me seguía hacia la puerta trasera, y traté de no reírme. A veces, realmente era una pequeña gatita feroz.

— No PUEDES decírselo.

Levantando las manos, adopté una expresión modesta. — Necesitas fotos de referencia de parejas, así que a menos que estés dispuesta a salir en la foto conmigo, será difícil conseguir lo que necesitas sin una segunda persona.

— ¿Qué?

— Déjame decirtelo de otra manera. ¿Quieres mi ayuda? Posas conmigo.

Ella tartamudeó, su expresión de pánico solo me hizo sentir un poco de remordimiento por haberla convencido de esto.

— No puedes estar hablando en serio, Reid. Viste lo que estaba dibujando.

Asintiendo, traté de contener cuánto me había afectado realmente su dibujo. — Muy en serio, Haz.

— Pero...

— Nos vemos por la mañana. Llevaré mi trípode.

— ¿Tu qué? — ella chilló, sus ojos se dirigieron brevemente hacia mis pantalones, y me costó un montón de fuerza de voluntad contener la risa. Esta chica tenía una mente mucho más traviesa de lo que jamás había esperado.

— Deja de pensar en cosas sucias, — le dije en broma. — Esta no servirá mucho para sostener una cámara, pero gracias por aumentar mi ego.

MIS PALMAS ESTABAN SUDANDO mientras cerraba la puerta trasera de la tienda, asegurándome de que el sistema de seguridad estuviera activado antes de escapar por la escalera trasera.

No recordaba haber estado tan nervioso por enviarle un mensaje a una mujer, ni siquiera cuando estaba en la secundaria.

Esto era ridículo. Tenía más de treinta, no trece, pero aquí estaba, mirando mi teléfono como un maldito cobarde, tratando de averiguar qué decir.

No estaba bromeando la última vez que Hudson me había criticado por mis hábitos de citas. Las mujeres me perseguían, yo no las perseguía a ellas. Y para ser completamente honesto, ni siquiera intercambié números de teléfono con la mitad de las que me follé.

Mi reputación me precedía la mayoría de las veces, y ellas sabían cuál era la situación. Sage Springs no era tan grande. Si querías una noche de sexo fantásticamente sucio sin ataduras, o venías y te hacías un tatuaje conmigo o me buscabas al lado.

La mayoría de las mujeres de por aquí se mantenían alejadas, pero con la llegada de turistas y chicas universitarias, digamos que mi agenda estaba llena. Y casi todos los lugares alrededor de mi tienda habían sido profanados, pero nunca mi cama.

No llevaba a las mujeres arriba. Parecía demasiado... Íntimo.

La vez que Hazel me sorprendió en el bar había sido una anomalía. Aunque puede que haya tenido algunas muestras de afecto casi inapropiadas en la pista de baile, no había follado con nadie en el bar antes, ni después, de eso. Solo nos habíamos interrumpido porque Haz vino a buscar algo en el cuarto trasero al mismo tiempo.

Mal momento.

DEFINITIVAMENTE PARA MÍ, PORQUE sentía que había sido un error del que no podía escapar, incluso después de dos años. Hudson había guardado rencor por mi falta de juicio, y Hazel se había encerrado en sí misma, terminando una valiosa amistad. No me había dado cuenta lo mucho que la echaría de menos hasta que se había ido ya. Mientras Hudson conocía todos mis secretos sucios, Hazel había sido alguien que entendía mi necesidad de crear.

Era raro para mí conectar con alguien a un nivel puramente artístico. Incluso cuando estaba en la secundaria, Hazel era una ilustradora muy talentosa, y pasábamos mucho tiempo dibujando juntos. Ver cómo sus habilidades crecían y florecían desde lejos desde que las cosas se desmoronaron había sido agridulce, pero estaba orgulloso del negocio que estaba creando. Puede que se haya sentido avergonzada de decirme lo que realmente estaba haciendo, pero admiraba su capacidad para sumergirse en algo tan positivo para el sexo en esta etapa de su carrera.

Las mujeres no deberían tener que ocultar su sensualidad, y obras de arte como la que estaba en su iPad eran solo una forma de explorar ese lado de su sexualidad.

Simplemente no lo había esperado de ella. Tenía una vibra tímida y recatada que me había mantenido alejado, pero ahora que sabía lo que me había estado ocultando, iba a por ello.

Charley y Hudson nunca me habían dicho directamente que Hazel era inexperta sexualmente, pero podía leer entre líneas, especialmente después de la pequeña charla motivacional de Charley más temprano en la noche.

El mejor amigo responsable de su hermano mayor debería haberse mantenido muy, muy lejos de ella, pero todos sabían que yo era un poco imprudente. No sería imprudente con ella, y seguro que no quería arriesgarme a que algún idiota de la universidad le rompiera el corazón.

Suspirando, me senté al borde de mi cama, dejando mi teléfono sobre las mantas a mi lado. Mirándolo mientras intentaba planear una respuesta en mi cabeza, flexioné los dedos nerviosamente antes de volver a recogerlo y escribir mi primer mensaje... Que definitivamente no sería el último.

Siete: Te dije que no habíamos terminado nuestra discusión, Catorce.

Capítulo
Siete

Hazel

N<small>O ESTABA SEGURA DE</small> cómo ese arrogante hijo de puta, el número Siete, esperaba que pudiera dormir después de ese tipo de mensaje. Ya era bastante malo que hubiera escapado de vuelta a mi apartamento toda agitada después de que Reid descubriera mi pequeño secreto sucio. Ahora tenía que averiguar cómo responder al único soltero que me había enviado un mensaje. Parte de mí pensaba que no recibiría ningún mensaje de los solteros, pero sabía que si recibía uno, lo más probable es que fuera de él.

El soltero Diez había sido dulce y divertido, haciéndome reír en varios momentos durante nuestra breve conversación, pero no había sentido esa chispa que sentí con Siete. Me había tenido con todo el cuerpo en alerta, con el pulso acelerado cada vez que su voz bajaba de tono y decía algo vagamente sugestivo.

Sabía que el experimento no se trataba de eso. Se suponía que era para ver cómo reaccionaríamos el uno al otro sin poder vernos, pero nunca había experimentado ese tipo de química sexual instantánea con alguien. Y la emoción era un poco adictiva. ¿Era esta la razón por la que mi apartamento había sido una puerta giratoria de hombres para Charley antes de que se estableciera con mi hermano? ¿Era así como normalmente se sentían los demás con el sexo opuesto?

Ciertamente no era nada parecido a lo que había experimentado antes, porque la forma en que me sentía alrededor de Reid era solo yo siendo un desastre neurótico, no una atracción mutua, por mucho que deseara que lo fuera. Pero esa interacción con él ofreciéndose a ayudarme con mis comisiones me había descolocado demasiado como para responderle a Siete anoche. No habría sido justo de mi parte responderle cuando estaba pensando en otro hombre.

Otro hombre que estaría en mi apartamento en cualquier momento y yo todavía estaba bajo las cobijas envuelta en mantas mirando una frase que sabía que tenía la posibilidad de cambiar mi vida. Si tan solo tuviera el valor para responderle. Que en este momento, no tengo.

La pantalla de mi teléfono se iluminó con un mensaje de texto y lo solté de inmediato, mi pulso acelerándose ante la idea de que cualquiera de los dos me hubiera enviado un mensaje mientras yo estaba teniendo una crisis existencial por falta de sueño. Mirándolo nerviosamente, fruncí el ceño porque Christian no me había enviado un mensaje en meses.

> Christian: ¿Qué planes tienes para hoy? Tengo clases todo el día, pero estoy deseando ponerme al día contigo.

Parecía lo suficientemente inocuo, pero no tenía espacio en mi cerebro para descifrar las intenciones de otro hombre, así que simplemente lo volví a dejar y lo ignoré.

En este momento, tenía que ponerme en orden porque parecía que una ardilla en hibernación se había instalado en el moño desordenado en la parte superior de mi cabeza. Y si no lo arreglaba pronto, Reid tendría una vista cercana de lo desastrosa que era.

Tres golpes contundentes contra la puerta del apartamento me hicieron saltar de la cama y correr hacia el baño. Intenté en vano desenredar mi loco cabello, pero el elástico se quedó atrapado y ahora estaba atrapada en el centro de mi melena salvaje y enredada.

— Joder, — siseé, recogiendo el cabello en un moño desordenado. Con suerte, no se daría cuenta de que era un desastre épico esta mañana o al menos sería lo suficientemente amable como para no señalarlo en el tiempo que me llevara decirle que esta era una idea terrible y que tenía irse.

— ¿Haz? — La profunda y masculina voz de Reid resonó a través de la puerta de madera, y sabía que se quedaría allí todo el día si intentaba fingir que no estaba en casa. Él sabía que estaba. Demonios, prácticamente nunca salía del edificio ahora que todas mis clases eran en línea.

— Solo... ¡Espera! Estoy... — *siendo un maldito desastre*. Despejando las migas de mi sudadera con capucha holgada, una gran lista de malas palabras recorrió mi mente, pero no se salían. Las palabras malsonantes o las migas.

— Si te hace sentir mejor, tengo donuts y café, — se rió, y traté de no imaginar lo atractivo que se veía cuando se reía. No era justo lo bien que se veía al otro lado de la puerta, aunque no lo haya visto todavía, lo sé. Y lo poco atractiva que me veía yo en contraste en este momento.

— Depende de qué tipo, — respondí mientras agarraba el pestillo del cerrojo y lo giraba, la puerta abriéndose hacia adentro antes de que pudiera tocar la manija de abajo.

— Bueno, — musitó Reid, avanzando y presionando una taza en mi mano antes de rodearme. Mi piel ardía donde él tocó mi brazo a través de mi sudadera y mis ojos se abrieron de par en par cuando se inclinó para dejar un beso en mi mejilla. — Yo sé lo que te gusta.

Eso fue nuevo.

¿Me había despertado en algún universo alternativo donde el mejor amigo de mi hermano ahora me besaba en la mejilla? ¿Y me trajo bebidas calientes y donuts sin que se lo pidiera? ¿Había luna llena y yo no lo sabia?

Llevando la taza a mis labios, olfateé, el aroma de canela y chai calmando de inmediato mis nervios. Sabía lo que me gustaba. Y claramente había estado prestando suficiente atención para saber que el café de verdad me ponía hiperactiva y nerviosa. Pero nunca rechazaría un chai latte.

— No estoy segura de que esto sea una buena idea, — murmuré, mientras seguía sorbiendo mi bebida ligeramente cafeinada. — Si bien aprecio la oferta, creo que puedo manejar esto por mi cuenta.

Reid dejó la bolsa de papel de mi panadería favorita, Ice My Cake, sobre la encimera de la cocina, girándose y apoyando las manos contra el borde de la encimera. — Creo que ya es demasiado tarde para eso, Haz.

— No estoy de humor esta mañana. — Tomando un sorbo de mi bebida caliente, traté de no retorcerme bajo su mirada, pero él parecía un hombre con un objetivo. No se iría, y una parte de mí estaba contenta de que estuviera aquí. Esa parte también habría preferido no tener un cabello tan desastroso que pareciera un nido de pajaros.

— Entonces ve a ducharte y yo comeré mis donuts mientras espero.

Sacudiendo la cabeza, casi gimo mientras tomaba otro sorbo ansioso de mi té. Sus métodos para entrar a mi apartamento estaban realmente en su punto esta mañana. — Creo que voy a mantener las cosas en un perfil bajo antes de tener que trabajar esta noche.

— ¿Hay alguna razón por la que estés tan reacia a que te ayude esta mañana?

¿Te refieres a que, además de que él parecía un maldito modelo masculino esta mañana y yo parecía una persona que debería comprar en Walmart a las 2 am?

— No estoy en el estado mental adecuado para explicarte por qué esto es una mala idea.

Se apartó del mostrador, avanzando hasta que mi cabeza se inclinó hacia atrás para mantener el contacto visual. Luego, sus manos mucho más grandes se cerraron alrededor de donde las mías tenían un agarre mortal en mi taza para llamar mi atención.

— Haz, ve a ponerte algo cómodo, cepilla tu cabello, y tal vez los dientes, y yo te esperaré. Ambos sabemos que dejarás que esto arruine tu día entero y no quiero ver cómo algo que podría solucionarse fácilmente te impida avanzar en tus comisiones. He visto cuánto tiempo has estado pegada a ese iPad, y sé lo rápido que trabajas, así que ni siquiera intentes convencerme de que no tienes autores haciendo fila con solicitudes.

Bueno, joder. Tal vez Reid me prestó mucha más atención de la que pensé. Porque tenía razón, después de que algunos autores hablaran de mí en sus grupos de escritura, mis mensajes directos se volvieron locos con solicitudes. No solo tuve que crear un calendario y una hoja de cálculo para organizarlos a todos, sino que también varios autores me dijeron que no les estaba cobrando lo suficiente y ahora estaba ganando el doble de lo que pensé que ganaría haciendo esto.

Lo que había sido una idea para generar un poco de ingresos extra mientras tomaba cursos de ilustración digital más avanzados en línea se había convertido de la noche a la mañana en un negocio legítimo. Uno que había tomado un giro que nunca esperé. Por eso es que ahora estaba atrapada en dicha crisis existencial.

¿Qué tan viable es para una virgen dirigir un negocio de ilustración exitoso que se especializaba en obras de arte que claramente no eran aptas para todo el público?

¿Y cuánto tiempo iba a mantener ese estatus de virginidad con el hombre del que había estado enamorada durante más de una década?

— Sabes que tengo razón. — Lo tenia. Pero no le diría eso. Su ego ya era lo suficientemente grande.

¿Por qué no podía ser yo la amiga segura? Charley sabría qué hacer en esta situación, mientras yo seguía aquí resoplando té chai.

— No tengo la libertad de confirmar o negar esa declaración.

— En serio, Haz. ¿Qué es lo peor que pueda pasar si me dejas ayudarte?

Me dejarías sin bragas.

Si él quería hacer una recreación completa para la escena en la que se suponía que debía concentrarme, tendría que montar su cara y luego tomar una foto. Seguramente mis aburridas y sencillas bragas de algodón blanco se mojarían si eso sucediera.

— ¿Por qué estás tan obsesionado con ayudarme? — Porque no mostraba ningún signo de retroceder y marcharse. De hecho, tuvo la audacia de sentarse en mi sofá y sentirse como en casa mientras yo me quedaba allí mirándolo boquiabierta. — No veo cómo esto te beneficia.

Mi pulso se detuvo mientras esperaba su respuesta y luego se lanzó a galopar cuando se lamió los labios, su mirada volviéndose depredadora. Me miraba como había mirado el boceto en mi iPad anoche.

— Porque creo que lo que estás haciendo es... Admirable. Y si puedo ayudarte, quiero hacerlo. ¿No es eso lo que hacen los amigos? ¿Ayudarse mutuamente?

— Entonces, ¿dibujar a personas haciendo... Cosas es admirable ahora? Hay muchas personas que estoy segura estarían en desacuerdo contigo. — Mi hermano es uno de ellos. Sabía que apoyaba mi arte, pero aún así no parecía entender que yo era una adulta. Y que pensaba en sexo. Tanto que ahora estaba abrazando esos pensamientos y los de otros y dándoles vida como obras de arte.

— Entonces son unos malditos estúpidos. — Sus brazos se extendieron a lo largo del respaldo de mi sofá, y el fugaz pensamiento de que pertenecía allí rápidamente atravesó mis pensamientos. Eso no era algo que debería haber estado considerando, y mucho menos reconociendo.

Reid y yo juntos no teníamos sentido. No en papel y ciertamente no en la vida real. Ni siquiera era que pensara que él era demasiado bueno para mí, porque conocía mi valor, era que estábamos en partes tan diferentes de nuestras vidas que no podía imaginarlo interesado en alguien más joven y con mucha menos experiencia que él.

Durante la mayor parte de mi vida, me había quedado dentro de la pequeña burbuja en la que la gente me metía. Era la tímida ratona de biblioteca a la que le encantaba dibujar. Yo era la chica buena que seguía todas las reglas y no causaba problemas. Y ahora, estaba descubriendo una parte de mí misma que había negado durante tanto tiempo.

Tal vez no era tan tímida, y tal vez no era tan buena chica. Tal vez quería ser más aventurera y probar cosas nuevas. Quería muchas cosas que nunca pensé que quería antes, pero sobre todo... Quería ser deseada.

Por eso la idea de Siete era tan atractiva. No le importaba cómo me veía ni quién era para los demás. Parecía genuinamente querer conocerme. Y eso era algo que nunca había experimentado antes.

— ¿Sigues ahí? — Reid bromeó, su mirada nunca apartándose de la mía. Yo estaba en la luna, y él me miraba como si estuviera esperando algo. Técnicamente, él estaba esperando mi aprobación para seguir con su plan a medias para ayudarme con la pose, pero sentía que aún me faltaba algo.

— Está bien. Lo intentamos una vez. Pero si aún así no ayuda, lo dejas pasar. Y no puedes usar nada de esto como munición para burlarte de mí. Y joder, no le vayas a contar nada a Hudson sobre mi arte.

Su sonrisa de respuesta era casi odiosa. — La palabra joder suena bien viniendo de tus labios.

Titubeé mientras mi cerebro procesaba que él había usado las palabras joder y tus labios en una sola oración, y no pude evitar el rubor que subió por mi cuello y mejillas.

— Y el hecho de que lo que dije te haya hecho sonrojar es realmente adorable.

Y tenía que arruinarlo llamándome adorable.

Los vídeos de mapaches en Internet eran adorables, las mujeres adultas con atractivo sexual no lo eran. Lo que significaba que Reid claramente todavía solo me veía de una manera.

— Cállate. — Mi ingeniosa respuesta fue recibida con una profunda carcajada, y tomé eso como una señal para escapar a mi baño y hacerme ver menos como un espantapájaros.

Pensé que había escapado de más vergüenza, pero al cruzar el umbral de mi dormitorio, no pudo evitar hacer un comentario más. — No te preocupes, tendré que callarme mientras te sientas en mi cara.

Y ahí estaba el comentario más sucio del día...

Capítulo
Ocho

Reid

Nunca había visto a alguien escabullirse antes, pero cuando los ojos expresivos de Hazel se abrieron de par en par y se dio la vuelta abruptamente hacia su dormitorio y se escapó al baño, estaba bastante seguro de que eso era exactamente lo que había hecho. Sabía que estar aquí así era un poco una jugada de idiota de mi parte, pero cuando me desperté esta mañana sin respuesta a mi mensaje, estaba aún más decidido a ver en qué estaba pensando.

Hazel era el tipo de persona que llevaba su corazón en la mano y no podía guardar un secreto ni para salvar su vida. Si pasaba suficiente tiempo con ella, eventualmente se rendiría y me daría una pista sobre si debía seguir enviándole mensajes como el soltero Siete. Si no le gustaba, no me forzaría con ella.

Su falta de respuesta no era exactamente alentadora, pero también sabía que ella sobrepensaba todo. Estaba seguro de que al menos una vez en las últimas doce horas había pasado una cantidad significativa de tiempo mirando el buzón de mensajes abierto, al igual que yo esperando su respuesta.

Pero estaba bien, le daría tiempo para procesar cómo quería seguir adelante, y mientras tanto, encontraría cualquier excusa para verla en persona. Empezando con este proyecto para ayudarla a conseguir fotos que use como referencias para posar. Aunque podía notar que estaba intimidada ante la idea de recrear algunas posiciones que podrían considerarse sexys, sus ojos se iluminaron varias veces de una manera que nunca había visto antes.

Ya no tan pequeña Hazel Rivera estaba excitada, y eso era exactamente cómo quería que estuviera cuando yo estaba cerca. Porque estaba más duro que nunca esta mañana cuando me desperté y pensé en ella montando sobre mis hombros. Tanto que ya me había ocupado de ello dos veces, una vez en mi cama y otra en la ducha. Pero la idea de que ella estuviera mojada y desnuda al otro lado de la pared hizo que las cosas volvieran a animarse.

Por eso me había puesto un par de pantalones cortos de compresión debajo de mis pantalones cortos deportivos, porque no quería asustarla. Le había costado lo suficiente en Halloween mantener la vista en mi cara y no en mis piercings. Probablemente no ayudó que estuvieran a la altura de sus ojos mientras yo pasaba toda la noche sin camiseta, pero la había visto mirarme más de una vez cuando se daba cuenta de que la estaba observando.

Como resultado, mis pezones habían estado adoloridos toda la noche por ser el objeto de su atención. En ese momento, intenté racionalizarlo como una reacción a la tormenta de nieve que nos había tomado a todos por sorpresa. La misma tormenta de nieve que había dejado varado a su hermano con su mejor amiga durante todo un fin de semana y que parecía ser la chispa que la había llevado a decidir dejar de huir cada vez que yo estaba en la misma habitación.

Incluso ahora, había visto miradas prolongadas cuando llevaba camisetas ajustadas porque ella sabía lo que había debajo. No era un secreto que estaba perforado porque me había visto en bañador docenas de veces en los diez años desde que los tenía, pero la forma en que me miraba parecía haber cambiado en la última década.

Si tan solo supiera que esos no eran mis únicos piercings.

Pero yo no sería ese tipo. El que hablaba de su piercing en el pene para atraer a las mujeres. Era solo un bono para aquellos que tenían la oportunidad de descubrirlo. Y que Hazel se enterara de esa pieza particular de joyería corporal fue la fuente de todas mis fantasías últimamente. La idea de verla de rodillas frente a mí, su lengua rosa asomando para jugar con el anillo, tirando de él con sus dientes, sintiéndolo contra el techo de su boca mientras me chupaba la polla...

— ¿Estás bien? — preguntó ella, y parpadeé con fuerza, tratando de reenfocarme y de no dejar que toda la sangre de mi cuerpo fuera directamente a mi mencionada polla.

Hazel había sido adorable cuando abrió la puerta desaliñada, pero ahora me vi obligado a apretar los puños al ver lo que llevaba puesto, o no llevaba puesto, después de su ducha.

Su cabello estaba suelto y húmedo, su rostro recién lavado mostrando las pecas que cubrían sus mejillas, pero era el sujetador deportivo ajustado y los diminutos pantalones cortos atléticos lo que me hacía querer morderme el puño.

Joder. Estaba increíblemente buena, y realmente no lo sabía.

— Sí, eh... — Me aclaré la garganta, moviéndome, para que no fuera obvio que pensar en ella con sus labios alrededor de mi polla mientras estaba en la ducha me había excitado.

— ¿Cómo exactamente quieres hacer esto? — preguntó, evitando el contacto visual mientras cruzaba la habitación y se sentaba frente a mí en la mesa de café. Mis ojos querían fijarse en cómo sus pantalones cortos se subían aún más por sus muslos, pero me forcé a hacer contacto visual y mantenerlo. Porque si seguía sucumbiendo a mis instintos más básicos, la tendría extendida en esa mesa con mi cara entre sus muslos. Mi lengua lamiendo su clítoris, sus gemidos música para mis malditos oídos...

Sacudiendo la cabeza, me di cuenta de que ella estaba esperando mi respuesta. — Creo que tal vez un lugar como una cama sería el mejor sitio para hacer esto. La perspectiva sería mejor, y podemos ajustar el trípode para obtener el ángulo que necesitas.

Sus dientes tiraban de su labio inferior mientras contemplaba eso, sus ojos se deslizaban hacia su habitación y luego hacia la puerta al otro lado del pasillo donde estaba montado su estudio. Hudson y yo habíamos desmantelado la vieja cama de Charley antes de armar el escritorio de Hazel, pero sabía que podría invadir su espacio personal sugerir que hiciéramos esto en su cama.

— Tengo una camilla en la tienda que podemos usar si no quieres hacerlo aquí.

Su nariz se arrugó. — Sí, no estoy segura de querer estar pensando en todo lo que has hecho en esa camilla todo el tiempo.

Tenía razón, y había bastantes lugares allí que habían sido profanados en los últimos años, pero este era uno de los pocos lugares a los que no había llevado a mujeres para ligar.

— Estaba pensando en el de la sala de descanso. Hay suficiente espacio en el suelo para ponerlo plano y la iluminación allí es uniforme, así que no tendrías que preocuparte por sombras extrañas. No habrá nadie hasta la tarde, así que no correremos el riesgo de ser interrumpidos.

— ¿Te refieres a que no quieres que tus empleados te encuentren en la sala de descanso con la hermana menor de tu mejor amigo montada en tu cara?

Honestamente, no me importaba una mierda. Y a la mayoría de mis empleados tampoco les importaría. Pero no quería que nadie más la viera así, sin importar cuán inocente fuera nuestro acuerdo.

Llámame posesivo.

Llámame obsesionado.

Todo lo que realmente quería era ser suyo.

— ¿Crees que eso me avergonzaría? — Pregunté, con la ceja levantada.

Ella sostuvo mi mirada, ese rubor rosa de antes extendiéndose de nuevo por sus mejillas, pero mi chica tenía fuego. — Creo que se necesitarías mucho más para que algo te avergüence, Reid, y espero estar presente para verlo cuando suceda.

Ya eres mi feroz gatita. Y ni siquiera lo sabes.

Tardamos en salir diez minutos, después de que Haz se pusiera un chándal para protegerse del aire fresco de finales de enero y se abrigara con su abrigo floral rosa brillante, estaba abriendo la puerta trasera de la tienda y sosteniéndola para ella.

Ella había estado en mi tienda unas cuantas veces, pero como pasaba mucho de mi tiempo cuando no estaba trabajando en el bar, solo habían sido encuentros breves en el mostrador de recepción en la parte delantera del edificio. A medida que ella entraba más adentro, sus ojos recorrían la amplia área abierta, y yo solo la seguía mientras estudiaba mi espacio. El edificio había sido una tienda de vidrieras, con techos altos y una pared entera de ventanas que daban a las montañas nevadas a lo lejos.

Era parte de lo que me había atraído de la propiedad. Eso y el precio, ya que había estado abandonada durante años después de que los propietarios originales dejaran Sage Springs.

Comprar el edificio había sido un riesgo enorme, pero como había hecho muchas de las renovaciones con la ayuda de amigos y mi tío, había podido mantener los costos bajos. Mi mentor en Boulder también se había unido como socio, proporcionando equipo que finalmente había pagado recientemente.

Dado que la tienda de tatuajes más cercana estaba a más de 50 kilómetros al otro lado de Butterfly Ridge, había llenado un vacío en la economía local, y tenía una lista considerable de clientes.

Hablando de cosas que llenar...

Cuando volví a enfocar la vista, Hazel estaba inclinada hacia adelante, estudiando el libro de plantillas en la mesa de café del salón junto al mostrador de recepción. Muchos de los diseños que usábamos regularmente, ya que descubrí que los estudiantes universitarios no siempre tenían un gusto exigente en su arte corporal, estaban en ese libro. No había dibujado todos ellos, pero la mayoría eran diseños que había estado perfeccionando durante años.

Tenía un libro similar en mi oficina con todo mi trabajo personalizado, junto con fotos de clientes, y de repente sentí la necesidad de arrastrar a Hazel para mostrarle ese también. Sentarla en el sofá de allí y empezar un boceto personalizado para ella. Mientras mis ojos seguían su voluminoso atuendo, imaginaba las curvas debajo.

Aunque las amenazas de Charley de que alguien más tatuara la piel virgen de Hazel me molestaban, aún no estaba seguro de lo que ella quería... ¿Quería algo delicado y fluido? ¿Una cita de algún libro en una pequeña escritura envolviendo su costado? ¿Un tatuaje en el esternón para volverme loco mientras mis manos pasaban mucho tiempo justo al lado de los pechos que anhelaba sostener en mis manos?

No tuve tiempo de contemplarlo más cuando Hazel se levantó abruptamente y fijó esos expresivos ojos marrones en los míos.

— ¿Deberíamos empezar? Cuanto más rápido terminemos esto, más rápido podré irme. — Su tono puede haber sonado confiado, pero podía notar por la forma en que agarraba su abrigo, con los nudillos volviéndose blancos mientras sostenía los lados sin cerrar, que estaba nerviosa.

Estábamos los dos nerviosos. Esta chica me tenía revuelto por dentro. Y no solo por ayudarla con la ilustración. Todavía no había respondido al mensaje. Pensé que tal vez lo haría cuando se escapó a su dormitorio más temprano, pero seguía sin responder. Y no me gustaba ni un poco.

— Típicamente, me gusta tomarme mi tiempo con estas cosas, especialmente cuando estoy realmente interesado en el proyecto. — Sus ojos destellaron de sorpresa, y retrocedió, chocando con la mesa detrás de ella, pero afortunadamente no se cayó. Quería mantenerla alerta con el coqueteo sutil, no derribarla.

Sin esperar una respuesta, me dirigí hacia el pasillo que lleva al fondo, echando un vistazo por encima del hombro brevemente para asegurarme de que me seguía.

— Bueno, no debía estar muy interesado en esa chica, — murmuró, y me mordí el labio para contener la risa. Tenía razón en cierto sentido, no estaba interesado en nada más que en follar con la chica con la que me había sorprendido, pero claramente Hazel no tenía idea de lo placentero que era tener sexo frenético contra una pared.

Algo que no debería haber imaginado con ella. Tenía un largo camino por recorrer para asegurarme de que se sintiera cómoda a mi alrededor. Y todavía le estaba ocultando información. Pero esperaba que en unas pocas semanas ella me viera como algo más que solo a quien sorprendió follando.

Porque la única persona que quería en el futuro previsible era ella.

— ¿Esto es todo? — preguntó mientras yo abría la puerta de la sala de descanso y la dejaba entrar.

Las luces fluorescentes del techo parpadearon y me hice a un lado, colocando la mochila con la cámara sobre la pequeña mesa antes de quitarme la chaqueta. Hazel seguía de pie en la puerta, una vez más diseccionando uno de mis espacios. No era mucho, solo un lugar para que mi personal viniera y descansara entre clientes. Tenía una nevera y una barra de café a lo largo de una pared, un gran armario para abrigos en la otra, una pequeña mesa redonda en el medio de la habitación, y junto a la ventana que daba al bosque había una camilla de cuero negro.

— ¿Es ahí donde quieres...? — se quedó en silencio, asintiendo hacia la camilla.

Era tan jodidamente adorable, tan llena de fuego, pero tan insegura de sí misma. Esperaba que las próximas semanas cambiaran eso.

— Ponte cómoda, voy a buscar el calefactor de mi espacio de trabajo y lo traeré aquí, para que no tengas frío. — Si alguna vez soltaba el agarre que tenía en su abrigo, no quería que se enfriara cuando estuviera de nuevo con el conjunto que llevaba puesto cuando había salido del baño antes.

— ¿Y por cómoda, te refieres a? — preguntó mientras daba un paso adelante, sus ojos se abrieron más mientras se apoyaba contra el marco de la puerta.

— Quiero decir, necesitas deshacerte de esto, — respondí, desenrollando sus dedos de su abrigo. Luego tracé el dorso de mis dedos por su sudadera, disfrutando de la forma en que ella movía su peso por mi toque, incluso a través de varias capas de tela. Se quedaron en su cintura mientras ella me miraba y luché contra el impulso repentino de atraerla hacia mis brazos y besarla con todas mis ganas. En su lugar, tiré del cordón que asomaba por encima de su cinturilla. —Entonces necesitas quitarte esto. —

— ¿Y tú qué te vas a quitar? — preguntó, con la voz baja. Pero inmediatamente se cubrió la boca con los dedos como si no hubiera tenido la intención de decirlo así.

— Lo que quieras que haga, Haz. Tú estás a cargo aquí. Si quieres que me quite algo, solo tienes que pedirlo.

Al escuchar su rápida inhalación, la rodeé y escapé al pasillo, necesitando calmarme durante unos minutos para que cuando empezara a quitarme la ropa, no viera la enorme erección que había causado.

Este proyecto, y mi polla, iban a ser tan jodidamente difíciles. Pero no le había estado mintiendo. Ella estaba a cargo, y haría lo que ella me pidiera. Lo único que me encantaría cambiar en esta situación es poder ser yo quien le haga esas poses que dibuja en sus comisiones, no solo fingiéndolo.

Capítulo
Nueve

Hazel

Mi corazón latía con fuerza mientras Reid pasaba a mi lado y entraba en el pasillo, dejándome temblando como un manojo de nervios. La forma en que me miraba últimamente me dejaba derretida en un charco a sus pies, pero sabía que solo lo estaba imaginando. Realmente no me quería así.

Sabiendo que me daría la lata si me encontraba aquí toda abrigada cuando volviera, me quité el abrigo y lo dejé junto al suyo, tratando de resistir la tentación de acercarlo a mi cara. Era lo suficientemente malo que secretamente intentara aspirar su aroma cada vez que estaba cerca de mí. No necesitaba atraparme en el acto.

Sentándome en el borde de la camilla, me quité los zapatos, guardando los calcetines dentro.

— Estás siendo una idiota, — murmuré mientras apoyaba mis pies en los fríos azulejos y levantaba las caderas. Bajando lentamente mis pantalones deportivos, intenté mantenerme tranquila y concentrada. En cambio, todo en lo que podía concentrarme era en el hecho de que probablemente olería lo excitada que me había puesto esta mañana...

Mi teléfono vibró en el bolsillo. Me quedé paralizada, con los pantalones medio bajados mientras lo alcanzaba, mis dedos temblando al desbloquear la pantalla.

Una alerta de texto parpadeaba en mi pantalla desde el número que había guardado en mi teléfono como Siete.

Joder, me había olvidado por completo de mandarle un mensaje en mi estado de aturdimiento inducido por Reid esta mañana. Necesitaba dejar de pensar en la polla de Reid y empezar a pensar en la del número Siete.

Espera. No. Necesitaba dejar de pensar pollas y espabilar porque Siete era una posibilidad real para explorar, y Reid no lo era.

> Siete: Dejarme en visto toda la noche no es muy amable, Catorce. ¿Te sientes un poco traviesa hoy?

Mis ojos se abrieron de par en par mientras trataba de no leer algo sucio en el contexto de su mensaje. Mi mente estaba atrapada en la alcantarilla últimamente.

> Catorce: ¿Te gustaría si fuera traviesa?

Su respuesta fue casi inmediata.

> Siete: No me gustó que me ignoraras.

> Catorce: Aw, ¿te lo hice difícil?

> Siete: Sí. Definitivamente has complicado las cosas.

Bueno, maldita sea. Así que eso es todo lo que consigo sin coquetear.

> Catorce: Lo siento. ¿Cómo te gustaría que te compensara?

> Siete: Quiero que termines de contarme sobre este talento secreto tuyo. ¿Cómo se llega exactamente a dibujar personas desnudas?

> Catorce: Por accidente.

> Siete: No te hagas la tonta. Eres demasiado inteligente para hacer algo accidentalmente. Quiero saber más sobre ti, así que cuando te conozca en unas semanas, ya habremos superado toda la incomodidad de conocernos. dímelo.

> Catorce: No se supone que realmente debamos hablarnos ahora.

> Siete: Entonces escríbeme. Cuéntame todos tus secretos sucios.

> Catorce: No tengo muchos que sean sucios. A pesar de coquetear, no tengo mucha experiencia con las citas. O cosas sucias.

> Siete: Pero pareces curiosa y lista para aprender. Ahora, volviendo al tema que nos ocupa. ¿Cómo aprendiste a dibujar a estas personas desnudas?

> Catorce: ¿Puedes dejar de decir gente desnuda? Me estás haciendo sonrojar.

Siete: Ojalá estuviera allí para verlo.

Yo también, era lo que quería decir, pero no tuve el valor de escribirlo. Así que hice lo que me pidió.

Catorce: Cursos de dibujo en la escuela de arte. Soy ilustradora.

Siete: No sabía que dibujar desnudos era una actividad lucrativa.

Catorce: Solo tienes que saber los lugares adecuados para buscar. Te sorprendería lo grande que es el mercado para lo que dibujo. Gano más ilustrando que en mi otro trabajo.

Siete: ¿Cuál es?

Catorce: ¿Siempre vas a centrar las conversaciones en mí? Se supone que también deberías contarme sobre ti.

Siete: Pero tú eres mucho más interesante.

Catorce: No estoy segura de eso.

Siete: Yo si estoy seguro. Pero también estoy en un oficio artístico. La gente me paga para marcar cosas por ellos.

Catorce: Eso fue bastante impreciso.

Sus respuestas se detuvieron, y me enderecé al escuchar una puerta cerrarse al final del pasillo. Lo último que necesitaba era que Reid me atrapara enviándole mensajes a Siete. Me acosaría sin piedad.

Siete: Necesito irme por ahora. Pero no me ignores tanto tiempo otra vez, no estoy seguro de poder soportarlo. Sino tendría que rogarle a la coordinadora del evento por tu dirección para poder ver las respuestas a mis preguntas salir de tus labios en persona.

Aunque me gustaria, sabía que aún no estaba lista.

Catorce: Tienes que ganarte el derecho a volver a verme. Empieza a hacer una lista de respuestas a todas estas preguntas que me has estado haciendo. La próxima vez no aceptaré un no por respuesta.

Siete: Mi respuesta para ti nunca será no, a nada de lo que pidas... O desees.

Los pasos resonaban por el pasillo, y traté de hacer desaparecer mi rubor, metiendo mi teléfono en mi zapato y tratando de no centrarme en el hombre cautivador al otro lado de la conversación.

Reid se detuvo al cruzar la puerta, sus ojos bajaron hacia donde mis pantalones estaban atascados alrededor de mis rodillas. Estaba tan confundida que me había olvidado de quitármelos.

— ¿Necesitas ayuda? — preguntó, con tono divertido.

— Cállate, — siseé, observando cómo enchufaba el calefactor y se acercaba a mí, arrodillándose y tirando de una de las bandas elásticas que cubrían mis tobillos. Mis ojos se encontraron con los suyos mientras intentaba no mirar su pecho ahora desnudo y la tinta en espiral que cubría uno de sus firmes pectorales.

— Hey, solo estoy tratando de ayudar. — Su mirada firme hizo que mis mejillas ardieran más, y traté de no hiperventilar mientras sus dedos deslizaban la tela de mis piernas. Una mano grande sostuvo la parte posterior de mi pantorrilla, su pulgar arrastrándose por la piel áspera de mi cicatriz. Me mordí el labio y luché contra un escalofrío mientras su otra mano liberaba el último trozo. Arrojó mis pantalones deportivos sobre mis zapatos y extendió su mano. — Arriba, necesito poner esto si quieres que ambos quepamos. Estaría un poco apretado si nos organizamos así.

No pienses en cosas sucias y cosas apretadas...

— ¿Puedo tocar tu cámara? — Le pregunté, tratando de rodearlo.

Me agarró del codo, su pecho desnudo presionando contra el lado de mi brazo. — Puedes tocar lo que quieras.

Tratando de no tomar su declaración literalmente, escapé por la habitación mientras él se ocupaba de alejar la camilla de la pared y colocarla bien. Saqué su cámara de la mochila, colocando el pequeño objetivo con zoom en la parte frontal y revisando la configuración mientras él abría el trípode a unos pocos metros de distancia.

Una vez que terminó, extendió la mano, la fijó rápidamente en la parte superior del soporte y miró a través del visor.

— Ven a ver, — dijo, gesticulando con la cabeza para que me acercara. Él se quedó al lado del trípode mientras yo miraba la imagen que capturaría, tratando de imaginarlo acostado en la camilla.

— ¿Puedes ir y acostarte? Dándome la espalda.

— Pequeña mandona, — se rió, y abrí la boca para disculparme, mirándolo. — Estaba bromeando. Tú estás a cargo aquí. Dime dónde me quieres.

Se acostó, y traté de no concentrarme en la forma en que sus abdominales se marcaban mientras se acomodaba. Realmente era injusto lo guapo que era.

— Mm, — murmuré, y él arqueó el cuello para mirarme.

— Estás dirigiendo este espectáculo, Haz. Si necesitas que me mueva, tienes que decir las palabras. O simplemente ven y colócame en la posición que quieras.

Cerré los ojos, mi pulso latiendo con fuerza mientras soltaba un susurro. — Quítate los pantalones.

— Haz, — me instó cuando aún no había abierto los ojos unos momentos después. — Aún tengo puesto el bóxer. No estoy desnudo. Bueno, a menos que eso es lo que quieres que haga.

Sacudiendo la cabeza casi violentamente, traté de no dejar que mi rostro se volviera completamente rojo brillante mientras él se reía de mi reacción.

— Agarra el mando de la mochila de la cámara y ven aquí. No vas a conseguir lo que necesitas escondiéndote detrás de la cámara.

Sabía que no obtendría lo que necesitaba en este momento, especialmente no de Reid, ni de nadie más, por lo menos durante unas semanas. Ojalá.

Soplando una bocanada de aire, me giré y abrí los ojos, metiendo la mano en la bolsa de la cámara hasta que mis dedos encontraron el diminuto mando. Al menos no tenía que poner un temporizador con las manos temblando como estaban.

Reid me estaba mirando mientras caminaba hacia él, con una mano extendida hacia atrás en mi dirección. — Sube.

— Fácil para ti decirlo, — murmuré entre dientes, pero por supuesto, él me oyó y su profunda risa llenó el aire mientras me agarraba de la mano y me instaba a unirme a él en la camilla.

— Tú puedes con esto, — respondió, colocando sus manos a los lados de mi cintura y animándome a montar sobre su pecho. — Toma lo que necesites de mí.

Esperaba que me mirara con una de sus habituales sonrisas arrogantes, pero sus ojos estaban entrecerrados, enfocados completamente en mí y más suaves de lo que jamás los había visto. No lo estaba haciendo para usarlo como munición para ridiculizarme. Se había ofrecido a ayudar. Y necesitaba dejarlo.

— Sigue, — susurró, su pulgar deslizándose por mi costado de una manera que me hizo querer sentarme en un lugar un poco más bajo que su cara. — No voy a morder. Tienes que pedirlo amablemente si quieres eso.

Sacudiendo la cabeza, me deslicé hacia adelante, montando sus brazos y suspendiéndome sobre sus fuertes hombros. El borde de su barba me hacía cosquillas en el interior de los muslos, pero estaba tratando de no concentrarme en lo bien que se sentía. O el hecho de que estaba a centímetros de mi...

— Respira hondo. Tú estás a cargo. Dime que quieres que haga.

Pero no me sentía al mando mientras miraba su cara entre mis piernas, me sentía fuera de control. Y salvajemente excitada, lo cual estaba tan mal. No estaba haciendo esto para frotarme contra él como un rascador. Probablemente me echaría de la tienda si le metiera la entrepierna en la cara como mis pensamientos intrusivos querían hacer ahora mismo.

Pero necesitaba fingirlo, o iba a tener un ataque de pánico y avergonzarme aún más si no me calmaba.

— Envuelve tus manos alrededor de mis muslos desde atrás, finge que me estás atrayendo hacia ti. Necesito que tus bíceps estén flexionados.

Sabía que literalmente le acababa de decir que lo hiciera, pero aún así solté un pequeño grito de vergüenza cuando sus grandes manos agarraron mis muslos y me empujaron, sentándome directamente sobre su boca. Su aliento cálido se filtró a través del material delgado que cubría mis partes íntimas salvajemente excitadas, y traté de mantener tanto peso fuera de él como pude para no asfixiarlo mientras me organizaba.

Repasando la pose en mi cabeza, traté de recordar cómo tenía los brazos en el dibujo, posicionando los míos de tal manera que estaba sosteniendo un pecho y el otro estaba enterrado en mi cabello. El sutil clic del mando activándose desde el otro lado de la habitación era lo único que me mantenía centrada mientras movía las caderas. Pero me perdí cuando Reid gimió, las vibraciones del sonido enviando una ola de calor recorriendo mi columna.

— Lo siento. Me daré prisa, probablemente no puedas respirar.

Un bajo y ronco gruñido escapó de su pecho mientras intentaba incorporarme, pero sus dedos hundiéndose en la piel de mis muslos me hicieron balancearme contra él una vez. Y luego otra vez, cuando su nariz presionó justo en el lugar correcto. Y antes de darme cuenta de lo que estaba haciendo, incliné la pelvis hacia adelante, jadeando por lo bien que se sentía.

Él ni siquiera estaba haciendo nada, pero claramente mi cuerpo inexperto no había recibido el mensaje, ya que un gemido se me escapó, respondido por otro profundo gemido entre mis muslos. Y no pude detenerme, ondulando una y otra vez hasta que hormigueos recorrieron mi cuerpo, mi pezón se tensaba contra mi palma mientras trataba de recordar qué estaba haciendo.Balanceán dome hacia adelante de nuevo, jadeé cuando mi rodilla resbaló sobre el cuero debajo de mí, mis caderas dejando caer de repente todo mi peso sobre la cara de Reid.

— Mierda. — La palabra ahogada en su profunda y gruñona voz hizo que mis ojos se abrieran de golpe al volver a la realidad.

Oh mierda, esto fue malo.

Tropiezo con el botón en mi mano, lo presioné varias veces, esperando haber conseguido las tomas que necesitaba antes de lanzarme hacia atrás y salir de la camilla, observando con ojos horrorizados cómo el pecho de Reid subía y bajaba rápidamente.

El pobre tipo no se había ofrecido para ser asfixiado ni para que la hermana menor de su mejor amigo le frotara la cara.

— ¿Estás bien?

Dios, estaba tan avergonzada. Se suponía que estaba fingiendo sentarme en su cara, no hacerlo de verdad. Y con lo duro que había aterrizado sobre él... Oh Dios mío.

— Haz, estoy bien, — se rió, mirándome mientras sostenía con delicadeza el puente de su nariz. Desvié la mirada, pero no lo suficientemente rápido como para no notar que su otra mano se bajaba para ajustar su... Ejem.

— ¿Estás segura de que obtuviste lo que necesitabas?

— Sí, mm hmm, — murmuré, girándome hacia la cámara y fingiendo que estaba revisando las imágenes en la pantalla.

— ¿Realmente los conseguiste, o solo lo estás diciendo? — Reid se levantó de la camilla, acercándose a mí mientras ajustaba el dial en la parte trasera de la cámara. No podía concentrarme en las imágenes mientras las revisaba, mi cuerpo demasiado enfocado en la sensación de tener su cálido pecho desnudo presionando contra mi piel.

Siguió murmurando indistintamente en mi oído mientras trataba de no imaginar cómo se sentiría tenerlo envuelto alrededor de mí desde atrás, su mano grande presionada contra mi garganta mientras movía sus caderas contra las mías, su gran po...

— ¿Esta te sirve? — Su cálido aliento directamente contra mi oído me hizo estremecer, deteniendo el desvío de mi cerebro por el camino sucio.

— Sí. Es lo que estaba buscando.

— Porque si necesitamos cambiar el ángulo, todavía tenemos mucho tiempo. Haré lo que necesites.

Pero esa era la cuestión. No lo haría. Reid no podía darme lo que necesitaba, porque lo que necesitaba en este momento era su cabeza enterrada entre mis piernas de verdad. Su lengua lamiendo donde yo estaba mojada por él, sus profundos gemidos siendo producto de cuánto lo excitaba, no porque no pudiera respirar por ser una torpe. Lo necesitaba de maneras que ni siquiera podía describir, pero nunca sería así para él.

— Debería irme. Ya he ocupado suficiente de tu tiempo. Gracias por ayudarme. Entiendo si fue demasiado raro y no quieres hacerlo de nuevo. Solo me vestiré y volveré al bar. ¿Puedes enviarme eso por correo electrónico esta mañana? Quiero decir, si no es mucha molestia antes de que necesites abrir...

— Haz. — Su tono era casi de regaño mientras me giraba para enfrentarme a él. Mi palma aterrizó en su pectoral, peligrosamente cerca de uno de sus piercings, mientras intentaba mantener el equilibrio. Al darme cuenta de lo cerca que estaba mi pulgar de la pequeña barra de metal, retiré la mano como si me hubiera quemado, pero una mano firme en mi cadera me impidió escapar.

— No tienes que alejarte de mí. Está bien. Solo fue una pose para la foto. Mientras hayas conseguido lo que necesitabas, no me preocupa las neuronas que perdí cuando intentaste asfixiarme.

— Oh, Dios mío. — Esto fue mortificante.

— Estoy bromeando. Está bien. Estoy bien. Si la muerte accidental por asfixia con un coño es como moriré, al menos fue una buena muerte.

Aplanando mis palmas contra su pecho, empujé, rompiendo su agarre en mi cintura. — Deja de jugar conmigo. Estoy lo suficientemente avergonzada como para que me hagas esto.

— Sabrías si estuviera bromeando contigo. — No me dejó escapar, sin embargo, rodeando mi espalda con su brazo y arrastrándome hacia su cálido y desnudo pecho.

— Estoy hablando en serio, gatita. Morir entre esos muslos no estaría nada mal. El hombre afortunado que tenga su cara entre tus piernas mejor que no desperdicie la oportunidad.

Reid me miró y mi dedo se movió, rozando los finos vellos que cubrían su pecho. Su gruñido de respuesta vibró contra mí mientras rozaba el extremo del aro que atravesaba su pezón. La forma en que me miraba encendió algo primitivo dentro de mí, y me puse de puntillas, mis ojos fijos en su mirada. Su cabeza se inclinó hacia abajo, sus ojos parpadeando hacia mi boca mientras nuestros pechos se movían uno contra el otro. Estaba convencida de que iba a besarme, pero...

— ¡Eh, Harding, estás aquí? — Una voz retumbante resonó por el pasillo como un disparo, pero fue suficiente para despejar mi mente nublada.

— Debería irme, — susurré, liberándome de su agarre y corriendo hacia mis pantalones deportivos, vistiéndome rápidamente mientras él seguía mirándome.

La culpa me invadió cuando pensé en lo cerca que había estado de... Ni siquiera podía decirlo en mi mente, el pensamiento era demasiado impactante. No había manera de que él fuera a besarme. Eso era simplemente una locura.

— Haz, — La voz de Reid era baja, casi implorante, mientras metía mis cosas de nuevo en mi mochila evitando el enorme elefante en la habitación.

— ¿Reid? — La voz estaba más cerca, casi en la sala de descanso, y se me erizó la piel al pensar en las repercusiones de ser atrapada aquí con Reid vistiendo solo un par de bóxers y yo medio vestida.

La mayoría de los chicos en la tienda eran muy cercanos a Hudson, y mi hermano se habría vuelto loco si se enteraba de que yo estaba aquí a solas con Reid. Nada había pasado, pero vivíamos en un pueblo pequeño y el cotilleo estaba muy vivo. La mitad del pueblo sabría que estaba aquí con Reid haciendo... Ni siquiera quiero pensar en las cosas que inventarían sobre lo que Reid y yo estábamos haciendo.

— Dame un segundo, Grayson, — gritó Reid a través de la puerta, atrayendo mi atención hacia él. De alguna manera, había logrado vestirse con pantalones cortos deportivos y una camiseta holgada y actualmente se estaba inclinando para atarse un par de zapatillas que ni siquiera me había dado cuenta de que estaban aquí.

Dios, tenía un buen culo.

No, mala Hazel. Necesitas salir de aquí.

— Amigo, ¿por qué está la puerta cerrada? — la voz preguntó, y mi cara se sonrojó mientras la manija temblaba.

Reid miró en mi dirección, señalando hacia el fondo de la sala donde estaba el armario de abrigos. Una puerta estaba abierta, pero podía decir que si me metía en la esquina junto a la ventana, nunca me verías escondida allí.

Agarrando mi abrigo y mi bolso, inspeccioné rápidamente el área para asegurarme de no haber dejado nada incriminatorio. Cuando el pomo de la puerta volvió a moverse, me apresuré a meterme en la esquina, aplastándome contra la pared con el corazón latiendo con fuerza.

— Hola, amigo. ¿Qué pasa? — La voz de Reid era fuerte, completamente despreocupada, y desearía poder ser tan indiferente ante situaciones estresantes.

— ¿Qué estás haciendo aquí? — Grayson preguntó, la voz áspera del tatuador impregnada de diversión. — ¿Te has hecho un Only Fans o algo así?

— No, ojalá, — bromeó Reid, y yo miré por la ventana, debatiéndome sobre si podría lanzarme por la parte trasera y salir corriendo antes de que Gray y Reid se dieran cuenta. Ni siquiera quería pensar en que Reid hiciera algo así. Pero probablemente ganaría una fortuna si lo hiciera. Aún así, una oleada irracional de celos me recorrió al pensar en otras mujeres viéndolo desnudo.

A ver, sabía que algunas lo habían visto, probablemente más de lo que quería admitir, pero eso hacía que me encendiera de celos.

Reid no era mío, y no podía decirle qué hacer con su vida, pero eso no me impedía desearlo.

— Estaba probando este nuevo objetivo en mi cámara, asegurándome de que capturara los detalles en las fotos de los clientes que necesitaba.

— ¿Tienes a una chica aquí posando para ti? — Gray se rió y mis ojos se abrieron de par en par ante la idea de que Gray viera alguna de las fotos en esa tarjeta de memoria.

— Nah, para eso es el mando. Estaba tomando fotos de mi tatuaje en el pecho.

— ¿Alguna vez me vas a dejar terminarlo? — Para ser un tatuador, Reid realmente no tenía muchos. Solo una pieza de mandala en espiral cubriendo parte de un pectoral firme y una manga parcial de formas geométricas entrelazadas que cubrían su hombro y se extendían por su bíceps.

— Algún día. No tengo tiempo para dejar que sane adecuadamente ahora mismo. Estaré ocupado por meses.

Cuanto más tiempo pasaban en esta habitación, más nerviosa me ponía al pensar en ser atrapada. Y no ayudaba que tuviera una vejiga nerviosa que se hacía notar por la descarga de adrenalina.

— ¿Te importa llevar esto a mi oficina? — Reid preguntó, y suspiré aliviada.

— Tengo algunos documentos que necesito revisar antes de que lleguen las personas para las citas. Luego necesito ir a cambiarme.

— Sí, solo quería ponerme al tanto sobre el nuevo equipo que... — La voz de Gray se desvaneció mientras salían de la habitación, y yo asomé la cabeza desde mi escondite, suspirando aliviada cuando vi que se habían ido.

Corriendo hacia la cámara, abrí el compartimento que debería haber albergado la tarjeta de memoria, pero estaba vacío.

Mierda, se había llevado las fotos con él.

El sonido de Reid riendo al final del pasillo me impulsó a actuar, y ajusté mi mochila contra mi hombro mientras me dirigía hacia la puerta. Una vez que verifiqué que no había peligro, corrí hacia la salida trasera del edificio, empujando suavemente la puerta y cerrándola en silencio para no llamar la atención sobre mi escape sigiloso.

Mientras escaneaba el estacionamiento en busca de coches mientras corría por el asfalto, me sentí agradecida de que fuera demasiado temprano para que cualquier miembro del personal apareciera y se preparara para los turnos de esta noche. Nunca había estado tan agradecida de que Charley hubiera logrado que Hudson dejara de pasar cada momento despierto en el bar.

Cuando entré en mi apartamento, girando la cerradura de la puerta y apoyándome contra la dura madera mientras intentaba regular mi respiración, mi teléfono vibró en mi bolsillo.

Sacándolo, mi corazón se aceleró al ver el mensaje en la pantalla. Deseaba desesperadamente que fuera otro mensaje travieso de Siete, pero no lo era.

Reid: ¿Cuándo es nuestra próxima sesión? Eso fue divertido.

Claramente teníamos definiciones muy diferentes de la palabra diversión.

Debajo del texto había una imagen que me hizo saltar el pulso. Era yo, con la cabeza echada hacia atrás mientras estaba encaramada sobre la cara de Reid, luciendo demasiado excitada. Pero esa no fue la parte que me dejó sin aliento, fue la forma en que sus dedos se hundían en la carne de mis muslos y sus bíceps se marcaban mientras me sostenía allí, aparentemente desesperado por mantenerme pegada a él.

Era perfecto para lo que necesitaba capturar para la comisión, y debería haberme sentido aliviada, pero solo me hizo pensar en cosas que no debería pensar.

Capítulo
Diez

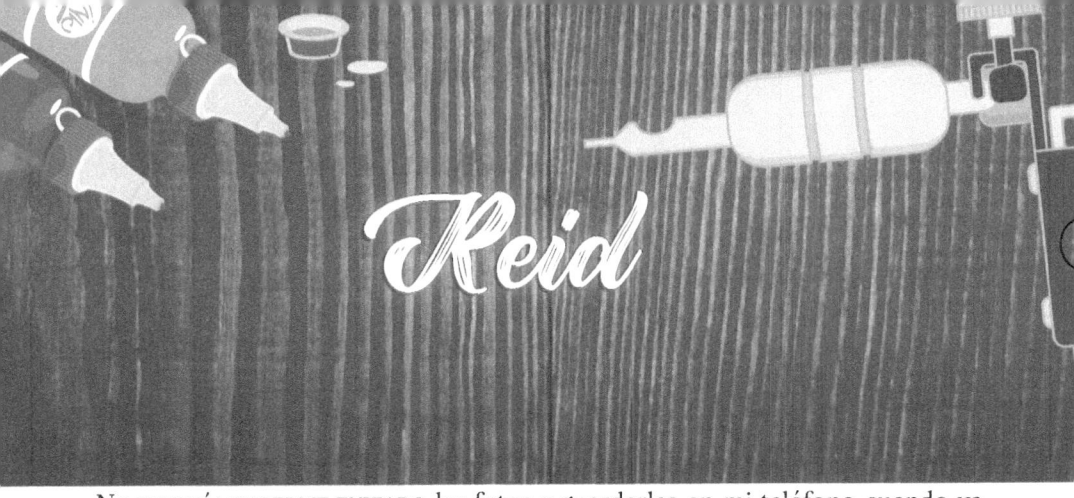

Reid

No DEBERÍA HABERME ENVIADO las fotos y guardarlas en mi teléfono cuando ya se las había enviado a Hazel antes de borrarlas de la tarjeta de memoria. Pero mientras me sentaba en mi cama esa noche, Navegando por las imágenes que Hazel había capturado más temprano en el día, no pude resistir la tentación de mirarlas.

A pesar del tierno moretón que ahora se formaba a lo largo del puente de mi nariz, esta mañana había sido un torbellino. Aunque no había pasado nada, y sabía que ella se estaba metiendo en el personaje y haciendo lo que tenía que hacer para capturar las fotos que necesitaba, yo estaba durísimo mientras ella movía esa tentador coño contra mi cara.

Aunque estaba amortiguado con sus muslos cubriendo mis oídos, había escuchado los jadeos y gemidos que hacía, y eso me había hecho desesperar por arrancarle esos diminutos pantalones cortos. Y podría haberlo hecho si Gray no me hubiera interrumpido.

Bueno, eso no era del todo cierto. No había manera de que Hazel hubiera dejado que las cosas llegaran tan lejos, pero casi me había dejado llevar y la hubiera besado antes de que él interrumpiera nuestro momento tenso.

Quería intentar obtener información de ella sobre el intercambio de mensajes que había iniciado mientras yo sacaba el calentador del trastero, pero no había tenido suficiente tiempo. Pero juzgando por lo sonrojadas que estaban sus mejillas cuando volví a entrar en la habitación y la encontré con los pantalones alrededor de las rodillas, ella estaba disfrutando.

Exactamente donde la quería. Si seguíamos haciendo esto de las fotos, necesitaba comportarme, porque no podía permitirme complicar las cosas antes de que ella viera al verdadero yo escondido detrás del soltero número siete. Ella todavía pensaba que era un chico malo, y los comentarios sarcásticos de Gray sobre un Only Fans y tener a una chica en la sala de descanso no me ayudaban en absoluto.

Abriendo el hilo de mensajes de antes, deslicé por sus respuestas, sintiendo cómo se me calentaba el pecho por lo seductora que había sido. Era un lado de ella que estaba desesperado por sacar. Todavía estaba nerviosa a mi alrededor en la vida real, y quería hacerla sentir cómoda siendo juguetona conmigo. Verme como alguien seguro en su vida. Alguien que quería mantenerla a salvo, y cuatro pequeñas letras flotaron por mi mente cuando pensaba en qué otros sentimientos tenía por ella.

Era demasiado pronto para siquiera pensar en eso, y mucho menos reconocerlo.

Titubeando, escribí un mensaje, esperando que ella estuviera en casa después de su turno y disponible para charlar conmigo.

> Siete: ¿Alguna vez me vas a dejar ver esas ilustraciones? Como colega creativo, tengo curiosidad por los detalles de tus obras.

Su respuesta no llegó de inmediato, pero la devoré con entusiasmo cuando mi teléfono vibró unos momentos después.

> Catorce: Buenas noches, mi misterioso pretendiente. ¿Cómo estuvo tu día?

Era tan jodidamente linda.

> Siete: Estuvo bien. Ocupado, pero me gustan un poco los turnos más largos porque me siento realizado al final del día. Aunque mis dedos están un poco adoloridos.

Y mi nariz, pero no se lo iba a decir porque entonces descubriría la identidad de su misterioso pretendiente.

> Catorce: Entonces, ¿trabajas con las manos? ¿Cuando marcas cosas para los demás?

> Siete: Sí. Pero aún estás evitando la pregunta. ¿Te sientes cómoda compartiendo tu trabajo conmigo? Si no lo estás, está bien, pero estoy un poco desesperado por verlo. No dejé de pensar en eso, y en ti, todo el día.

> Catorce: En realidad, acabo de terminar el arte lineal en una pieza con la que estaba teniendo algunos problemas. A punto de empezar el renderizado de color. Pero no estoy segura de que sea apropiado enviártelo.

Joder, eso fue rápido si ya había terminado el dibujo. Sabía que trabajaba rápido, pero realmente debía estar muy motivada. Sé que me había sentido casi inspirado todo el día por lo que habiamos hecho. Pasar cualquier cantidad de tiempo con ella últimamente parecía ponerme de buen humor.

> Siete: Que se joda lo apropiado. Yo he preguntado por ellos. Si no estuviera preparado para verlo, no lo habría hecho.

Catorce: ¿Por qué parece que todo gira en torno al sexo con nosotros?

Dios, cómo desearía que eso fuera cierto. Había estado imaginando lo que podría haber pasado esta mañana todo el día cuando tenía algún momento de descanso.

> Siete: ¿Eso te molesta? ¿No te parece que tenemos una química intensa? Puedes decirme si te estoy incomodando.

Catorce: Solo estoy preocupada de que cuando me conozcas, te decepcionarás al ver cuán inexperta soy realmente. Puedo hablar mucho, pero no tengo el historial para respaldarlo.

> Siete: La experiencia no siempre te hace más atractiva para alguien. Estoy de acuerdo con llevar las cosas en el mundo real a tu ritmo, pero me cuesta contenerme cuando estamos chateando así. Desearía que no tuviéramos que esperar para conocernos.

Catorce: Tal vez sea mejor así. Porque siento los mismos por ti. Este nivel de atracción sin siquiera verte me parece peligroso. No quiero salir lastimada al invertir demasiado en esto y luego desmoronarme cuando te des cuenta de que no soy lo que estás esperando.

> Siete: No te haré daño. No intencionalmente, al menos.

Pero no podía prometer eso. Porque no tenía ni idea de cómo tomaría el hecho de que yo fuera el hombre con el que estaba hablando en la revelación.

Catorce: No me juzgues.

> Siete: Nunca.

Los tres puntitos que indicaban que estaba escribiendo danzaban en la pantalla mientras esperaba una respuesta, deteniéndose brevemente, pero luego comenzando de nuevo. Se estaba cuestionando a sí misma, y odiaba haberla hecho sentir así. A veces estaba tan cerrada que me desesperaba.

Tal vez por eso me estaba lanzando a conocerla de esta manera. La echaba de menos. Como eran las cosas antes de que me sorprendiera con esa chica. Cuando pasábamos noches enteras dibujando juntos y hablando sobre nuestro futuro en el sótano de sus padres mientras todos dormían. Antes de que me excluyera de su vida y yo me convirtiera en un espectador cuando una vez había sido su amigo.

Mi teléfono vibró, mi polla cobrando vida cuando se cargó la imagen que me había enviado.

La primera imagen que vi en su iPad era un boceto, un boceto caliente, pero estaba sin terminar y sin pulir.

Esto... Esto no era eso. Aunque estaba sin color, líneas negras nítidas delineaban a una mujer que estaba en un medio del éxtasis, con una mano sosteniendo un pecho desnudo y la otra hundida en su cabello suelto. Pero entre sus piernas y extendiéndose detrás de esta mujer sensual había un hombre con cabello desordenado como el mío, con su rostro enterrado entre sus piernas. El detalle en su cabello, a pesar de ser solo líneas, era bastante impresionante.

Mis ojos seguían ansiosamente cada contorno, desde el sutil asomo de su lengua hasta la forma en que su rodilla estaba doblada en el fondo, su duro pene sobresaliendo entre sus piernas. Mientras examinaba el detalle de sus dedos flexionándose contra sus muslos, no pude evitar recordar cómo se sentía tener a Hazel sobre mi cara, el abrumador aroma de ella volviéndome loco, y la forma en que instintivamente hundí mis dedos cuando ella intentó alejarse de mí.

A pesar del dolor palpitante cuando se resbaló y puso todo su peso sobre mi nariz, quería mantenerla allí, acariciándola hasta que no pudiera más y me suplicara que le arrancara esos malditos pantalones cortos.

Catorce: ¿Está tan mal?

Joder. Todo lo contrario. ¿Cómo se supone que iba a resistir decirle que en ese momento me estaba acariciando la polla y convenciéndome de que era una idea terriblemente mala ir a golpear la puerta de su apartamento ahora mismo para darle un buen material de referencia para trabajar?

Siete: Eres increíblemente talentosa. Gracias por compartir esto conmigo.

Catorce: Esa fue una respuesta muy educada.

Mierda. Incluso a través de un mensaje de texto, podía notar que estaba decepcionada conmigo.

Siete: Está bien, ¿quieres la respuesta grosera?

Catorce: Bueno…

Siete: Tu trabajo es increíblemente excitante. Estoy sentado aquí acariciando mi polla dura, tratando de resistir la tentación de follarme la mano mientras miro tu obra de arte. Tienes un don. En serio, esto es increíblemente sexy…

Los puntos volvieron a bailar, y traté de pensar en cosas no tan sexys.

Catorce: Puede que me haya excitado dibujando esto…

Siete: ¿Y qué hiciste?

Catorce: Saqué mi vibrador y lo usé en mi pequeña bañera mientras pensaba en ti.

Maldita sea.

Siete: No deberías decirme cosas así. Mi fuerza de voluntad no es tan fuerte.

Catorce: ¿Debería volver a hacerte preguntas más inocentes? ¿Para que podamos conocernos mejor?

Siete: Por mucho que quiera decir que no, y que me envíes un relato detallado de tu tiempo en la bañera hoy, probablemente deberíamos. No quiero que pienses que solo te estoy enviando mensajes porque quiero follarte en unas semanas.

Catorce: ¿No quieres follarme en unas semanas? Estoy decepcionada…

Siete: Eres una chica mala, Catorce. ¿Qué voy a hacer contigo?

Catorce: ¿Debería empezar una lista? Puedo ser inexperta, pero tengo una imaginación muy activa.

79

Siete: Joder, sí. Guarda esa lista para mí. Quiero marcar cada maldita idea de esa lista.

Catorce: ¿Cuál es tu color favorito?

Siete: Bueno, esa fue una buena forma de cambiar de tema. Azul. ¿Tú?

Catorce: Berenjena.

Siete: El mío suena terriblemente simple al lado del tuyo. ¿Te gustan las berenjenas?

Catorce: Me hacer reir. Estoy intentando mantener mi mente fuera de las ideas sucias.

Siete: Estaba preguntando por la verdura, niña traviesa.

Catorce: Sí, ya lo sé. Y no. Ew. Incluso empanada y frita, prefiero un trozo de carne. Pon toda la carne en mi boca en su lugar.

Siete: Ahora soy yo quien intenta mantener la mente fuera de las ideas sucias.

Catorce: ¿Quieres poner tu carne en mi boca, Siete?

Siete: Desesperadamente. ¿Te gustaría un trozo carnoso y duro?

Catorce: ¿De qué?

Siete: Filete. ¿Te gusta el filete? ¿O eres más de pollo?

Catorce: Dame tu carne dura, guapo. Jajaja. Me gusta la carne poco hecha. ¿Vas a cocinar para mí?

Siete: ¿Eso te gustaría? ¿Cómo suena una noche tranquila en casa con filetes y vino?

Catorce: ¿Suena como una... Cita?

Siete: Definitivamente una cita. Ojalá no tuviéramos que esperar. Te llevaría a casa conmigo mañana si pudiera.

Catorce: ¿Tal vez podríamos hacer la misma comida y comer juntos?. ¿Tienes alguna receta favorita?

Siete: Me gusta tu estilo. Podemos seguir teniendo citas sin vernos. Te enviaré una receta por mensaje en la mañana. Quizás nos crucemos en el supermercado. Voy al que está en Fort Street. ¿Eso sería hacer trampa?

Catorce: Solo robaré los ingredientes de mi hermano. Vivo encima de su bar.

Mierda, ella esperaría una respuesta a eso.

Siete: Es peligroso que me digas eso. Ahora voy a estar buscando en todos los bares de la ciudad tratando de averiguar cuáles tienen apartamentos arriba.

Catorce: No hay tantos bares en la ciudad.

Siete: Aún no es el momento, Catorce. A pesar de lo mucho que quiero verte, es mejor si esperamos. Lo siento si empecé esto hablando de encontrarnos en la tienda. Solo estaba bromeando.

Catorce: No quiero cortarte, pero estoy bostezando. Preferiría decirte buenas noches que quedarme dormida accidentalmente y dejarte colgado.

Siete: Dulces sueños, Catorce. Los míos estarán llenos de ti.

Catorce: Buenas noches.

Mi corazón se elevó, y me sentí como un maldito tonto, pero no pude evitarlo. Estaba muy enamorado de esta chica, y ella ni siquiera se daba cuenta del efecto que tenia en mí. Pero un mensaje entrante hizo vibrar mi teléfono, y mi corazón dio un vuelco al leerlo.

Hazel: Si realmente quieres ayudarme, voy a necesitar tu motocicleta. Y que lleves pantalones de cuero. ¿Tienes alguno?

Reid: Sí, a los pantalones. ¿Y en qué contexto necesitas mi motocicleta?

Hazel: ¿Hay algún lugar en el interior donde podamos montarlo? Se supone que hará mucho frío la próxima semana, y no puedo usar lo que necesito para la toma al aire libre.

Reid: Me tienes intrigado. Y sí, puedo usar el almacén de Jayden en la destilería. ¿A qué hora?

Hazel: No estará allí, ¿verdad?

Reid: Esquía con Colette la mayoría de las mañanas. Normalmente no vuelve hasta el mediodía. Pero puedo asegurarme.

Mi primo era el mejor amigo del primo de Haz, que era instructor de esquí en un resort en el pueblo de al lado. Esos dos habían estado pegados desde la escuela secundaria. Pero su relación era completamente platónica, porque él había estado acostándose con Annie, la camarera de Hudson, de vez en cuando desde la secundaria. Realmente vivíamos en un pueblo pequeño donde todos estaban conectados entre sí.

Hazel: ¿A las ocho es muy temprano?

Reid: ¿No es muy temprano para ti?. ¿Estás segura de que eso es suficiente tiempo para que puedas dormir bien? Te veías cansada esta mañana.

Hazel: Gracias por recordarme lo poco atractiva que era cuando abrí la puerta.

Reid: No era eso lo que quería decir, y te veías adorable.

Hazel: Justo lo que toda mujer quiere escuchar.

Reid: Ocho está bien. ¿Vienes conmigo?

Hazel: ¿Puedo? No tengo un casco ni nada.

Reid: *Tengo uno extra de cuando empecé a montar. Debería quedarte. ¿Vas a ser mi mochila por la mañana?*

Hazel: *No sé qué significa eso.*

Reid: *Una mochila es un pasajero en una motocicleta.*

Hazel: *Entendido. Entonces sí, seré tu mochila.*

Me gustó demasiado cómo se veía esa declaración.

Reid: *Vístete abrigada y usa botas.*

Hazel: *No puedo esperar. Gracias de nuevo.*

Reid: *Con mucho gusto, confía en mí.*

No respondió, pero eso no importaba. Necesitaba dormir un poco para poder sobrevivir a lo que sea que ella necesitara mi mañana. Tenía la sensación de que iba a ser una de esas fantasias que recordaría durante mucho tiempo.

Capítulo
Once

Hazel

REID TENÍA RAZÓN, ESTABA exhausta anoche, pero con una ronda más de mensajes con Siete, y Reid si fuera completamente honesta conmigo misma, con mi vibrador y me había quedado dormida durante seis horas seguidas antes de que mi alarma me despertara a las siete.

Rebuscando en el cajón superior de mi cómoda, moví las piezas de encaje y satén a un lado mientras intentaba encontrar el corsé de encaje rosa brillante que había guardado aquí el año pasado. Nunca lo había usado, pero no pude resistirme cuando lo encontré en oferta en el sitio web de lencería.

No estaba segura de si estaría cómoda presionada contra Reid en la parte trasera de su motocicleta, pero sabía que lo necesitaba después de escuchar el capítulo del audiolibro en el que se basaba mi última comisión. La heroína había estado estirada sobre el manillar de la motocicleta del héroe con solo un tanga y un corsé de encaje, mientras él estaba sentado sin camiseta, con su casco y pantalones de cuero, con ella sentada en su regazo, su pulgar acariciándola hasta llevarla a un orgasmo explosivo antes de inclinarla sobre el lado de la motocicleta y follarla.

Mi autora había querido capturar ese momento, justo antes del frenético sexo, cuando el héroe adoraba su cuerpo cubierto de encaje. Y mientras escuchaba, imaginaba la misma escena, pero conmigo en el lugar de la heroína y Reid recorriendo cada centímetro de mi cuerpo mientras susurraba palabras sucias y me hacía llegar al orgasmo.

Rápidamente me lo puse junto con el tanga a juego, corrí hacia mi armario para sacar unos vaqueros y un suéter holgado. Mis botas de cuero negro fueron las siguientes, y una vez que me las puse, me detuve frente al espejo, estudiando mi cabello caótico, decidiendo que una coleta elegante en la base de mi cuello era la forma más segura de llevarlo.

Para cuando tenía mi mochila lista para salir, un golpe en la puerta principal llamó mi atención, y la abrí de golpe, esperando a mi apuesto modelo, pero era mi mejor amiga en su lugar.

— Hola. — Ella sonrió, rodeándome y dejándose caer en mi sofá mientras la seguía de vuelta al apartamento. — Te ves linda esta mañana. ¿Tienes planes de los que no me has hablado?

— Eh... No es que no esté feliz de verte, pero ¿por qué estás aquí tan temprano? No pensé que tú y Hudson salieran de la cama a tomar aire antes del mediodía la mayoría de los días.

— Es domingo, — dijo ella, como si la respuesta debiera haber sido obvia. — Hudson está abajo descargando el envío de productos con Reid y luego necesita hacer el inventario y hacer el pedido para la próxima semana.

Me había olvidado por completo que esa era su rutina semanal habitual. Al menos Reid lo ayudaba regularmente, y no se preguntaría por qué su mejor amigo estaba en el bar tan temprano.

— ¿Por qué pareces culpable? ¿Y no estuviste despierta hasta tarde anoche? ¿No deberías estar durmiendo?

Normalmente, lo estaría. A esta chica le encantaba dormir, pero también necesitaba mantener el impulso en mi lista de comisiones para no quedarme atrás. Con Reid ayudando, no tendría que pasar horas buscando en internet fotos de referencia para las poses. Podríamos crearlos en tiempo real, y yo podría seguir aceptando nuevos clientes que había rechazado antes y mantenerme al día con mis cursos en línea al mismo tiempo.

— Voy a salir esta mañana. ¿Por qué no me dijiste que venías?

Ella sonrió con desdén, evaluando lentamente mi atuendo.

— ¿A dónde vas vestida así a las ocho de un domingo? No hay nada abierto durante unas horas más.

— ¿Donuts? — Pregunté, como un idiota, porque la panadería era el único lugar que sabía que estaba abierto tan temprano un domingo.

— Está bien... ¿Y por qué era tan importante para ti conseguir donuts hoy?

¿Realmente alguien necesita una excusa para querer donuts cualquier día? Quiero decir, los donuts y las patatas deberían ser sus propios grupos de alimentos en mi opinión. Pero me desvío del tema.

— Haz, ¿estás bien? Has estado un poco nerviosa últimamente. No te estás estresando, ¿verdad? Puedo hablar con Hudson sobre reducir tus horas si lo necesitas. No se enojará si sabe que necesitas el tiempo para tus clases.

— ¡No! No... — Intenté bajar la voz. — Está bien. Tengo mucho tiempo para seguir trabajando en el bar mientras hago mis encargos y deberes del curso durante el día. Te prometo que no me estoy estresando.

Asintió, mirando alrededor del apartamento, probablemente notando que desde que se había ido, no estaba tan ordenado como solía estar. A pesar de su personalidad de chica mala, una vez que empezó a salir con Hudson, sus manías de orden y limpieza se le habían contagiado.

— Entonces, ¿cómo han ido las otras cosas?

— ¿Cosas? — Pregunté, pero ambas sabíamos de qué estaba hablando. Ella quería hablar sobre si alguno de los chicos a los que les había dejado mi número me había enviado un mensaje.

— No te hagas la tonta, Haz. ¿Alguno de los chicos te ha enviado un mensaje?

— ¿Y a quiénes te refieres?

Ella entrecerró los ojos, y yo traté de no inquietarme. Aunque le conté casi todo, no estaba segura de querer compartirle algo sobre Siete todavía.

— Te doy puntos por la evasión, pero sabes que seguiré preguntando hasta que me des más detalles.

— Diez no lo ha hecho.

— ¿Pero...? — preguntó, sabiendo que no era la única persona a la que le dejé mi número.

— Siete si lo hizo.

— Dios, es difícil sacarte los detalles, — se rió, pero yo todavía estaba tratando de averiguar qué decirle sin hacer que él sonara mal. Ella no había diseñado el experimento para que los solteros comenzaran de inmediato a enviarse mensajes sexuales, pero no es como si yo hubiera hecho eso con Siete. Las cosas con él eran... Complicadas. Eran más que un coqueteo inocente, pero no llegaban al territorio de clasificación +18. No es que me opusiera a que fuera en esa dirección.

— ¿Es... Agradable? — Dios, ahora lo estaba haciendo sonar patético.

— Suena como un aburrido, — una voz profunda proveniente de la escalera me sobresaltó, y me giré hacia mi puerta principal abierta, tratando de no quedarme sin aliento al ver a Reid luciendo unos pantalones de cuero negro como si fueran hechos a medida para él.

— Sí, Haz. Suena un poco patético, — respondió Charley, lanzándole a Reid una mirada por encima de mi hombro. Podía notar que estaba irritada porque él había arruinado su misión de obtener información sobre mis interacciones con los solteros número siete y diez.

— Quizás deberías dejar a Siete y concentrarte en Diez. Puedo conseguir su número para que le envíes un mensaje si quieres. Sé que rompe las reglas, pero ambas sabemos que no soy tan buena siguiendo las reglas, de todos modos.

— Hola, — interrumpió Reid, acercándose detrás de mí y apoyando su mano en el medio de mi espalda. Incluso a través del encaje y mi suéter, junto con el guante de cuero que cubría su palma, aún así enviaba escalofríos recorriendo mi columna. Cosquilleos en los que no debería estar enfocándome. — Tal vez Siete todavía esté calentando. No lo descartaría todavía, y si Diez no le ha enviado un mensaje, él se lo pierde y debería atribuírselo a que no está lo suficientemente interesado. Si no estaba esperando a enviarle un mensaje de inmediato, no es el chico adecuado para ella.

— Tal vez Siete está siendo demasiado insistente y Diez simplemente se está acomodando en las cosas.

Charley y Reid se miraban el uno al otro como si yo no estuviera en la habitación, o como si la persona a la que estos hombres misteriosos supuestamente estaban enviando mensajes no fuera yo.

— Eh, — interrumpí cuando abrieron la boca para empezar otro intercambio verbal. — Siete lo está haciendo genial. Y no lo estoy dejando de lado por Diez.

— ¿Ves? Te lo dije. — Reid le lanzó una sonrisa satisfecha a Charley, y ella se mordió el labio mientras levantaba una ceja en respuesta.

— Y Diez no ha mostrado ningún interés, así que pasaré de conseguir su número. Si no se molestó en enviar un mensaje, entonces no quiero hablar con él hasta que lo haga.

— Pero... — Charley argumentó, pero Reid la interrumpió.

— Estoy seguro de que Haz es más que capaz de manejar su propia vida amorosa. Tal vez su mejor amiga debería meterse en sus propios asuntos, especialmente cuando está sugiriendo tratar de romper las reglas de su propio evento.

— Oh, ¿yo soy la que está rompiendo las reglas del evento, eh? — le preguntó a Reid, sus ojos mirando brevemente hacia los míos. Fruncí el ceño mientras intentaba entender lo que quería decir con eso. — ¿Qué pasa con...

— De todos modos, — dijo Reid en voz alta, interrumpiéndola. — Voy a pedirle a Haz que venga a ayudarme a trabajar en el concepto y diseño del logo para los nuevos planes del restaurante de Jay esta mañana, así que tal vez deberías ir a sacar a tu novio de su oficina antes de que pase todo el día allí. Creo que está terminando el pedido de suministros ahora mismo.

— ¿Donuts, eh? — Charley preguntó, señalándome, pero Reid fue más rápido.

— Sé cómo llegar al corazón de esta chica. Tengo que darle donuts para que acepte ayudarme.

— ¿Estás seguro de que quieres que te ponga a trabajar en tu día libre? Pensé que Jay ya estaba trabajando con el arquitecto en todos los diseños para la expansión. Estaba hablando con Annie sobre eso a principios de esta semana,

— comentó Charley, claramente tratando de averiguar si la historia de Reid era cierta.

— Eso es solo el trabajo arquitectónico. Todavía está resolviendo cosas por su cuenta en el aspecto del marketing, ¿verdad, Reid?

— Correcto, — confirmó, guiñándome un ojo cuando Charley se dio la vuelta para recoger la sudadera que había lanzado sobre la mesa de café cuando irrumpió antes.

— Bueno, supongo que los dejaré trabajar en esos planes de marketing esta mañana. — Ella entrecerró los ojos mientras miraba a Reid, inclinando la cabeza hacia un lado. — ¿Tienes un ojo morado?

— Eh. — Se aclaró la garganta, sus ojos se dirigieron brevemente hacia mí. — No. Es solo un moretón en la nariz. Estaba trabajando en la sala de descanso ayer y algo me cayó en la cara.

— ¿Qué te cayó en la cara?

Definitivamente no debería decir, Yo lo hice.

— Oh, eh. Una caja de gasas estériles. La caja se giró, y la esquina me dio justo en la nariz cuando cayó. Estaba balanceándose precariamente sobre mí, y pensé que podría equilibrarlo antes de que cayera. Supongo que estaba equivocado.

— Ay. Parece que te dió bastante fuerte. ¿Te dolió?

Mis mejillas se calentaron mientras trataba de evitar recordar los breves momentos antes de que mi rodilla se deslizara cuando estaba encaramada sobre Reid ayer. A medida que el rubor se extendía, aparté la mirada, sabiendo que Charley sospecharía si hablar sobre cómo Reid se había hecho un moretón en la cara me estaba haciendo ponerme como un tomate.

— No, está bien. Me costó respirar por un segundo, pero lo superaré. Me gusta un poco de dolor a veces.

— Raro, — respondió Charley con una risita, sacudiendo la cabeza.

— Sí, lo soy. Me gusta un poco la adrenalina que siento cuando las cosas caen sobre mi cara. Deberías ver lo emocionado que me pongo cuando alguien intenta sofocarme.

Su hombro rozó el mío, y luché contra el impulso de soltar una risa nerviosa. O centrarme en que Reid comentó que le gustaba un poco el dolor. Eso solo haría que el rubor fuera peor.

— Con esa confesión innecesaria, creo que me voy a ir. — Charley empujó a Reid fuera del camino cuando llegó a la puerta, abrazándome. — Sabes que te quiero, ¿verdad?

Asentí, y ella apretó un poco más.

— Sigue tu corazón, a quien elijas. Pero haz que se lo gane. Ninguno te merece de ninguna manera, pero necesita ganarse tu corazón primero.

— No podría estar más de acuerdo, — comentó Reid una vez que Charley me soltó y bajó las escaleras. — Nunca va a merecerte, pero asegúrate de que te demuestre cuánto te quiere. No se lo pongas fácil.

Sonriendo mientras lo miraba, me di cuenta de que tal vez Reid no estaba tan emocionalmente estancado como alguna vez pensé.

— Definitivamente no tengo la intención de hacerle nada fácil.

— El camino difícil. Me gusta. — Sonrió, y traté de apartar de mi mente cómo me hacía sentir verlo sonreír así. Necesitaba seguir recordándome que Reid no era una opción. Pero Siete sí lo era.

Capítulo Doce

Hazel

CASI HABÍA OLVIDADO CÓMO iba a llegar al almacén de Jay hasta que Reid me llevó a través del estacionamiento hacia su elegante motocicleta negra y me hizo señas para que esperara mientras se metía de nuevo en su taller. Salió después de unos momentos, con el casco puesto y la visera abierta, y otro metido debajo del brazo.

— ¿Me vas a contar sobre la escena que estamos recreando cuando llegue-mos? — me preguntó, alisando mi coleta sobre mi hombro y metiéndola en la parte trasera de mi abrigo antes de colocar el casco en mi cabeza. Abriendo la visera de mi casco, su sonrisa se ensanchó cuando vio que me estaba sonrojando de nuevo. — Ahora definitivamente me has intrigado si te sonrojas tanto. Estos rubores me matan, Haz.

— No puedo controlarlo. Simplemente sucede. Es tan molesto.

— No. — Se agachó para abrochar mi abrigo, levantándolo hasta que sus nudillos rozaron mi cuello expuesto. — Me encanta cómo te ves cuando te sonrojas.

— Y ahora lo has empeorado.

— ¿Lista para irnos? — preguntó, cambiando afortunadamente de tema.

— Sí, estoy lista.

— Voy a ayudarte a subir primero, solo agárrate del respaldo del asiento y luego, una vez que estés sentada, puedes rodearme con los brazos. — Ni siquiera esperó, me giró de lado y me levantó sin esfuerzo mientras yo intenta-ba torpemente pasar la pierna por encima de la motocicleta para montarla. Dios, era un maldito desastre. Se deslizó frente a mí en un movimiento rápido, y traté de respirar mientras extendía hacia mí una de sus manos enguantadas.

— No seas tímida. Envuélvete a mi alrededor y agárrate fuerte con la cabeza contra mi espalda. Cuando me inclino, solo muévete conmigo y estarás bien. Descansa tus botas en los estribos, así será más fácil mantener el equilibrio.

Esperó a que me pusiera en posición, extendiendo la mano hacia atrás para apretar mi muslo mientras cerraba la visera de su cara. Hice lo mismo con el mío y apoyé mi mejilla cubierta contra sus omóplatos, tratando de no dejar que las vibraciones entre mis piernas una vez que la motocicleta cobró vida me hicieran hacer algo embarazoso. Ya había frotado al pobre tipo una vez; no necesitaba que lo hiciera de nuevo.

Estaba segura de que podía sentir mi corazón latiendo descontroladamente mientras levantaba el caballete y retrocedía con la motocicleta. Definitivamente me oyó chillar cuando giró el acelerador y el motocicleta rugió, la vibración de su risa atravesando el material de nuestros abrigos.

Tratando de no entrar en pánico, cerré los ojos y me agarré fuerte cuando salió a la carretera principal que conducía hacia Butterfly Ridge. No era un viaje largo, pero se sintió como una eternidad con el estómago en la garganta mientras aceleraba, inclinándose en las curvas y serpenteando por el lado de la montaña antes de descender hacia el valle donde se encontraba nuestro pueblo vecino.

La destilería de whisky de Jayden estaba situada en el borde del pueblo, al lado de una cresta que dominaba el vasto valle, con la estación de esquí en una cresta vecina a unos pocos kilómetros de distancia. Había pasado mucho tiempo allí de niña, aprendiendo a esquiar con mis primos. Nunca había sido tan buena como Colette, que ahora era instructora, pero no era tan terrible como pensaba que sería.

Cuando la motocicleta disminuyó la velocidad, tomé una respiración profunda, esperando no haber sido una pasajera terrible para Reid en mi primera vez. Había hecho lo que me pidió y lo había abrazado con fuerza en las curvas, pero con suerte no le había dificultado la respiración, envolviéndolo como un koala.

Redujo la velocidad, deteniéndose cerca del muelle de carga en la parte trasera del edificio y poniendo el caballete. La motocicleta se inclinó mientras se bajaba y extendió su mano hacia mí. Supongo que nunca me había tomado el tiempo para apreciarlo antes, pero Reid con todo su equipo de montar y su casco puesto, era bastante jodidamente atractivo.

Y había algo muy mal en mí que esa fue la primera cosa en la que pensé cuando tropecé y caí en sus brazos. Podía sentir su risa más que oírla, sus manos sosteniendo mis brazos hasta que recuperé el equilibrio.

Una vez que estuve estable, se quitó el casco, colocándolo suavemente en el suelo a sus pies antes de quitarme el mío.

— ¿Las vibraciones te marean? — preguntó con una risa mientras se echaba hacia atrás, sacando mi coleta de debajo de mi abrigo y dándole un tirón juguetón antes de soltarla.

— Algo así, — respondí, todavía un poco sin aliento por lo mucho que me había gustado. Tanto las vibraciones entre mis piernas mientras montábamos, como él tirando de mi coleta. No estaba segura de cuál de las dos cosas estaba causando que el rubor subiera por mi cuello nuevamente, pero Reid lo notó, sonriendo mientras pasaba un nudillo enguantado sobre mi mejilla sonrojada.

— Déjame abrir las puertas y volveré por ti y la motocicleta.

Asintiendo, traté de reunir el valor que necesitaba para contarle a Reid sobre el escenario de esta escena. Aunque... Tal vez sería más fácil dejar que escuche el audiolibro, en lugar de que yo me enrede en una explicación.

Regresó unos momentos después, llevándome al oscuro espacio del almacén, la puerta cerrándose de golpe detrás de mí mientras lo seguía, sosteniendo nuestros cascos. Mi cerebro estaba nublado cuando me detuve al mismo tiempo que él, observándolo colocar la motocicleta junto a las ventanas traseras que daban a los bosques nevados detrás del edificio.

Era casi romántico, el edificio oscuro y silencioso, y el hombre vestido con demasiada piel como para no ser peligroso para mi libido. Al observarlo, podía imaginar cómo la heroína del libro era llevada por su misterioso motero, seducida por sus palabras y la forma en que tocaba su cuerpo. Cómo el frío metal contra su espalda desnuda la habría hecho desesperar por él...

— ¿Estás bien, Haz? — Reid preguntó, acercándose a mí y bajando la mano para desabrochar mi abrigo. Me había olvidado por completo de que todavía lo llevaba puesto. Mientras yo estaba en el mundo de la imaginación, Reid ya había montado el trípode y la cámara. Me metió el mando en la mano una vez que soltó mi manga, arrojando mi abrigo sobre el suyo junto a nuestros cascos.

— Oh, eh. Sí. Bien. Estoy bien. ¿Por qué? ¿No me veo bien?

Sacudió la cabeza, una risa divertida escapándose de sus labios mientras tomaba mi mano libre y me tiraba hacia la motocicleta.

— Suéltalo. ¿Qué estamos haciendo aquí?

Ah, el momento de la verdad. Metiendo la mano en mi bolsillo, saqué mi teléfono y la funda con mis auriculares, extendiendo los auriculares hacia él mientras intentaba poner el audiolibro en la parte donde comenzaba la escena. Ya lo había escuchado un número indecente de veces, así que no necesitaba oírlo de nuevo, pero claramente Reid pensaba de otra manera cuando se puso un auricular en la oreja y alisó los cabellos rebeldes que se habían escapado de mi coleta antes de presionar el otro en la mía.

— ¿Listo? — Pregunté, con la voz quebrada lo que hizo que mis mejillas se sonrojaran aún más.

— Adelante.

Cuando la profunda voz masculina del narrador comenzó a ambientar la escena, casi quedé hipnotizada por la mirada en los ojos de Reid mientras escuchaba. Solo rompió mi mirada momentáneamente cuando el narrador describió al héroe quitándose la camisa por encima de la cabeza.

Era como si Reid estuviera guiado por el audio, acechándome y quitándome la coleta, pasando sus dedos por mi cabello momentos después de que sucediera en nuestros oídos. Cuando llegó a la parte en que él desabrochaba lentamente los vaqueros de la heroína, deslizándolos por sus piernas antes de quitárselos junto con las botas, Reid hizo lo mismo, deslizando sus palmas por la parte trasera de mis piernas mientras se ponía de pie, deteniéndose brevemente para frotar su pulgar contra la cicatriz en mi pantorrilla.

Pero no tuve tiempo para concentrarme en cómo se sentía tener su mano allí, Reid solo dudó por un momento cuando el narrador describió quitarse la camisa en el audio antes de que él tirara la mía por encima de mi cabeza en un solo movimiento suave.

Ambos escuchamos, mirándonos fijamente mientras el narrador maldecía al darse cuenta de lo que llevaba puesto la heroína, Reid siguiendo su ejemplo con un retumbante, — Joder, mírate.

La heroína apartó la mirada, avergonzada, y yo hice lo mismo, el pulgar de Reid en mi mentón impidiéndome romper su mirada por completo.

Cuando el héroe la levantó con las manos entrelazadas en la parte trasera de sus muslos y la llevó a la motocicleta para dejarla en el asiento, Reid hizo lo mismo unos momentos después. Me inclinó hacia atrás, hacia el manillar, instándome a montar la motocicleta. El asiento de cuero aún estaba caliente debajo de mí mientras su mano áspera trazaba el centro de mi pecho. Cuando la mano del héroe se deslizó debajo del encaje del diminuto tanga de la heroína, Reid no siguió su ejemplo con ese, pero levantó mis caderas sin esfuerzo antes de montar la motocicleta y acomodarme en su regazo, con mis piernas a ambos lados de él.

Cerrando los ojos con fuerza, traté de no hiperventilar mientras los dedos de Reid recorrían mi cuerpo, deteniéndose en el borde del encaje que cubría mis pechos, y trazando el material del corsé por el frente hasta hacer cosquillas en la piel sensible cerca de mi ombligo. Me moví, suspirando mientras el encaje de mi tanga se ajustaba más donde apenas me cubría, el cuero firme de los pantalones de Reid proporcionando la fricción justa hasta que estaba casi tan excitada como la heroína gemidora en mi oído.

Los dedos de Reid se deslizaron justo debajo del borde del encaje, retrocediendo y estirando el elástico para llamar mi atención. Mis ojos se abrieron de golpe para encontrarse con los suyos, las pupilas casi dilatadas mientras me miraba. Me pregunté si él estaba tan excitado como yo simplemente por escuchar y casi recrear las palabras que sonaban en nuestros oídos.

Pero luego noté su mirada hacia el mando apretado con fuerza en mi mano, y me di cuenta de que una vez más me había distraído con el momento y no estaba tomando fotos como se suponía que debía. Usando mi pulgar para presionar el botón, observé a Reid mientras continuaba siguiendo los movimientos del hombre en mi oído, tocándome donde él la tocaba, presionando sus caderas contra mí cuando el héroe presionaba las de ella.

— Buena chica, — susurró, momentos antes de que el héroe repitiera las mismas palabras, pero no había manera de que él pudiera haber sabido que las iba a decir.

Esto de repente se sentía mucho más complicado de lo que me había sentido incluso ayer, porque no parecía que Reid estuviera fingiendo la manera en que me tocaba, especialmente cuando su pulgar se posó sobre el panel húmedo de mis bragas, presionando y haciéndome jadear, mi espalda arqueándose al mismo tiempo que la de la heroína en la historia.

Moviendo mis caderas al ritmo de sus sutiles movimientos, traté de evitar perder el control, pero no pude evitarlo, mi pulso acelerándose mientras me dirigía hacia una sensación muy familiar pero también desconocida. No es que no hubiera llegado antes, no era tan inexperta. Era que nunca había llegado con alguien.

Los torpes chicos de secundaria y mi único novio en la universidad nunca me habían llevado allí, y había estado demasiado avergonzada para decirles que no habían cumplido con la tarea con sus intentos mediocres en la tercera base. Probablemente por eso nunca dejé que las cosas avanzaran más. ¿Cuál era el sentido de que anotaran una carrera si no iban a ganar el juego? Está bien, tal vez mis metáforas de béisbol necesitaban un mejor vocabulario. Pero, ¿quién podría culpar a una chica cuando un Dios extremadamente atractivo, con pantalones de cuero y tatuajes estaba entre sus muslos yendo donde ningún hombre había ido antes?

Reid me estaba llevando allí de manera vergonzosamente rápida, con solo unos pocos movimientos estratégicamente colocados de la almohadilla de su pulgar sobre mis bragas. No estaba segura de si sabía lo que estaba haciendo con la colocación de su pulgar; solo estaba escuchando las instrucciones en sus oídos. Pero cuando jadeé, mi espalda arqueándose y mi cabello fluyendo detrás de mí sobre el manillar como una cascada de fuego, no había manera de que no se diera cuenta de que me había dado un final feliz muy real, muy inesperado.

Cuando volví a la realidad, mis ojos se abrieron de par en par al ver que el narrador estaba a punto de doblar a la heroína sobre el lado de su motocicleta, el sonido de él desabrochándose el cinturón me impulsó a la actuar. Arrancándome el auricular de la oreja, me lancé hacia adelante y agarré el de Reid, apretándolos ambos con fuerza en mi mano.

— Hola, — susurró con su profunda voz, con una cierta cantidad de diversión en su tono. — Eso apenas estaba llegando a la mejor parte. Tal vez quería terminar.

Mis ojos se abrieron aún más al pensar en que él terminara.

— Así no. Quería terminar de escuchar, chica traviesa, — bromeó, su risa empujándome contra su pecho.

— No va a pasar, — reí nerviosamente, disfrutándolo demasiado mientras sus largos dedos danzaban por mi columna y se hundían en mi cabello suelto. Me masajeaban el cuero cabelludo, y luché contra el impulso de frotarme contra su pecho como una gata. Era bastante malo que ya había frotado mis partes por todo el almohadillado de su pulgar hasta que llegué al clímax.

— Creo que hemos terminado aquí.

— ¿Tenemos que parar? — preguntó, trazando su nariz a lo largo del lado de mi mejilla y apoyando sus labios en la piel sensible detrás de mi oreja. No me estaba besando exactamente, pero esto no se sentía como lo que los amigos deberían hacer. Y eso es todo lo que éramos. Amigos. Éramos amigos. Los amigos no se acuestan con otros amigos, ¿verdad? Bueno, excepto amigos con beneficios, pero a juzgar por los últimos dos encuentros que tuvimos, Reid no estaba obteniendo ningún beneficio. No es que no hubiera imaginado dárselos.

— Reid, — susurré con aliento entrecortado, mis dedos deslizándose por su pecho y rozando uno de los piercings que descubrí que eran sensibles ayer.

Gruñó, sus dedos hundiéndose en mi piel.

— No digas mi nombre así, gatita. Me hace querer hacerte cosas malas. Y no eres mía todavía.

— No soy de nadie, — respondí suavemente, disfrutando de cómo él temblaba mientras jugaba con la esfera en el extremo de la barra bajo mi pulgar.

— Aún no. — Dijo susurrando tan bajo que no estaba segura de si quería que lo oyera, pero me hizo desenredarme y deslizarme del lado de la motocicleta de todos modos. Tenía razón. Había alguien más. Y no era justo de mi parte comportarme como lo había estado haciendo. Pero no quería parar. Con ninguno de los dos.

Reid estaba callado detrás de mí mientras me vestía, y cuando me di la vuelta, entendí por qué, porque no estaba por ninguna parte.

La escena del crimen seguía ahí, sin embargo, el trípode con la cámara aún apuntando a su motocicleta, la luz del sol entrando por la ventana iluminando el lugar. Presioné el botón aún sujeto en mi mano, la cámara pitando en lugar de hacer el clic silencioso que normalmente hacía.

Gruñendo entre dientes, me acerqué a la cámara, abriendo el compartimento para la tarjeta de memoria, pero ya sabía que no estaría allí. Reid lo había robado antes de escapar, como si estuviera robando mi voluntad de resistirlo con cada momento que pasábamos juntos.

Parte de mí deseaba nunca haber decidido dejar de evitarlo, pero la otra parte recordó por qué no lo había hecho cuando se acercó a mí unos momentos después.

Ambos estábamos en silencio mientras recogíamos el equipo, guardando las cosas y poniéndonos los abrigos. Reid apartó mis dedos mientras intentaba alinear las partes de mi cremallera, subiéndola para mí y pasando su pulgar por el lado de mi mejilla antes de girarse y caminar de regreso a su motocicleta.

Le sostuve la puerta trasera mientras la sacaba al estacionamiento. Tomando su mano en silencio después de que había asegurado su equipo en la parte trasera de la motocicleta, me subí detrás de él antes de que cada uno se pusiera su propio casco.

Sin decir una palabra, lo abracé, y nos fuimos, su motocicleta navegando el camino de regreso por la cresta mucho más rápido de lo que me hubiera gustado.

Reid guardó silencio mientras me bajaba de la parte trasera, me quitaba su casco y se lo entregaba antes de dirigirme directamente a la puerta trasera del bar sin mirar atrás.

El motocicleta rugió detrás de mí, y me giré a tiempo para verlo salir acelerando del estacionamiento y dirigirse hacia las montañas, claramente ansioso por alejarse de lo que había sucedido entre nosotros antes. Sabía que estábamos muy cerca de cruzar la línea, de llevar las cosas demasiado lejos, pero tampoco me importaba mucho.

Lo cual no era propio de mí. Pensaba demasiado en todo. Debería haber estado enloqueciendo, pero no quería. Quería hacer algo divertido por una vez. Y había sido increíblemente divertido desnudarnos y que Reid me tendiera sobre su motocicleta mientras un audiolibro muy caliente sonaba simultáneamente en nuestros oídos.

Tratando de no obsesionarme con ello, me escapé a mi estudio, esbozando el contorno aproximado de la escena que habíamos hecho antes. Tendría que ajustarlo una vez que me enviara las fotos. Si me enviaba las fotos esta vez. Tal vez se estaba arrepintiendo de haberse ofrecido a ayudarme con este proyecto después de todo.

Pero cuando dejé mi lápiz digital y abrí mi aplicación de correo electrónico, las fotos me estaban esperando. No había ningún comentario ingenioso en el asunto o en el cuerpo del correo electrónico, pero conociendo a Reid, desbloqueé la pantalla de mi teléfono y abrí nuestra conversación.

> Reid: Deja de pensar demasiado. Deja de pensar tanto las cosas. Solo necesitaba despejarme antes, así que no te seguí de vuelta al bar y no hice algo de lo que ambos nos arrepentiríamos. Avísame cuando necesites mis servicios de nuevo.

No dudé en escribir una respuesta.

> Hazel: Si te arrepientes de ayudarme, entonces tal vez deberíamos detenernos antes de que sea demasiado tarde.

> Reid: No me arrepiento de haberte ayudado. Ni siquiera por un momento, gatita. Me arrepentiría de llevar las cosas más lejos de lo que estás lista, incluso si tú crees que lo estás.

> Hazel: Las cosas que se dan libremente no deberían causar arrepentimientos.

> Reid: Pero a veces sí lo hacen. Y nunca quiero que vuelvas a arrepentirte de ser mi amiga.

Mi corazón se hundió con su elección de palabras. Ser amiga de Reid no era todo lo que quería ser, pero a veces necesitabas enfocarte en las cosas que eran posibles, no en las cosas que nunca sucederían.

Al abrir mis mensajes de texto, le escribí a un hombre que era una posibilidad para mí.

> Catorce: ¿Pasó algo divertido hoy mientras marcabas cosas para la gente?

> Siete: Nada tan divertido como pensar en ti todo el día. Te he echado de menos hoy.

Catorce: Me siento igual. ¿Cuántos días quedan?

Siete: Doce, no es que alguien esté contando.

Pero yo sí lo estaba. Y a pesar de la decepción por cómo resultó la tarde, iba a concentrarme en pasar los próximos doce días hasta poder conocer al hombre que no tenía conflictos sobre quererme.

Capítulo
Trece

Reid

HAZEL ME ESTABA IGNORANDO. No había sabido de ella en dos días. Sabía que probablemente estaba trabajando, pero dolía que me ignorara y, aun así, buscara activamente a Siete. Lo cual era la parte realmente jodida. Tenía celos de mí mismo. Él había hablado con ella en los últimos dos días. Yo no.

Ni siquiera estaba seguro de lo que había pasado el otro día. Ella había estado tan nerviosa pero juguetona una vez que salimos del bar, y luego algo me había invadido cuando ese audiolibro había comenzado a narrar una fantasía caliente en mi oído. Mis manos simplemente siguieron automáticamente los movimientos de mi pareja, y no podría haberme detenido aunque lo hubiera intentado. Era como si mi cuerpo estuviera en piloto automático, y cualquier preocupación por cruzar límites se esfumó cuando la desnudé hasta dejarla en esa maldita lencería rosa.

Pero volví en mí cuando ella me volvía loco acariciando mi piercing en el pezón, brillando y luciendo recién follada después de que ella hubiera llegado al clímax contra mi pulgar con muy poca ayuda de mi parte. No me malinterpretes, sabía cómo complacer a las mujeres, por eso mi reputación era lo que era. Pero generalmente implicaba un poco más de trabajo que un pulgar estratégicamente colocado para que ella se retorciera contra él.

Después, cuando me dijo que no pertenecía a nadie, fue como un puñetazo en el estómago. Toda esta situación no era justa para ella. Y cuanto más me adentraba en el juego de Siete y luchaba contra mi genuina atracción hacia ella como yo mismo, más sabía que la aplastaría una vez que ya no hubiera una pantalla entre nosotros.

Pero me estaba costando dejarlo cuando finalmente llegó otro mensaje de ella a mi número de teléfono real.

Hazel: ¿Ya terminaste de esconderte de mí? Necesito ayuda.

Reid: No estaba escondido. Simplemente abrumado con clientes esta semana.

Hazel: No has venido por aquí después del trabajo en dos días. Tus citas habituales estaban preguntando dónde estabas.

Joder. Lo último que necesitaba era que ella tuviera que lidiar con otras mujeres preguntando por mí en el bar. Probablemente había tenido que lidiar con eso más que solo en los últimos días, cuando lo pensaba. Y me hizo sentir como un completo idiota por cómo me había comportado hasta ahora.

Reid: Solo dime dónde me quieres y soy tuyo.

Hazel: ¿Está bien tu casa mañana por la mañana?

Reid: Dejaré la puerta trasera sin llave, entra cuando llegues.

Apagué mi teléfono, lo lancé sobre mi mesita de noche, decidiendo tomarme una noche de descanso de fingir y tratar de dormir un poco antes de enfrentarme a ella por la mañana.

Esto se estaba volviendo mucho más complicado de lo que jamás esperé.

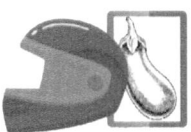

HAZEL HABÍA ESTADO DIFERENTE desde que se metió en la tienda. No es que fuera distante. Ella simplemente estaba distante. Amigable, pero no en exceso. Y no tenía ni idea de cómo comportarme a su alrededor. Así que, por supuesto, había sido un idiota.

— ¿Por qué estás aquí si no tienes una nueva pose en la que trabajar? — Le pregunté, mirándola de reojo.

— Porque dijiste que me ayudarías con el sombreado si lo necesitaba.

Tomando una respiración profunda, intenté calmar a mi lado cabrón y le quité el iPad de la mano. La imagen en la pantalla era completamente diferente del último dibujo que había visto en ella, pero no menos impresionante.

Una ilustración detallada en escala de grises del interior de la destilería prácticamente saltaba de la pantalla, mi motocicleta en el centro, pero ella me había pedido ayuda con el extenso paisaje montañoso que se veía fuera de la ventana.

E.L. KOSLO

Ni siquiera me había dado cuenta de esta foto. Tenía que haber sido una pulsación accidental del botón del mando cuando se estaba vistiendo. Justo antes había sacado la tarjeta de memoria de la cámara porque era un bastardo enfermo y quería tener el control de las fotos que habíamos estado tomando. Sabía que si Hazel se quedaba con la tarjeta de memoria, la borraría antes de devolvérmela, y no quería arriesgarme a que borrara nuestro tiempo juntos. No cuando mis días con ella así probablemente estaban contados.

Después de guardar la tarjeta en el bolsillo, me escapé al baño para ocuparme de las cosas que habían surgido durante nuestro encuentro en la motocicleta. Sabía que no podría montar con lo excitado que estaba, así que me masturbé vergonzosamente en el cubículo del baño de la destilería de mi primo mientras mordía mi puño para no gemir lo suficientemente fuerte para que ella no me oyera al otro lado de la pared.

Para ser honesto, una vez que finalmente volví a mi casa, guardé las fotos de la tarjeta de memoria en una carpeta en mi disco duro portátil y le envié el enlace por correo electrónico sin mirarlas. Nunca me habría alejado de ella si hubiera visto cómo se veía en esas fotos.

Era lo suficientemente malo cargar con los recuerdos de cómo se había sentido tocarla así. Y ni hablemos de la lencería sexy que llevaba puesta. Todo el tiempo estuve pensando en lo fácil que sería romper el delgado material de satén que mantenía el tanga unido y bajar mis pantalones lo suficiente como para estar dentro de ella. Pero no podía dejarme llevar. Aún no. Y especialmente no así con ella. Entonces, por ahora, me centraría en ayudar.

— Para obtener la textura en las montañas, necesitas enfocarte en superponer las sombras, no intentar hacerlo de una sola vez. La dimensión proviene de variar la longitud y el ángulo de las pinceladas. Toma un tiempo, pero realmente hace que la imagen resalte.

Era cierto también al trabajar en el sombreado con una aguja. Las montañas eran difíciles de representar de manera realista, pero había dibujado suficientes en la piel de la gente a lo largo de los años como para haber perfeccionado la técnica. Parecía un poco cliché hacerse un tatuaje de una montaña en el cuerpo cuando estabas rodeado de ellas, pero a los turistas les encantaba capturar la belleza de Colorado mientras estaban aquí.

Hazel tomó el lapiz de nuevo, imitando mis movimientos, las cimas de las montañas nevadas cobrando vida lentamente mientras trabajaba.

— Perfecto, — murmuré, vigilando por encima de su hombro. Era hipnotizante verla dibujar. Nunca había notado lo expresivo que se ponía su rostro cuando se concentraba. Cada momento que pasaba con ella, se volvía cada vez

104

más difícil resistirme. Y casi tenía miedo de que, una vez que mi autocontrol llegara a su límite, hiciera algo para arruinarlo todo por completo.

Nunca había querido que una mujer correspondiera a mis sentimientos hasta ahora. Siempre me había parecido inconveniente cuando solo estaba buscando una compañía temporal, pero la llama que estaba creciendo por Hazel dentro de mi corazón no mostraban signos de apagarse. Y si ella decidía que no valía la pena corresponder esos sentimientos, temía que me consumieran.

— ¿Cuál es la cosa más extraña que has tatuado? — preguntó, sin levantar la vista del iPad.

Tal vez no estaba aquí solo para hacer su trabajo.

— Hmm. Probablemente marcas de dientes. Probablemente marcas de dientes.

— ¿Cómo se dibuja eso? — Su nariz se arrugó mientras seguía trabajando, y me pregunté si tal vez no debería entrar en los detalles de ese tatuaje en particular. Pero sabía que tenia mucha curiosidad, y seguiría preguntando si no le decía.

— No lo haces. La impresión de la piel es el mejor método para obtener un sombreado preciso.

— ¿Tuviste que morder a alguien? ¿Trajeron a su pareja o algo así? ¿Eso es siquiera higiénico?

Mierda, nunca debí abrir la boca y decirle eso. Debería haber dicho algo aburrido, como la extraña mascota exótica de alguien. Había hecho algunos de esos.

— El film transparente y tener cuidado de no romper la piel funciona realmente bien, de hecho. Y mucha esperanza de que no hayas mordido accidentalmente el lugar equivocado.

— No respondiste a mi pregunta. ¿Quién mordió a esa persona? — repitió, echándome una mirada. Sus ojos eran casi penetrantes, una delicada ceja arqueada mientras esperaba mi respuesta. Pero ambos sabíamos que ella ya lo había descubierto.

— La mordí yo.

Sus ojos se entrecerraron, y algo que se parecía mucho a los celos endureció su mirada.

— ¿En serio? ¿No es eso como cruzar algunas fronteras éticas o algo así?

Encogiéndome de hombros y fingiendo que no me afectaba su mirada desafiante, respondí honestamente.

— Fue consensuado mutuamente.

— Ugh. ¿Por qué lo harías...?

Levanté una ceja. Era una chica inteligente; sabía exactamente por qué lo había hecho.

— ¿Te la follaste? ¿Durante...?

Un rubor subió desde el lado de su cuello hasta sus mejillas mientras miraba mis labios y los dientes asomándose debajo de ellos, y se me hizo agua la boca al pensar en morderla. Sabía que no tenía mucha experiencia, pero me preguntaba si le gustaría ser mordida.

La idea de marcar su piel suave y clara me hizo moverme incómodamente bajo su mirada.

— Eso vino después, pero sí. Puede que se haya excitado un poco con todo el proceso.

La nariz de Haz se arrugó, claramente no le gustaba la idea de que yo estuviera con otra mujer.

— Eres repugnante. No puedo creer que hicieras eso.

Pero la forma en que seguía mirando mi boca no parecía de asco. Tal vez ella también estaba pensando en que la mordiera.

— Suena como si alguien estuviera celosa.

— Asqueroso. No fue en este sofá, ¿verdad? — preguntó, levantándose.

— No, — reí con una mano presionando su muslo para mantenerla sentada a mi lado.

— Al menos tuviste la decencia de llevarla a casa contigo, supongo, — murmuró, volviendo su atención al iPad en su regazo. Las marcas que antes estaban delicadamente colocadas se habían convertido en líneas oscuras y furiosas, y puse mi mano sobre la suya para evitar que arruinara la pieza.

Primero que nada, nunca las llevo a mi casa. En segundo lugar, dije que no follamos en este sofá, no que salimos del edificio.

— ¡Ugh! ¿En el sofá de tu oficina? Me he sentado en eso.

— No exactamente, — reí, sabiendo que debería detener esto antes de que se hiciera demasiado daño, pero algo en ver a Hazel celosa era un poco adictivo.

— ¿Pero fue en tu oficina?

Asentí en señal de confirmación.

— ¿En tu escritorio? — preguntó, mirando por el pasillo.

— No con ella, — respondí. Pero solo había llevado a unas pocas allí. Teniendo en cuenta mi historial, podría haber habido muchos más. La mayoría terminó contra la pared en el pasillo después de que todos se habían ido a casa por la noche. Aunque, probablemente debería pensar en reemplazar el sofá en mi oficina.

— Eres un cerdo.

Solía serlo, era lo que quería decirle, pero por supuesto la incité en su lugar.

— Todo fue consensuado. No es que yo abusara de alguna de estas mujeres.

— Solo las follabas.

— Los dos lo hacíamos, — me reí. Poner a mis conquistas o a mí mismo en una situación de riesgo hacia que prefiriera eyacular en el condón fuera de ellas. Aunque me importaba un poco tener hijos, no había manera de que quisiera criar uno fuera de una relación estable. No es que alguna vez hubiera tenido una de esas.

— No quiero ni saberlo.

— Sin embargo, eres tú quien está pidiendo detalles sobre mi vida sexual. — Y fui lo suficientemente tonto como para contárselo. Pero era inevitable que saliera a la luz, eventualmente. Ella sabía que estaba lejos de ser inocente.

— Pregunté por un tatuaje. No por un relato detallado de tus aventuras sexuales, — se rió, sacudiendo la cabeza mientras me sonreía.

— Claro que eso ha pasado en mi sofá. Y en mi escritorio, y en esto...

— ¡Para! — Sus manos cubrieron sus ojos, y sacudió la cabeza mientras sus risitas llenaban el aire entre nosotros. Aunque sabía que no le gustaba mi historia, tampoco se la ocultaría. Era quien era, y no podía cambiar mi pasado.

— Tenía las manos apoyadas en la parte trasera de la puerta de mi oficina. No quería estropear el tatuaje recién hecho en su hombro.

— ¿Qué tienes con eso de tener sexo de pie? — Ella destapó sus ojos, mirándome fijamente con expectativa. Probablemente no quería saber la verdadera razón por la que era más fácil mantener las cosas informales si no pasaba tiempo con estas mujeres en una cama. La mayoría de las veces, ni siquiera estábamos completamente desnudos.

Ciertamente, nunca había sentido la necesidad de adorar a una mujer como lo hice con Hazel hace unos días. Y mis dedos picaban al saber cómo se sentía ella debajo de todas esas sudaderas voluminosas que llevaba por el bar.

— No lo critiques hasta que lo pruebes, Haz.

Mientras me miraba, claramente pensándolo, moví las caderas, luchando contra el impulso de levantarla y empotrarla contra la pared más cercana para mostrarle exactamente lo placentero que podría ser. Pero ella merecía mucho más. Y tampoco era el momento adecuado. Se suponía que debía intentar conquistar su corazón, no darle orgasmos, pero ya había fallado en esa parte.

Ella sostenía la mía en la palma de sus manos. Ella realmente no sabía lo mucho que me estaba enamorando de ella cuanto más tiempo pasábamos juntos. Tanto como Siete durante lo que sea que estuviéramos haciendo en la vida real.

Y Hudson nunca, jamás podría descubrir lo mucho que me había enamorado de ella antes de que yo encontrara la manera de ganármela para siempre. Porque conocía a mi mejor amigo. Él nos lo echaría en cara a ambos si las cosas se desmoronaran, sin importar cuán platónico fuera el acuerdo para ella.

Capítulo
Catorce

Hazel

Mirando el mensaje que acababa de aparecer en mi cuenta de Instagram, parpadeé, tratando de averiguar cómo demonios iba a lograr esto. No podía pedirle a Reid que hiciera esto.

Ni siquiera estaba segura de poder preparar las tomas para capturar exactamente lo que este autor estaba pidiendo. Logísticamente, podría, pero sí... Esta escena podría ser un poco demasiado para mi determinación de resistir al increíblemente sexy mejor amigo de mi hermano.

Aunque como no requería que estuviéramos en la misma habitación, podría simplemente pedirle que me enviara su parte, sin mostrar realmente ciertas partes de su anatomía, y encargarme de intentar conseguir la mía.

> Reid: ¿Tu instructor apreció tus verdaderas habilidades impresionantes de sombreado?

Lo había hecho, pero no estaba en el estado de ánimo adecuado para lidiar con el juguetón Reid en este momento.

> Hazel: Me puso una F. Directo a la cárcel.

> Reid: ¿Te sientes un poco sarcástica hoy, gatita?

> Hazel: Deja de llamarme gatita. No soy suave y achuchable.

Inmediatamente empezó a escribir, pero yo envié otro para cortarlo.

> Hazel: O adorable.

Y me hacía sentir aún más insegura ya que él todavía no me veía como nada más que adorable. Estaba empezando a odiar esa palabra cada vez que la usaba.

> Reid: Estás adorable después de haberte masturbado con un pulgar.

Mi boca literalmente se cayó al leer su descarado mensaje. No podía creer que realmente hubiera ido tan lejos. Pero tampoco iba a dejar que pensara que me había afectado.

> Hazel: Tal vez solo lo estaba fingiendo.

> Reid: Eso no fue falso. Tampoco lo fue la forma en que tu pecho se sonrojó o cómo tus ojos se pusieron en blanco cuando te dejaste llevar. No podía apartar la vista de ti. Nada falso en absoluto.

> Hazel: Estoy segura de que te resulta difícil reconocer cómo es uno de verdad.

> Reid: No me pongas a prueba, mujer. Iré allí y te lo demostraré si necesitas confirmación de que sé cómo se ve cuando una mujer se corre en mi mano.

Ni siquiera se dio cuenta de que estaba preparando la escena que necesitaba para estas fotos. Pero no había manera de que pudiera haberle pedido que simulase tener sexo por teléfono conmigo. Las fotos de la motocicleta habían cruzado una línea, y no podía obligarme a volver al otro lado donde las cosas eran seguras.

Y sus mensajes cada vez más sugestivos me estaban mostrando que él tampoco quería volver. Pero también estaba navegando en aguas peligrosas al dejarme involucrar con un hombre que realmente no me quería. No estaba segura de qué tipo de juego estaba jugando Reid.

> Reid: ¿Demasiado?

Más bien, no es suficiente. Pero tampoco podría decírselo. Todavía no estaba segura si lo que había entre nosotros era solo un caso de tensión sexual no resuelta, o algo más. Y luego me sentía culpable cada vez que las cosas se ponían coquetas con Siete, porque sentía que le estaba engañando. Simplemente no estaba segura de a cuál de ellos le estaba siendo infiel.

> Reid: Lo siento. Ese momento volverá al baúl. No lo volveré a mencionar. No fue justo de mi parte usarlo para molestarte. No importa cuántas veces haya pasado por mi mente en repetición.

En mi mente también. Pero resistí enviarle ese mensaje porque no ayudaría a mantener las cosas bajo control.

> Reid: ¿Tienes algún nuevo encargo con el que necesites ayuda?

No respondí, tratando de buscar en internet fotos que pudiera usar como material de referencia. Parecía anticlimático volver a mis métodos anteriores cuando había podido obtener exactamente lo que necesitaba para trabajar en mis últimos proyectos.

> Reid: Tengo libre mañana, y no estás de turno en el bar porque no veo tu lindo rostro por aquí. Si sigues ignorándome, podría aparecerme en tu casa.

> Reid: Y si llevas algo remotamente parecido a lo que hiciste en la última sesión de fotos, no estoy seguro de poder mantener las manos quietas.

> Hazel: Eso es exactamente lo que necesito. Tú, con tus manos quietas.

> Reid: ¿Estamos hablando en general o para tu comisión?

> Hazel: Ambas.

> Reid: Realmente estás poniendo a prueba mi autocontrol, ¿verdad?

> Hazel: Ni siquiera necesito que estés en la misma habitación conmigo para esto.

> Reid: Está bien, estoy intrigado. Detalles, por favor.

> Hazel: Probablemente podría encontrar un vídeo en línea para que sepas que debes hacer.

> Reid: Claro que sí. Estoy demasiado involucrado en esto ahora como para que te deshagas de mí tan fácilmente.

> Reid: Hablando de eso, nunca me enviaste el dibujo final del último encargo.

Eso podría haber sido intencional. No solo la pieza había salido increíblemente bien, sino que el autor había pagado por una licencia adicional para usarla como portada de edición especial.

Pero eso no significaba que quisiera mostrárselo. La foto que había usado para la pose final tuvo que haber sido tomada en el momento en que me desmoroné contra su mano. Casi le había dicho a la autora que no podía terminar la pieza, pero ayudó que su personaje no se pareciera en nada a mí en el dibujo final. También había requerido un esfuerzo tremendo dibujar al personaje masculino con un casco en lugar de la cara expresiva de Reid.

> *Reid: Iré allí si sigues ignorándome.*

> *Reid: ¿Te dijo Hudson que me dio las llaves extra del edificio en caso de emergencia?*

> *Reid: Creo que una de esas llaves es de tu apartamento.*

> *Reid: Podría necesitar hacer un chequeo de bienestar, ya sabes, para asegurarme de que estés bien. Por si acaso es una emergencia. Sé hacer respiración boca a boca.*

> *Reid: Hudson y Charley se fueron a casa ya que tengo estas llaves para cerrar. Los cocineros acaban de irse, y Mikey se fue hace un rato.*

> *Reid: Tienes cinco minutos para responderme o vas a recibir una visita.*

Los mensajes de Reid habían sido ruido de fondo mientras veía un video en mi teléfono que podría funcionar para la escena que necesitaba dibujar. Para ser honesta, ni siquiera los había leído realmente cuando llegaban, deslizándolos fuera del camino mientras observaba los movimientos del hombre en la pantalla.

En todas mis profundas investigaciones sobre la anatomía masculina, en realidad nunca había visto vídeos como este. Y ciertamente nunca unos tan gráficos.

Era hipnotizante ver cómo sus dedos se flexionaban mientras se agarraba, los músculos de su antebrazo se tensaban y los bíceps se abultaban con cada movimiento rápido mientras movía su puño hacia arriba y hacia abajo sobre su...

— Haz, — una voz profunda y apagada, pero muy familiar, resonó por el corto pasillo que va desde la puerta principal hasta la sala de estar, y me quedé paralizada, con los ojos muy abiertos mientras veía a Reid entrar en mi apartamento sin llamar. O tal vez sí lo había hecho, y yo estaba tan concentrada que no lo había escuchado.

Estaba tan ocupado mirando a mi visitante no invitado que ni siquiera me di cuenta de que mis auriculares se habían desconectado, un gruñido muy masculino emanando del altavoz y haciendo que los ojos de Reid se abrieran de par en par.

Santo jodido cielo...

Mis auriculares inalámbricos seguían cargando después de que olvidara ponerlos en el estuche antes de colocarlo en el cargador más temprano hoy. Agarré mis viejos auriculares de diadema y los conecté mientras hacía mi investigación, y claramente había olvidado que la razón por la que había dejado de usarlos era porque el conector tenía la costumbre de aflojarse.

Reid se acercó a mí mientras yo intentaba frenéticamente cerrar la ventana del navegador en mi teléfono, pero él fue demasiado rápido, agarrando suavemente mi muñeca y sacando el teléfono de mi mano.

Él miraba la pantalla; los gruñidos se volvían cada vez más fuertes a medida que el tipo claramente se acercaba más y más a correrse, los ojos expresivos de Reid parpadeando brevemente hacia los míos con una mirada que no podía identificar del todo.

Esto fue tan embarazoso. Sería una cosa ser sorprendido masturbándote por la persona que protagonizó demasiadas de tus fantasías, pero era algo completamente diferente ser sorprendido viendo a alguien más hacerlo en tu teléfono.

Reid se inclinó hacia adelante, quitándome los auriculares de la cabeza y arrojándolos hacia la mesa de café mientras se sentaba a mi lado.

Mi pulso se aceleró mientras se acercaba, sus rodillas presionando contra las mías. Estaba vestido más informal de lo que hubiera esperado si hubiera estado abajo en el bar, con un par de pantalones cortos de baloncesto, una camiseta ajustada gris oscuro, un par de zapatillas Converse desgastadas y una gorra puesta al revés.

O se fue a cambiar después de todos los mensajes que me había enviado, o no estaba abajo para ligar con mujeres como solía estar. No es que se viera menos atractivo que en su atuendo habitual de vaqueros oscuros, botas de cuero, camisetas gráficas ajustadas que abrazaban sus bíceps de una manera prácticamente obscena y su cabello desordenado con un aire sexy.

— ¿Qué tipo de investigación estás haciendo aquí, gatita? ¿Es esto para uno de tus proyectos, o es para otra cosa?

Su sonrisa se ensanchó cuando sacudí la cabeza, cerrando la boca. Estaba tan mortificada. No es que ver pornografía fuera vergonzoso ni nada, pero que te atrapara viéndola el mejor amigo de tu hermano, en quien tenías un enamoramiento muy poco saludable, no era exactamente genial. Estaba segura de que mis mejillas se habían puesto completamente rojas en los pocos minutos desde que él había entrado sin avisar y arruinado mi pequeña investigación.

— ¿Es esto lo que te gusta... Mirar? — preguntó, estudiándome con los ojos entrecerrados. Su voz sonó más baja de alguna manera, y miré hacia sus pantalones cortos, mis ojos se abrieron cuando me di cuenta de que estaba mirando su polla. No su pene real, sino donde estaba ubicado.

— Ojos aquí, nena. — La burla en su voz solo hizo que el rubor empeorara, porque el maldito presumido sabía exactamente lo que había estado haciendo.

— Dame el móvil. — Extendiendo mi mano hacia el espacio entre nosotros con mucha más confianza de la que realmente poseía, levanté la mirada y lo miré fijamente. Había lidiado con sus burlas más que suficiente cuando era adolescente y sabía que acobardarme solo lo empeoraría.

— Háblame de tu comisión, — me respondió, presionando el móvil en mi mano, pero en lugar de alejarse, envolvió su gran palma alrededor de la parte trasera del teléfono, manteniéndolo cautivo entre nuestras manos.

— No. Ya no necesito tu ayuda. Encontré lo que necesitaba. — Todavía necesitaba su ayuda, específicamente porque la escena que necesitaba ilustrar era de un perfil lateral de lo que acababa de ver, no de una vista frontal.

— Sí, sí me necesitas.

— Ni siquiera sabes en qué estoy trabajando. Estaba muy bien antes de que te metieras en mis asuntos. Y estaré bien haciendo esto por mi cuenta.

Se rió, inclinándose hacia adelante y metiendo un mechón suelto de cabello detrás de mi oreja, pero en lugar de retroceder, simplemente envolvió su mano alrededor de la parte posterior de mi cuello. Su aliento cálido se extendió sobre mi cara, y luché contra el impulso de gemir audiblemente. No le iba a dar la satisfacción de saber cuánto me afectaba su proximidad.

— No quiero que lo hagas sola. Y no creo que quieras hacer esta comisión sola tampoco. Creo que has disfrutado la última semana, y sé que has estado pensando en qué otros tipos de proyectos podemos colaborar.

— Reid... — Advertí, presionando su hombro con mi mano libre, pero él respondió flexionando sus dedos contra mi cabeza y acercando aún más mi cara, lo que hizo que mi corazón latiera con fuerza.

— Hazel... — Mi pulso se disparó por una razón completamente diferente cuando sus ojos se posaron brevemente en mis labios.

— Si te digo en qué estoy trabajando, tienes que prometer que esta es la última vez. No puedo seguir haciendo esto contigo. — Era demasiado difícil estar en estas situaciones cuando sabía que él realmente no me quería.

Y las cosas con Siete también habían estado avanzando. Todavía era poco preciso sobre su trabajo, pero me había contado otras cosas sobre él. Era el mayor de tres hermanos y tenía un montón de primos. Su familia había tenido dificultades mientras crecía, pero eso lo hizo aún más decidido a lograr algo en la vida. Tenía un pequeño negocio y acababa de terminar de pagar ambos préstamos que había pedido mientras lo estaba iniciando.

No le había enviado más bocetos, pero me preguntó cómo iban mis ilustraciones. Él había pensado que el dibujo de la motocicleta de Reid en la destilería era increíblemente bueno y reiteró que quería enseñarme a montar cuando nos conociéramos en persona. No me molesté en decirle que Reid ya me había llevado en mi primer paseo como pasajera. O lo que había pasado en esa moto en un almacén oscuro a principios de semana.

— ¿A dónde fuiste? — La voz de Reid era casi distante mientras miraba la pared sobre su hombro, claramente disociándome de nuevo porque mi cerebro estaba tan sobreestimulado. — Haz... Vuelve conmigo.

Era más fácil manejarlo por las mañanas cuando me estresaba, pero por las noches, cuando se me habían pasado el efecto de mis medicamentos, era difícil concentrarme en las cosas cuando estaba nerviosa... O ser excitada en contra de mi voluntad por el mejor amigo de mi hermano, que es demasiado encantador.

Tomando una respiración profunda y temblorosa, cerré los ojos inclinando la cabeza hacia atrás, tratando de calmar mis pensamientos. Reid no podía seguir jugando así conmigo. No era justo para mí, y no era justo para Siete. Había desarrollado profundos sentimientos por un hombre que ni siquiera había visto, mientras que un hombre que nunca realmente me había visto estaba jugando con mis emociones.

Sabía que Reid probablemente no tenía idea de que su comportamiento estaba teniendo este efecto en mí, pero cuanto más me permitía verlo como una posibilidad, incluso para un romance pasajero, más difícil sería cuando inevitablemente el pasara de mí.

— Lo siento, — susurró, atrayéndome contra su pecho. — Sé que sigo cruzando las líneas aquí. Pero quiero ayudarte. No puedo evitar acercarme a ti.

Sus dedos peinaron mi cabello mientras me sostenía, y traté de respirar a través de la somnolencia que de repente sentia.

— Las cosas no deberían ser así entre nosotros.

— Lo sé, gatita. Lo sé. Pero te he extrañado tanto en los últimos dos años que he estado tomando todo lo que me das. Sé que lo arruiné todo, pero no quiero perderte así otra vez.

Mi barbilla tembló cuando sus palabras calaron hondo. No estaba segura hasta ahora si él había sentido el vacío en su vida durante los últimos años como yo lo había sentido. Había sido impactante encontrarlo así, especialmente porque me gustaba, pero esa no fue la razón por la que me alejé de nuestra amistad y lo rechacé. Siempre iba a ser el mejor amigo de Hudson. Y yo tenía a Charley, así que no era como si hubiera perdido a mi mejor amigo, pero me hizo darme cuenta de lo diferentes que eran nuestras vidas.

Yo había sido protegida e inexperta, y él era todo lo contrario. Éramos demasiado diferentes. Aunque nuestras vidas se vivían paralelas entre sí, y él siempre estaba presente, no estaba segura de qué teníamos exactamente en común. Él era seguro de sí mismo y carismático, mientras que yo no. Él estaba establecido en su carrera y tenía éxito, mientras que yo solo estaba comenzando. Tenía a las mujeres haciendo fila para pasar tiempo con él, y definitivamente yo no tenía hombres buscándome.

Verlo follar con esa chica me había hecho cuestionar todo sobre mi vida en ese momento. La recuperación física de mi accidente había sido horrible, y hasta cierto punto, cada dolor que sentía fracturaba aún más la manera en que lo miraba. Y él simplemente había seguido como si nada hubiera pasado. Como si su comportamiento no me hubiera causado daño físico de manera literal. No me empujó sobre esa caja ni me clavó un trozo de vidrio en la pierna, pero a veces sentía que lo había hecho.

— Por favor, háblame, — susurró, inclinándose hacia atrás y limpiando con sus pulgares debajo de mis ojos. Ni siquiera me había dado cuenta de que estaba llorando. Y me odiaba por hacerlo frente a él. Prometí en ese entonces no dejar que tuviera tanto poder emocional sobre mí otra vez, pero aquí estaba yo, prácticamente desmoronándome porque finalmente había notado que era más que la aburrida hermanita de Hudson.

— No puedes seguir lastimándome, — susurré, aclarando mi garganta antes de continuar. — Sé que estás tratando de ayudarme, y lo aprecio. De verdad. Pero cuando juegas con mis emociones, duele. Esta es mi vida, mi trabajo. Y no puedo seguir haciendo esto cuando actúas como...

Asintió, pasando sus dedos por mi cabello antes de soltarme y alejarse de mí.

— Lo sé, nosotros... Me dejé llevar y dejé que las cosas se salieran de control. Pero no creo que te des cuenta del poder que tienes sobre mí.

Despreciándolo, lo empujé hacia atrás, y se acomodó a medio camino en el sofá, metiendo mis piernas en su regazo en el proceso. Me quitó suavemente las pantuflas, dejándolas caer al suelo antes de masajearme los arcos de los pies, riendo cuando no pude contener un gemido. Aunque mi vida como artista me mantenía relativamente sedentaria, pasaba mucho tiempo de pie en el bar de abajo.

Mientras sus dedos se deslizaban por mis tobillos y se hundían en los músculos de la parte posterior de mis pantorrillas, me estremecí, tratando de sacar mi pierna de su agarre.

— Hola, — susurró Reid, atrayendo mi atención hacia su rostro y alejándola de la cicatriz que su palma estaba cubriendo en ese momento. — Lo siento.

— No fue tu culpa. — Lo sabía. Pero había mantenido una cantidad poco saludable de resentimiento durante los últimos años. Llevar pantalones cortos era raro debido a la larga cicatriz que se enrollaba alrededor de la parte posterior de mi pantorrilla y subía hacia mi rodilla. Aunque la cicatriz se había desvanecido con el tiempo, todavía estaba allí para que todo el mundo la viera.

— Sí, lo fue. Sé que no te empujé, pero fui la razón por la que estabas allí en primer lugar. Hudson me pidió que llevara esas cajas al bar, y me distraje y lo dejé en el suelo. Así que sí, fue mi culpa. Y nunca te pedí disculpas por lo que viste, tampoco.

Cerrando los ojos, evitaba mirarlo, tratando de sacar de mi mente las imágenes que aún me atormentaban hasta el día de hoy. Cuán hipnotizada había estado por cómo se movía su cuerpo mientras él...

— Te estás sonrojando de nuevo, gatita. — La voz susurrante de Reid me sorprendió, y mis ojos se abrieron de golpe, encontrándome con los suyos. Atrapada en su mirada, no pude apartar la vista. Cada parte de mí era intensamente consciente de la sensación de sus manos sobre mí mientras sus dedos trazaban la piel elevada de mi pierna, quemando un camino por mi pantorrilla y detrás de mi rodilla.

— Lo siento también, — susurré, tratando de parpadear para alejar mis emociones. La vergüenza y la humillación me envolvieron durante meses en aquel entonces, y cada vez que Reid había intentado hablar conmigo después de que me dieron de alta del hospital, me daba la vuelta y me alejaba. Huiría de él en cada oportunidad, y hasta Halloween hace unos meses, habría estado perfectamente contenta de seguir haciéndolo por el resto de mi vida.

— La forma en que te he tratado durante los últimos dos años tampoco estuvo bien. Solíamos ser amigos, y simplemente lo tiré por la ventana porque estaba...

Sacudiendo la cabeza, aparté la mirada de él, pero debería haber sabido que no me dejaría ir tan fácilmente. Reid levantó mis piernas, acercándose hasta que prácticamente estaba sentada en su regazo. Dedos suaves recorrieron el lado de mi cara y provocaron que mi labio temblara. Ni siquiera estaba segura de por qué, pero de repente sentí la necesidad de llorar.

— Ven aquí, — susurró, envolviendo un brazo alrededor de mi espalda y animándome a rodearlo con mis brazos. Metí mi cara en su cuello y traté de ordenar mis pensamientos. La semana pasada estaba bien. Me había estado ocupando de mis propios asuntos y trabajando en dos empleos, tomando mis cursos y manteniéndome al margen.

Un poco sola desde que mi mejor amiga se había emparejado con mi hermano, pero tenía otras cosas en las que concentrarme. Y ahora tenía a Reid irrumpiendo en mi vida y en mi corazón, mientras que este otro hombre, cuyo nombre ni siquiera conocía, me estaba abriendo de una manera completamente nueva.

— ¿Es aquí donde quieres ser marcada? — Reid preguntó, su pulgar rozando la cicatriz, apenas tocando mi piel. Asentí y sus dedos se hundieron, masajeando la piel dañada. Se me erizaron los vellos de los brazos, haciéndolo reír mientras acercaba su rostro al mío, su aliento cálido en mis labios. — No necesitas ocultar esto del mundo. Creo que cada parte de ti es hermosa. Pero si lo deseas, ¿me dejarías hacerlo?

No esperó una respuesta, porque sabía que le diría que sí. Instándome a acostarme, Reid levantó las caderas, sacando un rotulador del bolsillo de sus pantalones cortos, usando los dientes para quitar la tapa. Lo observé desde mi lugar contra los cojines del sofá, con el ceño fruncido de concentración y la tapa del rotulador aún entre los dientes mientras sus dedos maniobraban hábilmente el rotulador de punta fina contra mi piel.

— Más te vale no estar dibujando nada inapropiado con ese rotulador permanente en mi pierna, — advertí, y él sonrió, guiñándome un ojo antes de volver su atención a lo que sea que estaba dibujando.

— Solo dame un minuto, mujer, — murmuró alrededor de la tapa del rotulador, continuando con el movimiento de mi pierna mientras trabajaba. Levantándome, intenté mirar, pero él entrecerró los ojos hacia mí, asintiendo para indicar que necesitaba volver a acostarme. — No mires.

Cerrando los ojos, intenté concentrarme en respirar y no en lo mucho que me excitaba no solo tener las manos de Reid recorriendo toda mi pierna, sino también recibir toda su atención incondicional. En momentos como este, cuando me recordaba que sí teníamos cosas en común, como nuestro amor por el dibujo, era difícil convencerme de que éramos tan increíblemente diferentes.

— ¿Sigues despierta, bonita? — me bromeó, el sonido de la tapa encajando en su rotulador me devolvió a la realidad.

— ¿Puedo mirar? — Sentándome, moví mis caderas hacia atrás para poder estudiar mi pierna, las intrincadas líneas negras envolviendo mi piel en un marcado contraste con la palidez de mi pantorrilla y la piel ligeramente más rosada de mi cicatriz. Pero apenas se podía distinguir a través del diseño, una enredadera fluida que estaba impresionantemente sombreada considerando con qué había estado dibujando, envolviendo la parte trasera de mi pierna y fluyendo por la parte delantera de mi espinilla hasta justo por encima de mi tobillo.

— Reid, — susurré, un poco aturdida por el diseño, muy similar al vendaje de pantorrilla que había intentado dibujar, pero mucho más detallado. — ¿Te habló Charley de mi diseño?

Frunció el ceño, sacudiendo la cabeza mientras descansaba casualmente los brazos en el respaldo del sofá. De nuevo, luciendo como si perteneciera aquí.

— No, ni siquiera sabía que tenías un diseño. — Se detuvo, trazando el contorno de la flor en el costado de mi pantorrilla con la yema de su dedo. — Quiero decir, sé que no son pollas, ya que parece que realmente disfrutas mirándolos. Pero sé cuánto amas las peonías. Y...

Asintió hacia las grandes flores pintadas en las paredes de mi sala de estar. Cuando nos mudamos a este apartamento una vez aburrido de color gris oscuro, inmediatamente me puse a trabajar para convertirlo en algo no tan sombrío, comenzando por pintar las paredes de un melocotón pálido. Luego pasé días pintando a mano enormes flores de peonía de color rojo rosado por todo el espacio. Mis manos me habían dolido durante semanas, ya que había pasado tantas horas detallando las partes intrincadas de las flores que fácilmente podría haber dejado de lado. Charley me había dicho que estaba obsesionada, pero una vez que terminé, me senté y me quedé mirando durante horas lo que había creado. Las grandes flores me hicieron feliz, y al mirar las siluetas en mi piel, una sensación cálida floreció en mi pecho. Las flores de Reid también me hicieron feliz.

— Está bien si no te gustan. Esto es solo un rotulador de tatuajes temporales. Las líneas se desvanecerán después de unas semanas. Supongo que debería haber preguntado si podía dibujar sobre ti antes de hacerlo, pero desde que Charley mencionó a alguien más tatuándote, no he podido quitarme la idea de la cabeza. Estaba tratando de ser paciente y dejar que vinieras a mí, pero...

Alcanzando con los dedos para colocar mis yemas sobre su boca, sacudí la cabeza. Su mano agarró mi muñeca, su pulgar frotando mi punto de pulso mientras esperaba que hablara.

— Es hermoso. No estoy segura de si alguna vez tendría el valor de dejarte poner una aguja en mi piel, pero dibujaste exactamente lo que quería.

Reid apartó mis dedos, entrelazando los suyos con los míos y colocando nuestras manos unidas en mi regazo.

— Esto no era para presionarte. Sé cuánto te molesta. Veo cómo usas pantalones largos la mayor parte del año para ocultarlo. Cada vez que vislumbro tu cicatriz y sé que fui parte de lo que la causó, siento un intenso arrepentimiento por haberte hecho sentir insegura en tu propia casa. Y que mis acciones dañaron este hermoso cuerpo. No es que las cicatrices te hagan menos hermosa, pero...

— Para. — Levantando las piernas, me alejé de él, pasando los dedos por las líneas, imaginando que fueran permanentes. Sabía que tomaría horas estar en su silla para completarlo. Horas que me vería obligada a pasar con él. — No estoy diciendo que no. Solo estoy diciendo que no ahora. Pero también será mejor que tomes fotos, porque cuando finalmente reúna el valor suficiente para dejarte estar cerca de mí con esa máquina de tatuajes, quiero esto.

— Sabes cómo me siento acerca de tomar fotos de ti. — Su voz era un murmullo bajo, y sabía que necesitaba empezar a pedir lo que realmente necesitaba. Y no debería dudar de su ayuda con mis comisiones. Las cosas pueden haber sido raras entre nosotros, pero sabía que su corazón estaba en un buen lugar. Era solo el resto de él lo que mi cerebro seguía llevando a un lugar muy, muy travieso.

— Bueno, espero que hayas traído tu cámara cuando viniste en esta misión de allanamiento, porque necesito tu ayuda.

— Y estoy más que dispuesto a dártelo. Lo que necesites.

Levantando una ceja, le di la vuelta a la situación, barriendo intencionadamente mi mirada sobre su ajustada camiseta y deteniéndome en sus pantalones cortos.

— ¿Oh, de verdad? ¿Estás seguro de que quieres ir por ahí, gatita? Porque si lo pides, te lo voy a dar. Ahora que sé cuánto te gusta mirar paquetes.

— Bueno, no todos los paquetes son iguales. No estoy segura de que el tuyo pueda ayudar con este proyecto. Necesito verlo en las fotos para dibujarlo, y no somos el tipo de amigos que se desnudan juntos, así que...

Reid se movió, apartando mis piernas a un lado para poder deslizarse fuera de debajo de ellas. Sus bíceps se flexionaron a ambos lados de mi cabeza mientras apoyaba las manos en el reposabrazos del sofá detrás de mi espalda, inclinándose sobre mí.

— No necesito desnudarme para que veas lo que necesitas dibujar, Haz.

Capítulo
Quince

Reid

— Hemos sido creativos con nuestras poses hasta ahora sin quitarnos demasiada ropa. Ahora necesito que me digas exactamente qué es lo que estoy tratando de capturar, y luego lo vamos a preparar. ¿Dónde está tu trípode?

Hazel me miraba, sus labios ligeramente entreabiertos, y un rubor subiendo por el lado de su cuello. Parecía que a alguien le gustaba que le dieran órdenes. Lo cual era bueno, porque yo quería ser quien le dijera qué hacer en este momento.

No en la vida real, por supuesto, porque estaba completamente a favor de su nueva confianza en los últimos meses, pero cuando estábamos solos trabajando en sus comisiones, no tenía ningún problema en tomar la iniciativa. Al menos hasta que ella decidiera que era su turno. Podía ser un buen chico cuando era necesario.

— Eh, yo, eh... — tartamudeó, con las mejillas de un rosa intenso. Me encantaba tener ese efecto sobre ella, y últimamente había estado fantaseando demasiado sobre cómo se veía sin nada puesto y descubrir dónde se extendería ese rubor cuando la hiciera correrse.

Reclinándome, le ofrecí mi mano, ayudándola a sentarse en el sofá. Sus ojos se abrieron cuando miró mis pantalones cortos, y tuve la sensación de que mis pantalones cortos de compresión no estaban haciendo mucho para ocultar mi reacción hacia ella.

— ¿Puedes... — Me ahuyentó, y tomé asiento en la mesa de café, inclinándome hacia adelante y apoyando los antebrazos en los muslos.

— Suéltalo. No voy a dejar que te eches atrás ahora.

Pero mi valiente fiera de fuego se había cerrado de repente de nuevo, negándose a abrir esos labios tan hermosos.

— Ya que has decidido quedarte en silencio conmigo, veamos si puedo adivinar. — Levantando una ceja, observé cómo se recostaba contra los cojines, cruzando los brazos alrededor de sus rodillas en una postura defensiva. Me froté las manos, sonriendo mientras continuaba. — Antes, mencionaste algo sobre que me mantuviera las manos quietas, y luego te vi mirando... Lo que estabas mirando. ¿Tu comisión tiene algo que ver con el auto placer?

— Quizás, — murmuró, tirando de su labio inferior con los dientes.

— Y también dijiste que ni siquiera necesitabas que estuviera en la misma habitación para captar la imagen que necesitabas. Así que eso me lleva a creer que al menos un personaje se está tocando mientras el otro está escuchando... O mirando.

Un pequeño asentimiento fue toda la confirmación que obtuve, pero sin que ella me lo dijera explícitamente, me vi obligado a imaginar mi propia versión de la escena que le habían encargado dibujar. Y aunque la idea de ver algo así era realmente tentadora, iba a dejar que ella decidiera cómo quería llevar esto a cabo.

— La verdadera pregunta es... ¿Quieres fingir este escenario, o realmente quieres representarlo?

Sus ojos se abrieron, su delicada boca se abrió, pero los tonos rosados en sus mejillas la delataron.

— Como contigo... Y yo... — tartamudeó, abrazando sus piernas con más fuerza.

Eso depende de ti. Dado que lo que estabas viendo parecía autoexplicativo, supongo que el personaje masculino se está tocando. Pero nunca me dijiste cuál es el papel del personaje femenino mientras él lo hace.

Los ojos curiosos de Hazel seguían mirándome, y podía notar que claramente todavía tenía problemas para hablar conmigo sobre cualquier cosa sexual sin sonrojarse, así que empujé un poco los límites.

— Aquí está lo que creo que necesitamos hacer. Ayúdame a colocar tu cámara en tu dormitorio para capturar el ángulo que necesitas, y cuando yo llegue a casa, haré lo mismo. Luego me vas a llamar, y hablaremos de todo mientras obtenemos las imágenes que necesitas.

— ¿Y las cosas de las que hablaremos son...?

Deslizándome hacia adelante de nuevo, solté los brazos de Hazel y me incliné sobre ella, apoyando mi mano en el respaldo del sofá.

— Eso depende de ti, pero estaría más que feliz de decirte exactamente cómo creo que deberías tocarte. Porque así podría mantener la concentración para tomar las fotos que necesitas, pero mientras estoy al teléfono contigo, no creo que pueda evitar tocarme mientras escucho los sonidos que haces mientras te tocas.

— Estás difuminando las líneas otra vez, Reid.

Levantándome y extendiendo mi mano hacia ella para que pudiéramos empezar, dije lo que había estado en mi mente durante semanas.

— Tal vez no debería haber ninguna línea entre nosotros, Haz. Ya no.

UNA HORA DESPUÉS, TODAVÍA estaba esperando a que Hazel me llamara. Después de ayudarla a colocar su cámara junto a su cama y dejarla con un guiño sugestivo que la hizo sonrojar de nuevo, corrí a casa para duplicar la misma configuración.

Mientras esperaba, había estado trabajando en conseguir las tomas de perfil lateral de mí mismo que ella había descrito, con las sábanas tiradas bajo mis caderas. Mi puño estaba envuelto alrededor de las sabanas blancas, agarrando la erección que no había podido controlar mientras fingía que estaba haciendo algo un poco más lascivo.

Realmente no se podían ver muchos detalles, solo mi cadera expuesta al borde de la sábana, pero esperaba que estuviera lo suficientemente cerca como para que Hazel pudiera completar el resto de lo que necesitaba usando su imaginación. O el recuerdo del hombre que había estado viendo en su teléfono. Porque más le valía no estar buscando más vídeos para ver cuando yo le habría enviado uno con gusto.

Ahora estaba tumbado en mi cama, con los calzoncillos puestos de nuevo, mirando mi teléfono como el hombre desesperado en el que me había convertido a su alrededor. También estaba esperando una respuesta al último mensaje de texto que le había enviado como Siete antes de venir al bar esta noche para ayudar a Hudson a poner unas estanterías nuevas en el almacén después del último turno.

> Siete: ¿Qué es algo que siempre has querido hacer, pero nunca le has contado a nadie?

Pero también había dejado a mi alter ego en visto toda la tarde mientras estaba en línea buscando videos traviesos.

Incluso había estado pensando en qué decirle una vez que finalmente me respondiera. Estaba tratando de ser más abierto con información sobre mí mismo sin revelar demasiado sobre mi identidad. No había vuelto a preguntar por más detalles sobre mi trabajo, pero había revelado cosas, o quería revelar cosas, que ni siquiera compartía con Hudson.

Y quería decirle en qué había estado pensando cada vez más últimamente, porque una vez que se revelara mi identidad, quería contar con ella para que me ayudara. Si es que todavía me hablaba, claro.

Decidiendo torturarme un poco más, navegué a mis archivos externos, haciendo clic en el enlace que le había enviado de la vez que posamos juntos en la destilería. Sabía que era estúpido mirarlas, porque solo me harían sentir más frustrado, pero no pude evitarlo.

Antes de que las imágenes pudieran cargarse, llegó un mensaje de texto, haciendo que mi pulso se acelerara y cerré la ventana.

Catorce: Lo siento, me distraje con algo antes y no vi tu mensaje.

Sí, estoy seguro de que estabas distraída, chica sucia, fue lo que quise responder, sabiendo que había estado mirando porno cuando envié ese mensaje. Pero me comporté porque Siete no sabía lo que había estado haciendo.

Siete: No te preocupes, ya estás aquí. ¿Hay algo en lo que pueda ayudarte? ¿Necesitas a alguien con quien hablar?

Catorce: No. Está bien. Solo un proyecto en el que estaba trabajando. Un amigo me ayudó a resolver las cosas.

¿Pero lo había hecho? No me había llamado después de que me fui, y no había respondido a mi correo electrónico con las fotos que le había enviado. Tal vez me había mostrado demasiado insistente.

Siete: ¿Vas a responder mi pregunta de antes, o prefieres que empiece yo?

Catorce: ¡Ahh! ¿Quieres decir que me vas a contar algo, y no tengo que sacártelo a rastras?

Siete: Te he dado respuestas sobre mí.

Catorce: A regañadientes. Pero claro, tú primero. Aunque por lo que sé de ti, me cuesta creer que no vayas tras lo que quieres. No puedo imaginar que haya mucho que quieras hacer y que no logres.

> Siete: A veces, incluso las personas asertivas tienen cosas que guardan para sí mismas.

Catorce: ¿Como detalles específicos sobre sus trabajos?

> Siete: Touche. Pero esto tiene que ver con mi trabajo de manera indirecta.

Catorce: Estoy intrigada. Adelante.

> Siete: He estado pensando en organizar talleres en mi tienda durante las vacaciones de verano. Para los niños cuyos padres no pueden permitirse enviarlos a un campamento de verano.

Catorce: ¿Qué tipo de talleres?

Obviamente, no podía decirle directamente que quería enseñar a los niños a perfeccionar sus habilidades de ilustración y explicarles para qué tipos de trabajos podían usar esas habilidades sin necesidad de más que un diploma de secundaria, porque entonces me habría hecho preguntas sobre qué experiencia profesional tenía en esa área. Pero sabía que si alguien entendería la necesidad de alentar a los niños a seguir sus sueños artísticos, sería ella. También tenía a algunos otros dueños de negocios locales con los que pensé que podría ser bueno asociarme porque sabía que tenían antecedentes similares a los míos y aplicaban sus talentos creativos a negocios prácticos.

Si no hubiera sido por mis profesores de arte en la secundaria, junto con los padres de Hudson, que vieron mis habilidades artísticas y me animaron a encontrar una manera de usarlas sin necesitar un título universitario, no me habría convertido en tatuador. Probablemente estaría trabajando en la construcción con mi papá y mi tío. Lo cual no habría sido ni de lejos tan gratificante como la carrera y la vida que he podido construir para mí mismo en la última década haciendo algo por lo que sentía pasión.

> Siete: Ayudarlos a aprender a hacer cosas con sus manos. Habilidades reales que podrían desarrollar sin tener que depender de ir a la universidad.

Catorce: No fuiste, ¿verdad?

Siete: No. No estaba en mis planes. No teníamos mucho dinero extra mientras crecíamos, y no era el mejor estudiante académicamente, así que encontré una manera de aprovechar mis otras habilidades.

Catorce: ¿Y esas habilidades serían?

Siete: Buen intento. Pero quiero ser un lugar seguro al que estos niños puedan venir sin sentirse presionados a conformarse con lo que algún consejero de orientación piensa que deberían hacer. No todos están hechos para la universidad, y no hay suficientes adultos que animen a los niños a seguir otros oficios.

Catorce: ¿Carpintero? ¿Te gusta pulir tu madera?

No pude contener la sonrisa debido a nuestras interacciones anteriores en la noche, pero no estaba dispuesto a ceder en mantener algunas cosas para mí.

Siete: No.

Catorce: ¿Fontanero? ¿Vas a venir a desatascar mis tuberías?

Siete: Aunque a mi manguera le encantaría desatascar tus tuberías, no.

Catorce: ¿Mecánico? ¿Quieres revisar mis fluidos?

Siete: Vaya, realmente estás poniendo todo tu empeño en averiguarlo. Pero, no. Y la última vez que revisé, los fontaneros y los mecánicos no marcan cosas para la gente. Solo tendrás que ser paciente.

Catorce: Está bien. Me comportaré.

Siete: Ambos sabemos que eso no es cierto.

Catorce: Creo que en secreto te gusta que sea rebelde.

Siete: No es un secreto.

Catorce: ¿Le has contado a alguien más sobre estos talleres? Apuesto a que hay mucha gente (yo incluida) que estaría encantada de ayudarte a empezar algún tipo de programa de verano para niños así.

Siete: No. Es solo una idea en este momento.

Catorce: ¿No le has contado a nadie más que a mí?!? ¿Qué pasa con tus amigos? Estoy segura de que te ayudarían en lo que pudieran si supieran cuánto quieres hacer esto.

Siete: No. Mi mejor amigo probablemente no lo entendería. Nunca tuvo dudas sobre su futuro como yo las tuve de niño. Su familia estaba completamente de acuerdo con lo que él quería hacer, y sus padres lo apoyaron en la escuela.

Lo cual era algo que nunca le guardé rencor a Hudson. Había estado acompañándonos para pasar tiempo en el bar, aprendiendo los trucos del oficio de su padre, desde que éramos niños. Luego, una vez que tuvo la edad suficiente para trabajar allí, se lanzó de lleno y nunca siquiera consideró hacer otra cosa con su vida.

También había tenido padres que podían permitirse enviarlo a la universidad para perfeccionar sus habilidades en la gestión de restaurantes. Entonces, mientras yo había tomado el camino largo para hacer realidad mis sueños, él había tenido un nivel de privilegio del que siempre había estado un poco celoso. Pero su familia nunca me había juzgado por tomar un camino diferente. Su padre incluso había trabajado conmigo para desarrollar un plan de negocios cuando estaba tratando de conseguir el préstamo para abrir mi tienda después de haberme mudado de nuevo a Sage Springs.

Catorce: Mis padres también me apoyaron de esa manera. Nunca intentaron convencerme de hacer otra cosa una vez que les dije que quería ser ilustradora. Pero probablemente ayudó que tuviera becas para subvencionar la escuela, y que mi hermano me diera un trabajo cuando me gradué, así que no tuve que ser una artista hambrienta mientras resolvía las cosas.

Siete: Mis padres me apoyaron. No quiero que pienses que no lo hicieron, y ayudaron donde pudieron. Pero sé que algunos niños no tienen tanta suerte.

Catorce: ¿Y quieres ser esa persona para ellos?

Por eso me estaba enamorando tanto de ella, porque no importaba quién fuera cuando hablábamos, ella parecía entenderlo. Entenderme. Y no me juzgó.

Hudson tenía buenas intenciones. Siempre había estado allí cuando lo necesitaba, y nunca dudé ni por un segundo de que me apoyaba. Pero a veces sentía que usaba mis actividades recreativas como una justificación para decir que no podía tomar las cosas en serio.

Sabía que usaría el mismo criterio para juzgar mis sentimientos por Hazel. No miraría el hecho de que la adoraba por quien era. Cada parte de ella, incluso las que ocultaba a su hermano. Se centraría en lo firme que había sido una vez al decir que no quería estar en una relación comprometida. Pero siempre le había dicho que, si encontraba a la persona adecuada, lo haría en un abrir y cerrar de ojos. Simplemente no me había dado cuenta de que la persona adecuada había estado literalmente escondiéndose bajo mi nariz durante años. Solo que ella aún no estaba lista. Y yo tampoco.

Pero ahora estaba listo. Y había una posibilidad muy real de que me odiara en una semana cuando supiera quien era Siete y le dijera que la amaba. Pero aún así iba a intentarlo.

Catorce: Para responder a tu pregunta, supongo que podrías decir que estoy haciendo lo que siempre quise hacer en este momento.

Siete: ¿Cómo es eso?

Catorce: Estoy creando arte en mis propios términos.

Siete: ¿Con tus comisiones?

Catorce: Sí. Sé que mi familia no entendería lo que he estado haciendo. Pero realmente lo disfruto. Dar vida a estos personajes. Sé que no estoy escribiendo los libros, ni planeando las escenas, pero siento que estoy dando vida a las creaciones de estos autores.

Siete: Ya lo dije antes, y lo diré de nuevo. Eres increíblemente talentosa. Y aunque estuvieras dibujando cosas menos atrevidas, seguiría pensando que tu determinación es increíblemente sexy.

Catorce: Sé que no puedes verlo, pero me estás haciendo sonrojar.

Siete: Quisiera decirte que te tomes una foto. Aunque sé que no debería y que estoy rompiendo las reglas, me está matando no verlo.

Ella no respondió de inmediato, pero observé los puntitos bailando en la pantalla con atención hasta que tuve que dejar mi teléfono porque estaba teniendo pensamientos peligrosos de usar mis llaves para volver allí.

Después de diez minutos mirando la televisión al otro lado de la habitación, que en realidad no estaba viendo, mi teléfono sonó.

La imagen que me esperaba casi me hizo perder la compostura y seguir con mis pensamientos fugaces de tirar todo por la ventana y confesarle quién era realmente esta noche.

Estaba recostada contra sus almohadas, con un atisbo de escote asomando por el escote de su camiseta blanca sin mangas. Su cabello rojo se extendía alrededor de ella en la funda de la almohada y un atractivo rubor rosa salpicaba sus mejillas y recorría el lado de su cuello. Un vistazo de unas bragas rosa, apenas visibles en la parte inferior del marco, hizo que mi excitación de antes resurgiera con fuerza.

> Siete: Me estás poniendo muy difícil ser un buen chico y mantenerme alejado de ti.

Probablemente debería haberlo expresado de otra manera, porque no se suponía que debía saber dónde estaba, pero no pareció darse cuenta de eso.

> Catorce: Tal vez quiero que seas un chico malo. Pero solo nos queda una semana. ¿Me mandas una foto ahora? Parece justo que tú también me envíes una, ya que yo te envié una mía.

> Siete: Y no creo que pueda dejar de mirarte. Tenía razón; eres una pequeña chica sexy.

> Catorce: Ni siquiera puedes ver mi cara completa.

> Siete: No estoy mirando tu cara ahora mismo.

> Catorce: No puedes estar impresionado por mis pequeños pechos.

> Siete: No. No vas a hacer eso. Eres impresionante. Literalmente me está costando todo mi autocontrol en este momento no llamar a la coordinadora del evento y averiguar cómo conseguirte antes del Día de San Valentín.

> Catorce: Me gusta la idea de sentir tus manos sobre mí. ¿Vas a enviarme una foto de ellas?

Joder. Quería enviarle una foto de ellas sosteniendo la única cosa que estaba escondida bajo mis sábanas, haciendo algo similar al vídeo que había estado viendo, pero Siete no le enviaría fotos de su polla, y yo tampoco.

> Siete: Está bien. Te enviaré una foto, pero ambos sabemos que estamos rompiendo las reglas, chica traviesa.

Tratando de decidir qué incluir en la foto que no me delatara, miré alrededor de mi habitación. La visera reflectante del casco de motocicleta que estaba en el banco junto a mi puerta me dio una idea. Salté y lo coloqué sobre mi tocador, encuadrando la toma para que capturara lo que quería sin ser demasiado obvio.

> Catorce: Eso es un casco de motocicleta. Se suponía que debías enviarme una foto tuya.

Pero claramente, no se había dado cuenta de que técnicamente le había enviado una foto de mí. Apenas era distinguible en la pequeña pantalla de mi teléfono, pero en el visor se reflejaba la imagen de un hombre sin camisa sosteniendo un teléfono.

> Siete: Muy bien. Qué chica tan lista.

Estaba esperando que me echara la bronca por no hacer lo que me pidió. Pero no iba a enviarle algo revelador porque temía que, con mis piercings y tatuajes, lo descubriría si le enviaba una foto en este momento. Debería haber sabido que mi chica traviesa encontraría una manera de coquetear conmigo a pesar de mis continuas evasivas.

> Catorce: Puedo imaginarte susurrándome eso al oído con tu profunda y sexy voz.

> Siete: Buena chica.

> Catorce: Quiero oírte susurrar eso también. Espera, ahora vuelvo. Tengo que ir a cambiarme las bragas. El pensamiento de tu voz me está mojando.

> Siete: Siempre y cuando me digas de qué color son antes de quitártelas.

> Catorce: Eres un travieso.

Siete: Creo que tú también eres traviesa. O al menos lo quieres ser.

Catorce: Bragas rosa claro, si entrecierras los ojos en la parte inferior de mi foto, puedes verlas.

Siete: Grrrr

Catorce: Entonces, ¿eso significa que me vas a enseñar a montar una vez que nos conozcamos?

Siete: ¿Eh?

Catorce: El casco. Me dijiste durante nuestra cita que montas. ¿Todavía vas a enseñarme?

Siete: ¿Eres una buena chica?

Catorce: Prometo portarme bien.

Siete: Tendrías que escuchar atentamente mis instrucciones. Tal vez sea más seguro si viajas conmigo primero. Apostaría a que serás una pequeña mochila cálida.

Catorce: Te montaría con gusto.

Siete: De alguna manera, no creo que te refieras a mi motocicleta.

Catorce: ¿Y ahora quién es el travieso?

Siete: Eres tú quien tiene la mente sucia. Solo estoy aquí elaborando un plan de lección para enseñarte a montar.

Catorce: Soy más del tipo de chica que aprende haciendo.

Siete: Entonces supongo que será mejor que esté listo para que aprendas sobre la marcha.

Catorce: Siete días más y más te vale estar listo.

Siete: Pensé que el objetivo de enviar mensajes así era conocernos mejor y no hacer que todo fuera sexual.

Catorce: Entonces será mejor que me conozcas rápido. Porque si tu cuerpo coincide con la voz que escucho en mi cama por la noche, entonces más te vale despejar tu calendario.

Siete: ¿Cuál es tu color favorito otra vez?

Catorce: ¿Ni siquiera quieres saber que escucho tu voz en mi cabeza cuando me toco?

Siete: No, porque no voy a poder soportar a la próxima semana si lo hago.

Catorce: ¿De qué color son tus bóxers?

Siete: Azul.

Catorce: Entonces el azul es mi color favorito para ver en el suelo junto a mi cama.

Siete: Bueno, ahora está en el suelo junto al mío.

Catorce: ¿Eso significa que te estás tocando?

Siete: Significa que estoy a punto de ducharme.

Catorce: Entonces, ¿me estás enviando mensajes desnudo?

Siete: Hay una buena posibilidad.

Catorce: ¿Quieres que me una a ti?

Siete: Me está matando...

Catorce: Diviértete en la ducha. Sé que yo lo haré. Mi ducha de mano tiene 12 velocidades.

Joder. Bueno, ahora sabía en qué estaría pensando mientras me masturbaba en la ducha. Imaginar lo que Hazel hacía con esas 12 velocidades iba a tener que bastarme hasta que pudiera verla en persona.

> Siete: Buenas noches, chica traviesa.

> Catorce: (foto de un par de bragas rosa claro sobre una alfombra gris de baño)

Como ella ya estaba lista para la ducha, no vi el daño en enviarle otra foto.

> Siete: (foto de un par de bóxer azul oscuro en un piso de baldosas grises)

> Catorce: Mis sueños serán muy húmedos.

La noche puede que no haya salido como yo quería, y estaba increíblemente celoso de que Hazel hubiera iniciado este tipo de conversación con Siete y no conmigo, pero le había compartido algo con la esperanza de que más tarde me sirviera de algo. Aunque fuera poco convencional, tenía fe en que ella vería nuestras conversaciones como Catorce y Siete como una forma de conocerse. Eso no habría sucedido como Hazel y Reid.

La historia que la había alejado de mí en la vida real no estaba presente cuando hablaba conmigo como Siete. Y aunque todavía estaba reteniendo algunas cosas, había otras partes de mí que nunca había revelado a nadie más que a ella.

Pero eso no significaba que me estuviera echando atrás en la vida real. Especialmente cuando abrí nuestra conversación de texto después de mi ducha, un boceto aproximado de las poses de las que habíamos tomado fotos antes llenaba la pantalla.

> Reid: Nunca me llamaste.

> Hazel: Logré encargarme de las cosas por mi cuenta.

Y traté de no pensar en otras cosas que sabía que ella estaba manejando sola. Cosas que desesperadamente quería hacer por ella.

> Reid: Ya veo. ¿Qué sigue en la lista?

Su siguiente mensaje era un enlace a un archivo mp3 que no dudé en descargar. Mientras la escena que ella envió se reproducía por los altavoces de mi teléfono, no estaba seguro de tener la fuerza de voluntad para esperar hasta mañana por la noche para llevarla a cabo.

Capítulo
Dieciséis

ADJUNTANDO LAS IMÁGENES FINALES a un correo electrónico, se las envié a mi cliente, esperando que la autora obtuviera lo que necesitaba con lo que había dibujado. Porque no estaba segura de cuánto más podría mantenerme vestida si pasaba más tiempo con Reid trabajando en las fotos de referencia.

Y cualquier extraño ambiente del Día de San Valentín que estuviera en el aire difuminando las líneas con Reid, también estaba llevando las cosas de vuelta a un lugar travieso con Siete. Seguimos enviándonos mensajes de texto cada noche, conociéndonos más sin revelar demasiada información que pudiera revelar nuestras verdaderas identidades. Estaba segura de que Charley estaría más que dispuesta a contarme cualquier detalle sobre él que le preguntara, pero estaba tratando de dejar que las cosas se desarrollaran sin una ventaja injusta.

Pero también seguimos enviándonos fotos. No rompíamos las reglas del todo, y la mayoría no eran tan reveladoras, pero algunas me hicieron pensar en cosas muy sucias. Después de un poco de persuasión, finalmente me envió uno con su cuerpo realmente en el marco, mostrando una franja de su estómago con una fina línea de vello oscuro visible por encima de la cinturilla de un par de bóxer azules que parecían ser sus favoritos.

En un momento de pura desesperación, había hecho zoom en la parte inferior de la imagen, con la esperanza de vislumbrar lo que podría haber dentro de ellos, pero él claramente la había recortado de una manera muy específica que aún dejaba muchas cosas a mi imaginación. Era una buena cosa que tuviera una muy activa.

Pero esa imaginación me estaba metiendo simultáneamente en una situación muy precaria con el mejor amigo de mi hermano. Mi último encargo fue casi peor que los anteriores, porque esta vez no era Reid tocándome a mí, era yo tocándolo a él. Y después de escuchar la escena en el audiolibro y enviar el clip a mi muy dispuesto asistente de poses, temía que este fuera el escenario que finalmente nos empujara a ambos al borde del abismo que habíamos estado bordeando durante una semana.

Sin decirlo explícitamente, ambos claramente estábamos luchando contra una atracción poderosa el uno por el otro. Se había vuelto más evidente al revelar sus sentimientos físicos hacia mí cuanto más tiempo pasábamos juntos, pero sabía que me estaba dejando llevar. Nunca le había dicho directamente que era virgen, pero tampoco lo estaba ocultando. Tenía que saber que ni siquiera estaba al mismo nivel que él en cuanto a experiencia, debido a mi molesto y persistente rubor cuando él estaba cerca.

> Reid: Terminando con mi último cliente ahora. ¿Cuándo terminas tú?

> Hazel: Acabo de llegar a casa. Annie convenció a tu primo para que la ayudara a terminar abajo. No había mucho que hacer esta noche.

> Reid: A juzgar por el molesto y ruidoso motor diésel que acabo de escuchar salir del estacionamiento, se han ido.

> Hazel: ¿Vas a venir aquí?

> Reid: A menos que tú quieras venir aquí.

Aunque podría ser más fácil si pudiera escapar rápidamente después de que termináramos, tampoco quería pensar en cuántas otras mujeres habían estado en la misma posición con él allá... O dónde... O cuántas veces.

Sabía que no era justo juzgarlo por su pasado, pero podía sentir la envidia burbujear dentro de mí cuando me acordaba de sus aventuras. Incluso sabiendo que aparentemente había estado tratando de cambiar su actitud en los últimos meses. Algo había cambiado para él, porque no lo había visto ligar con mujeres en el bar, y no había notado ningún coche todavía en el estacionamiento junto a su tienda mucho después de que el bar cerrara. No es que mirara por la ventana antes de irme a dormir por la noche.

> Hazel: Paso. Creo que me sentiría más cómoda aquí.

> Reid: ¿Has comido algo?

Deteniéndome, traté de recordar cuándo había sido la última vez que había comido. La mitad del tiempo que trabajaba en el servicio de comida de abajo, me olvidaba de comer. No porque estuviera demasiado ocupado, sino porque cuando pasabas tanto tiempo rodeado del olor de la comida frita, no querías comer nada remotamente parecido a lo que estabas sirviendo. Y a veces mi cerebro olvidaba que necesitaba cosas para funcionar, como agua y comida.

Hazel: Honestamente, no recuerdo qué comí hoy.

Reid: Ahora podría hacer un chiste de salchichas, porque lo que vamos a representar más tarde, pero te lo ahorraré.

Hazel: De vez en cuando disfruto de una salchicha bien jugosa. Pero no demasiado gruesa, no quiero que me duela la mandíbula una vez que termine.

Reid: …

Hazel: ¿Te he dejado realmente sin palabras por una vez? No sabía que eso fuera posible. Pensé que eras imperturbable.

Reid: Sí, gatita, lo has hecho. Quiero estar simultáneamente orgulloso de ti por rebajarte a mi nivel en humor lascivo, pero también un poco horrorizado de haber corrompido tu mente inocente.

Hazel: Lamento decírtelo, señor. Mi cuerpo puede ser inocente, pero mi mente no lo es. En absoluto.

Reid: Tal vez simplemente nunca he tenido la suerte de presenciar este lado de ti.

Hazel: Tal vez tú lo saques de mí.

Reid: Quiero disculparme, pero no lo siento.

Hazel: Bien, porque yo tampoco me voy a disculpar por ello.

Reid: Buena chica. No deberías. Estaré allí en 20 minutos. Si te parece bien.

Un rubor me recorrió al pensar en él susurrando esas palabras, pero cuando lo repetí en mi cabeza, su voz se mezcló con la de Siete. Sacudiendo la cabeza para despejar el pensamiento, me di cuenta de que nunca le respondí.

Hazel: Más que bien. Hasta pronto.

Quince minutos después, recorrí mi apartamento, asegurándome de que no hubiera bocetos incriminatorios tirados por ahí. Había pasado de mi hiperfijación a perfeccionar mis habilidades de ilustración de la anatomía masculina, pero nunca se podía estar demasiado seguro al esconder tus fotos de penes. Incluso si solo eran dibujos.

La ropa sucia que había apilado en la silla junto a mi cama ahora estaba dentro del cesto. También había recogido la multitud de bebidas a medio terminar de mi espacio de trabajo y las había vaciado o bebido, dependiendo de su contenido.

Charley estaría orgullosa de que mi limpieza frenética me hubiera llevado a alcanzar mis objetivos de hidratación del día. Ella me recordaba constantemente que bebiera y comiera cosas. Y parecía que Reid había decidido hacerme compañía ya que mi mejor amiga había estado ocupada planeando la fiesta a finales de semana.

La fiesta que hizo fluir la alegría y el miedo a través de mí en casi igual medida. Estaba emocionada porque finalmente conocería a Siete. Para descubrir su nombre, explorar la chispa que sentí cuando me envió un mensaje y ver si se traducía en la vida real. Pero luego me decepcioné porque significaría el fin de mi tiempo con Reid.

Si me llevaba bien con Siete, entonces lo que estaba pasando con Reid tenía que terminar. Era bastante malo que estuviera teniendo pensamientos peligrosos sobre lo que pasaría si Reid hiciera un movimiento para llevar las cosas más allá del intenso coqueteo que había estado ocurriendo desde que se ofreció a ayudarme.

Parte de mí quería atribuirlo a dejarme llevar por el contexto de mis comisiones, pero cuando abrí la puerta unos momentos después, me di cuenta de que lo que sentía por el mejor amigo de mi hermano se había transformado de un enamoramiento infantil en una atracción total hacia el hombre que estaba de pie en mi puerta con una caja de pizza en las manos.

— Entrega de salchichas.

Resistiendo la tentación de caer en la trampa, ya que, por supuesto, sabía que la salchicha italiana era mi complemento favorito para la pizza; hice la pregunta más importante.

— Es después de la medianoche, ¿cómo conseguiste eso?

Mi estómago, aparentemente de repente hambriento, decidió rugir. Pero al fijarme en su atuendo casual, me di cuenta de que no era la única parte de mí que tenía hambre.

Reprimiendo mis pensamientos lujuriosos, me hice a un lado, estremeciéndome ligeramente cuando Reid depositó un beso en el borde de mi mandíbula al pasar. Sus pasos vacilaron, sus ojos se encontraron con los míos, pero sacudí la cabeza, intentando desesperadamente no dejar que mi rubor se apoderara de mí. No estaba preparada para responder a sus preguntas sobre mi reacción a un roce casi imperceptible de sus labios.

— Tengo mis métodos. — Siguiéndolo hasta mi sala de estar, resistí la tentación de empujarlo y robarle la caja. Pero también estaba disfrutando de la vista porque su colección de pantalones cortos de baloncesto de malla me estaba empezando a gustar.

— También no está de más que el dueño fuera mi último cliente del día, y él hizo que uno de sus conductores lo entregara en la tienda cuando se lo pedí.

Sin apartar mis ojos de la vista hipnotizante de su trasero flexionado debajo de esos pantalones cortos, comenté distraídamente.

— Sabías que me olvidaría de comer.

Se giró, su sonrisa se ensanchó al notar hacia dónde había estado enfocada mi mirada.

— ¿Tengo algo en la parte trasera de mis pantalones cortos, gatita?

— Deja de llamarme así.

— Nunca. Me encanta cuando sacas las garras. — Abrió la caja, sacando los platos de papel que aparentemente había pensado llevar consigo, levantando cuidadosamente un trozo de adentro y colocándolo en uno, el queso estirándose tentadoramente, y luego se giró, extendiéndolo hacia mí.

Entrecerrando los ojos, tomé el plato, casi esperando que me molestara y lo retirara, pero no lo hizo. Su sonrisa solo se ensanchó cuando se dio cuenta de que me estaba sonrojando otra vez.

— Hace calor aquí.

— Mmm, sí. No estoy seguro de que tus pezones estén de acuerdo. — Instintivamente, levanté el brazo, tratando de cubrir mi pecho, pero Reid se rió aún más, sosteniendo su mano al borde de mi plato para evitar que mi pedazo de pizza se deslizara al suelo.

— ¿Nerviosa por algo, Haz? — preguntó, desviando la mirada de nuevo hacia la pizza y apilando dos rebanadas en su plato. Su pecho rozó mi brazo mientras me pasaba, moviéndose para tomar asiento en el medio de mi sofá. Cuando no me moví, él asintió hacia el cojín vacío a su lado.

— No, ¿por qué debería estar nerviosa? — Pregunté, tomando asiento a regañadientes. El calor de su pierna se filtró a través de mis mallas, y luché contra el impulso de alejarme de él, pero sabía que me lo recriminaría. No es que quisiera alejarme de él.

Si fuera honesta conmigo misma, quería acurrucarme en su regazo como el apodo cariñoso que seguía llamándome, pero eso sería una idea épicamente mala. Porque si actuara según el impulso de tocarlo como quería, nunca querría detenerme.

Y tenía la sensación de que él tampoco querría que yo lo hiciera. Lo cual era algo que no había esperado hace una semana, que él alentara mi afecto y me mirara como si quisiera lo que yo había querido durante tanto tiempo. Lo que todavía queria. Incluso si era una idea terrible.

Incluso si significaba arriesgar que algo real se desarrollara entre mí y un hombre que nunca había conocido.

— Suéltalo. Porque el morderte los labios nerviosamente está haciendo que me vuelva loco. Va a sangrar si sigues así. Y me gustan tus labios tal como están.

— ¿Qué? — Con los ojos muy abiertos, me metí el resto de la pizza en la boca y me volví hacia él.

— Me escuchaste, tienes labios bonitos, y me daría pena verlos arruinados porque estás nerviosa por algo.

— ¿Tengo labios bonitos? — Había hecho cumplidos efímeros en la última semana que me habían sorprendido, pero este fue el más desconcertante.

— Sí, sí los tienes. Y preferiría que dejaras de abusar de ellos y simplemente me dijeras por qué estás nerviosa en lugar de ponerte así. Labios como los tuyos solo deberían ser abusados por una razón.

Ni siquiera estaba segura de cómo responder a eso. Nadie había llamado nunca a mis labios bonitos antes. Y no me había dado cuenta de que Reid había prestado suficiente atención a los míos como para notar que lo eran.

Reid terminó de masticar y lanzó su plato cerca del mío, acercándose y echando su brazo sobre el respaldo del sofá detrás de mí.

— Por favor, dime qué te pasa. Te prometo que no te molestaré.

Girándome hacia él, parpadeé con fuerza, sin darme cuenta de que su rostro estaba tan cerca, pero tampoco quería alejarme.

— No sé cómo meterme en el personaje para la próxima sesión de fotos.

Su cálido aliento rozó mis labios, y debería haberme preocupado por el aliento a pizza de ambos, pero también estaba disfrutando de la mirada afectuosa que actualmente estaba dirigida hacia mí.

— No voy a estar juzgando tu forma, si eso es lo que te preocupa. Toda mi ropa se quedará puesta todo el tiempo, y tú puedes concentrarte en recrear la escena basada en el libro. O tal vez puedas canalizar algunos recuerdos de la última vez que tú...

Se quedó en silencio, tragando con dificultad antes de desviar la mirada. Tal vez Reid estaba teniendo la misma dificultad para hablar de detalles conmigo como yo la tenía con él.

— Ese es el problema. La última vez... — Dudé en terminar la frase, porque no había habido una última vez.

— Estoy seguro de que tu técnica está bien, gatita. Siempre se trata más del entusiasmo que del trabajo manual. Solo intenta parecer que te estás divirtiendo.

Pero ese era el problema. No tenía ningún material personal del que sacar. La polla de Reid era la única que había visto en la vida real. Lo cual fue un accidente completo y ligeramente mortificante considerando lo que más sucedió esa noche. Y si él descubría la verdad, estaba bastante segura de que moriría de vergüenza.

— Pero no sé...

— Necesitas dejar de dudar de ti misma. La mayoría de los chicos no se preocupan por lo que hagas siempre y cuando tú...

— Para, Reid, — lo interrumpí, elevando la voz. — Solo para. No estaba bromeando cuando dije que no sabía lo que estaba haciendo. Literalmente no sé lo que estoy haciendo.

Parpadeó, inclinando la cabeza mientras fruncía el ceño. Me miró durante un largo minuto antes de que sus ojos se abrieran en señal de comprensión.

— ¿Como si nunca...?

Sacudiendo la cabeza, aparté la mirada de él, odiando ser tan inexperta, porque estaba segura de que él se compadecía de mí. Y que el chico con el que querías hacer cosas traviesas sintiera lástima por ti porque eras una virgen inexperta era un nuevo tipo de humillación.

— ¿Estamos hablando de que simplemente nunca has hecho una felación, o...?

Aclarando mi garganta, intenté encontrar las palabras. Por muy difícil que fuera confesar esto, quería decírselo. Necesitaba decírselo.

— La única que he visto fuera de una pantalla de vídeo es la tuya.

Capítulo Diecisiete

LA MIRADA QUE ME dio en respuesta fue invaluable. Una fuerte dosis de confusión mezclada con curiosidad recorrió sus rasgos, y luego me miró con determinación.— Explica. Porque creo que lo recordaría si de alguna manera en las últimas semanas te hubiera mostrado mi polla.

— No fue recientemente.

— ¿Qué... Oh, mierda?

Presionando mis labios, le di un asentimiento brusco, confirmando la conclusión a la que había llegado mucho más rápido de lo que esperaba.

— Esa noche.

Asintiendo, intenté apartar mis ojos, pero él se movió, manteniendo mi mirada. Me estremecí cuando levantó la mano, rozando suavemente mi mandíbula con sus yemas de los dedos hasta que me relajé. Su cálida palma acarició el lado de mi cara, y traté de mantener la calma, esperando que procesara esta nueva información.

— Supongo que no estoy exactamente seguro de cómo eso es cierto. Has tenido novios antes, Haz. He conocido a algunos de ellos. No te merecían, pero simplemente no me entra en la cabeza que ninguno de ellos quisiera...

— Fui yo. No quería hacerlo. Y hasta hace poco, estaba feliz con mi decisión de no irme a la cama con los hombres con los que había salido solo porque era lo que esperaban. Quería que significara algo. — Y sabía que Reid no compartía los mismos sentimientos sobre la intimidad, pero esto era sobre mí, no sobre él. Su pasado era solo eso. En el pasado.

Y nunca me había presionado durante la última semana para hacer o participar en algo en lo que no fuera cien por ciento una participante voluntaria.

— Podrías haberme dicho. Lo habría suavizado. Si te hice sentir incómoda, deberías haberme dicho...

— Nada de lo que ha pasado en la última semana me ha hecho sentir incómoda. Me siento segura contigo, Reid. Acojonada la mitad del tiempo, pero segura. Esa es parte de la razón por la que acepté que me ayudaras con esto. Sabía que respetarías mis límites.

Cerró los ojos, sacudiendo la cabeza momentáneamente, pero la yema de su pulgar acarició tiernamente mi pómulo.

— Por favor, no empieces a tratarme diferente.

— Haz, yo...

— Por favor. Esto no puede hacer que las cosas se pongan raras entre nosotros. Porque no sé qué haría sin ti. Pasé tanto tiempo huyendo de las cosas que me hacías sentir, y decidí después de Halloween que ya no iba a hacerlo más. Extrañaba nuestra amistad más de lo que me sentía avergonzada, y después de que me ayudaste a defenderme, yo...

— Eso lo hiciste solo tú, gatita. No fui yo quien tenía el bate rosa en las manos. Mi trabajo era únicamente de apoyo moral mientras ponías a Viv en su lugar.

La ex de mi hermano me había atacado en la fiesta de Halloween del bar poco después de que él accidentalmente simuló secuestrar a mi mejor amiga. Las cosas con Viv se habían puesto feas rápidamente, acusándome de intentar hablar mal de ella para arruinar su relación con mi hermano. Pero ella no necesitaba mi ayuda. Ella hizo todo eso por su cuenta, yo solo estaba cansada de aguantar sus tonterías. Cuando intentó agredirme físicamente durante la fiesta mientras me amenazaba, agarré lo más cercano que pude alcanzar y se lo estampé en el estómago.

Solo que yo fallé y ella recibió el extremo de un bate rosa brillante directamente en la entrepierna. Una vez que ella empezó a aullar y a hacer un escándalo, Reid la arrastró afuera con Mikey, el chico que trabajaba en la puerta del bar.

— Entonces, ¿tal vez debería agradecerle por que finalmente me hables de nuevo? — Se sintió bien escuchar su risa, pero la forma en que acariciaba tiernamente mi mejilla me dejaba la mente nublada y cálida.

— No creo que debamos volvernos locos, pero no me entristece que estés de vuelta en mi vida. Incluso si me empujas muy fuera de mi zona de confort.

— Si estoy siendo demasiado insistente, o...

— Eres perfecto, Reid. En serio. No has cruzado ninguna línea que no te estuviera dispuesta a cruzar. Pero entenderé si esto cambia las cosas para ti. Porque...

Sus dedos se hundieron en mi cabello; su rostro de repente mucho más cerca de lo que esperaba.

— Claro que no, Haz. Eres tú quien es perfecta, y tu experiencia o la falta de ella no me molesta.

— Sí, porque soy un maldito buen partido. Inestable, sarcástica, con cuerpo de adolescente, con dos personalidades... O silencio absoluto o no para de hablar y no tiene conciencia social. Pero, sí, soy genial.

— Bueno, tenías razón en una cosa... — susurró, inclinándose cerca de mi oído. — Eres bastante genial.

— Tenias que decir eso, — murmuré en su mejilla, deseando verme a mí misma de la misma manera en que él me veía.

Se apartó, soltando mi cara, pero se acercó de nuevo, con el brazo apoyado en el respaldo del sofá.

— ¿Y por qué dices eso?

— Porque eres el mejor amigo de Hudson. Se supone que debes ser protector conmigo.

Asintió, frunciendo los labios, pero pude notar que no se estaba creyendo esa razón.

— Tienes razón, sí me siento protector contigo. Pero no es porque seas la hermana pequeña de Hud.

— ¿No lo es? — Pregunté, y él se rió, pareciendo divertido por mi reacción.

— No. No lo es. Es porque esto es prácticamente en lo único en lo que puedo concentrarme últimamente.

— Lo siento. Este proyecto está ocupando demasiado de tu tiempo, yo... — Mi voz se desvaneció mientras él comenzaba a sacudir la cabeza nuevamente, pero era difícil evitar balbucear más disculpas mientras mi ansiedad aumentaba.

— No lo digas ni de broma. No te vas a deshacer de mí tan fácilmente, — advirtió, colocando su mano en mi muslo. Ni siquiera estaba tocando mi piel desnuda, pero mi pulso se aceleraba mientras intentaba seguir concentrada en lo que decía sin distraerme. — Ni tampoco quiero que me dejes escapar. De hecho, quiero que me claves todos tus anzuelos.

— ¿Incluso si no tengo ni idea de lo que estoy haciendo la mitad del tiempo que estamos organizando estas sesiones de fotos?

— Especialmente cuando no sabes lo que estás haciendo. Podrías haberme dicho antes, y habría abordado las cosas con un poco más de finura. No es de extrañar que estuvieras tan nerviosa la primera vez. Tú tampoco lo has hecho, ¿verdad?

Su sonrisa se ensanchó, y me alegra que el relajado Reid hubiera regresado. Me preocupaba que contarle todo esto cambiara la forma en que actuaba conmigo. Lo había hecho cada vez que confesaba mi falta de experiencia a mis novios anteriores. La mayoría de ellos habían salido corriendo en la dirección opuesta y perdieron mi número de teléfono de inmediato.

— ¿No te diste cuenta?

— Bueno, estaba lo de intentar asfixiarme y el moretón que apenas se está desvaneciendo, pero lo atribuía a los nervios y a que eres torpe, no a la falta de experiencia.

— No soy tan torpe.

Levantó una ceja y asintió hacia mi pierna, su dibujo mayormente cubierto por mis mallas, pero la punta de la enredadera asomando era fácilmente visible, extendiéndose hacia mi tobillo.

— ¿Qué se supone que debía hacer? Me dijiste que tú fuiste quien dejó la caja ahí en medio del suelo. No es como si me hubiera tropezado a propósito. No se suponía que estuviera ahí.

Mi amistad anterior con Reid se había vuelto tensa y casi inexistente después de que lo sorprendí teniendo sexo contra la pared del almacén del bar con un ligue al azar hace unos años.

Al principio, no me había dado cuenta de lo que estaba pasando, pero cuando ella empezó a gemir y vi sus pantalones alrededor de sus tobillos, lo entendí bastante rápido.

Solo que me tropecé con una caja de botellas de whisky mientras intentaba salir sin ser vista y terminé con un trozo de botella de vidrio sobresaliendo de mi pierna.

— ¡Solo estaba tratando de escapar antes de que te dieras cuenta de que estaba allí! — Exclamé, entrecerrando los ojos hacia él cuando empezó a reírse de mí.

— Sí, y aparentemente tú te llevaste una buena vista en su lugar.

— Bueno, no sé. Tal vez solo un vistazo. No uno completo. Estaba oscuro, y ya habías terminado, así que estoy segura de que eso afecta el tamaño. Luego estaba el condón, así que realmente no vi mucho...

— ¿No mucho, eh? ¿Eso es lo que crees que tengo? No es de extrañar que no te hayas dejado llevar por mis encantos. Tal vez no debería haberlo escondido debajo de esa sábana en las últimas fotos para que al menos pudieras tener una representación precisa. Pensé en pedirte que hiciéramos una videollamada mientras tomábamos las fotos, pero alguien nunca me llamó anoche.

Mis ojos se abrieron de par en par ante el descarado coqueteo que había estado reprimiendo y que ahora regresaba con toda su fuerza.

— ¿Qué pasó con eso de no querer hacerme sentir incómoda?

— ¿Te incomoda la idea de que te muestre mi polla, gatita? — preguntó, inclinándose para susurrar en mi oído. — Porque también me pone incómodo, pero solo porque pensar en tu reacción me está poniendo duro.

— ¿Ahora mismo? — Gimoteé, mirando hacia abajo a sus pantalones cortos.

— ¿Te molesta eso? — Su voz era suave, pero lo escuché a pesar del retumbar en mis oídos por el latido de mi pulso acelerado. — Porque si lo hace, me detendré. ¿Quieres que pare, Haz?

— No, — respiré, mis movimientos temblorosos mientras sacudía la cabeza.

— ¿Te gusta la idea de que me excite por ti?

Un asentimiento brusco fue mi única respuesta, pero Reid de alguna manera supo que le estaba dando el visto bueno para tomar el control mientras continuaba hablándome.

— Porque cada vez que he estado cerca de ti esta semana, he estado así de duro. — Tomó mi mano, acariciando suavemente mis dedos antes de colocarla en la parte de su anatomía de la que habíamos estado hablando. Mis dedos se movieron, y él gimió suavemente, inclinándose para susurrar en mi oído. — ¿Por qué no preparamos la cámara antes de que me deje llevar demasiado?

— ¿Esto no se está descontrolando? — Pregunté, envolviéndolo con mi mano. Él siseó y mi adrenalina se disparó al pensar en cuánto lo había afectado.

— Aún no. — Acariciando suavemente mi mano, la colocó en mi regazo, levantándose del sofá como si no me hubiera puesto la mano en su polla y me hubiera dejado sentir lo dura que estaba.

Reid recogió la pizza, tirando nuestra basura antes de caminar tranquilamente hacia donde había dejado su mochila con la cámara. Observé cómo lo preparaba, alineando cuidadosamente la toma antes de volver al sofá y agarrar una almohada, extendiendo su otra mano hacia mí.

— ¿Lista?

— No. No realmente, — reí con nerviosismo, pero tomé su mano y lo seguí hasta la pared en el pequeño pasillo que conducía a mi dormitorio, donde él había preparado todo.

Arrojó la almohada al suelo antes de girarme para enfrentarme, doblando las rodillas para poder mirarme a los ojos.

— No espero nada de ti, pero tampoco voy a detenerte si decides que quieres tocarme. Lo que pase después depende completamente de ti. Podemos tomar las fotos, y yo empacaré y me iré a casa, pero...

— ¿Y si quiero hacer más?

— Entonces puedes ver exactamente cuánto me afectas cada vez que estamos juntos mientras te digo cómo me gusta que me toquen. Pero los chicos son fáciles, Haz. No se necesita mucho para excitarnos, y somos muy visuales. Cualquier chico que tenga la suerte de tener tus manos o labios sobre él no tendrá ninguna oportunidad.

Mis ojos estaban fijamente enfocados en la almohada que había tirado al suelo, conmovida de que le importara mi comodidad, pero también increíblemente excitada ante la idea de poder tocarlo. Sentir la evidencia de cuánto me deseaba. Nunca en mis sueños más salvajes imaginé que él correspondería a mi atracción, pero mis dedos picaban con el recuerdo de lo cálido y duro que había estado debajo del suave material de sus pantalones cortos.

— ¿Y estás bien si te digo que te dejes los pantalones puestos todo el tiempo? Como que no pensarás que soy una provocadora y te enojarás después si yo...

Habían pasado años, pero mi novio de la secundaria había terminado conmigo cuando no hacía nada más que manosear sobre la ropa. No estaba lista en ese entonces, y cuando se lo dije, se fue en lugar de esperar a que me sintiera cómoda tocándolo.

Los dedos de Reid inclinaron mi barbilla hacia arriba, obligándome a mantener su mirada mientras se ponía de pie en toda su altura, dominándome.

— Nunca me enojaré contigo por tomarte las cosas a tu propio ritmo, gatita. Y no lo decía solo por decirlo cuando te dije que tú tienes el control aquí. Tienes mi consentimiento para explorar como quieras, y yo seguiré tu ejemplo. Simplemente haz lo que te parezca natural. Te prometo que todo se sentirá bien para mí.

Riendo sin humor, sacudí la cabeza.

— No eres lo que esperaba, señor Harding.

Él sonrió, inclinándose para rozar sus labios contra mi mejilla, su aliento cálido acariciando mi oído.

— No eres lo que esperaba, señorita Rivera, pero tengo que admitir que realmente me gusta que me muestres esta parte de ti.

— ¿El lado que es un desastre aún mayor de lo que esperabas? — Me reí, el sonido transformándose en un suspiro cuando sus labios se presionaron contra la piel debajo de mi oreja, dejando un beso apenas perceptible y haciendo que mi pulso se disparara.

— El lado de ti que es honesto y combativo. Me encanta que no tengas miedo de ser auténticamente tú misma. Es increíblemente sexy.

— Ya veremos si sigues diciendo eso dentro de unos momentos, — susurré, empujando su pecho y cerrando los ojos brevemente, tratando de reunir el valor para arrodillarme sobre la almohada a sus pies. — Porque soy auténticamente un desastre.

La mirada intimidante de Reid estaba fija en mí mientras me acomodaba y luego lo miraba hacia arriba. Mi corazón se detuvo cuando dio unos pasos hacia adelante, apoyando las palmas en la pared muy por encima de mi cabeza, atrapándome esencialmente allí con sus caderas directamente frente a mi cara.

Debería haber estado aterrorizada, sintiéndome completamente fuera de lugar y cohibida, pero no lo estaba.

La mirada en sus ojos me hizo sentir empoderada y sexy. Con este hombre sobre mí, completamente a mi merced a pesar de nuestras posiciones. Me había entregado el control, y eso fue lo que me hizo acercarlo más, mis dedos deslizándose por el dobladillo de su camisa y levantándola, una clara demanda para que se la quitara.

A medida que su pecho tonificado se revelaba centímetro a centímetro de manera tentadora, traté de concentrarme y me fijé en la cinturilla de sus pantalones cortos, deslizando juguetonamente un dedo debajo del elástico y tirando de él.

— Si quieres me los puedes quitar, — susurró Reid. Tragué saliva, deslizando mis pulgares bajo la tela, su piel cálida enviando una oleada a través de mí mientras comenzaba a bajar su cinturilla. Mirándolo, traté de averiguar qué hacer a continuación.

Absorbido, podía escuchar el clic de la cámara a unos pocos pies de distancia de vez en cuando, Reid haciendo un trabajo mucho mejor documentando esta escena que yo había hecho con las otras, pero no estaba en posición de capturar lo que necesitaba para mis fotos de referencia todavía, y él lo sabía.

Reid estaba tomando estas fotos para poder mirarlas más tarde. Y la idea de que él se estuviera acariciando recordándome de rodillas para él me hizo inclinarme, agarrando la parte trasera de sus rodillas y deslizando mi rostro a lo largo del contorno de lo que él había puesto mi mano antes.

— ¿Acabas de acariciar mi polla? — Reid soltó una risa, su cuerpo vibrando mientras yo observaba cómo su polla se flexionaba bajo el material de sus calzoncillos.

Pero me había dicho que yo estaba a cargo, y que me dejaría tener el control. No era el momento para que él me distrajera. Mirando hacia arriba, lo fijé con una mirada seria.

— ¿Qué pasó con que yo estuviera a cargo aquí? Si no te gusta lo que hago, entonces dejaré de hacerlo ahora mismo.

Se le cayó la mandíbula, pero no volvió a reír antes de hablar.

— No estoy seguro de cómo lidiar con esta versión rebelde de ti.

— Bueno, entonces supongo que es bueno que te estés quedando con toda tu ropa puesta esta noche. Entonces no tendrás que soportar la tortura de mi boca sobre ti.

Su sorpresa inicial se convirtió en una sonrisa traviesa, sus ojos destellando peligrosamente mientras se inclinaba hacia adelante, apoyando los antebrazos contra la pared y gruñendo mientras me miraba desde arriba.

— Joder, Hazel eres un poco mandona, y me encanta.

— ¿Vas a seguir hablando o vamos a tomarnos una foto de mí fingiendo que te chupo la polla?

No pudo contener la risa, su cuerpo temblando a centímetros de mi cara.

— Lo siento, gatita. Voy a cerrar mi boca. Haz lo que puedas.

— Ambos sabemos que no me conformo con la mediocridad, — le bromeé, manteniendo su mirada mientras inclinaba la cabeza hacia atrás.

— ¿Qué te ha pasado? Tal vez debería darte pizza con salchichas más a menudo.

— ¿No te gusta? — De repente, temía que estaba arruinando el momento al no tomar esto más en serio. Bromear con Reid era un instinto para mí, pero si estaba arruinando el ambiente, podría intentar mantener la boca cerrada.

Sacudió la cabeza lentamente, una sonrisa traviesa dibujándose en sus labios.

— No, me encanta, joder.

Asintiendo, tomé una respiración profunda y reuní el valor que había tenido antes.

— Bien. Entonces cierra la boca. Necesito que te comportes como el buen chico que sé que no eres y dejes de distraerme mientras quito tus pantalones cortos.

Reid solo miró mientras tiraba del material hacia abajo, dejándolo acumulado en sus tobillos mientras evaluaba el paquete frente a mí. Había algo familiar en la cinturilla de los bóxers, de repente a centímetros de mi cara. Pero cuando rocé con la yema de mi dedo la dura protuberancia dentro de ellos, el gemido de respuesta de Reid fue suficiente para distraerme de cualquier pensamiento sobre su ropa interior.

Capítulo Dieciocho

Reid

Solo había dos opciones para describir lo que estaba sucediendo. Iba a ir al infierno por corromper a la hermana pequeña de mi mejor amigo. O ella estaba a punto de hacerme pasar por el infierno. De cualquier manera, estaba jodido porque la vista de Hazel Rivera de rodillas para mí estaba a punto de ser mi perdición.

Todo lo que había hecho era rozar su nariz contra mis pantalones cortos y pasar un dedo por toda mi longitud, y yo estaba más duro que una roca. Habrías pensado que era un adolescente con una chica tocándole la polla por primera vez con la forma en que respondía a su curiosa exploración.

Era embriagador, intentar permanecer quieto mientras sus manos suaves trazaban mis muslos, cuando sus dedos se aventuraron experimentalmente entre mis piernas, acariciando juguetonamente mis testículos mientras seguía cada uno de sus movimientos con atención cautivada.

Tal vez había algo en tomarse las cosas con calma y explorarse mutuamente. Por lo general, mis encuentros terminaban tan rápido como comenzaban. Rápido y salvaje, ambos nos despedíamos después de un intercambio de orgasmos sin mucho alboroto. Se trataba tanto de que las mujeres obtuvieran lo que querían de mí como de que yo me desahogara.

Pero a medida que las exploraciones de Hazel se volvían progresivamente más audaces, sus toques más atrevidos dejando mi polla palpitante mientras me acariciaba a través de la tela, estaba demasiado cautivado en lo que me estaba haciendo como para querer apresurar las cosas.

Sería una maldita tortura, pero ella podía jugar conmigo todo lo que quisiera. A pesar de su admitida inexperiencia, parecía saber instintivamente exactamente cómo tocarme, un gemido insoportablemente fuerte escapándose de mi boca mientras finalmente envolvía su mano alrededor de mi longitud, apretando con fuerza y tirando hacia arriba de manera experimental.

— Mierda, gatita. Sigue, — le supliqué, con los brazos temblando mientras la miraba.

Esto no se sentía como si ella me estuviera usando para satisfacer su curiosidad. Esto se sentía como si ella me deseara, cada movimiento de sus manos mostrándome exactamente cuánto placer quería brindarme.

— Mírame, — jadeé, flexionando las caderas mientras ella se inclinaba y acariciaba mi erección de nuevo.

Sus ojos se encontraron con los míos, llenos de calor mientras me apretaba más fuerte, subiendo su mano mientras mantenía el contacto visual y luego se inclinaba para morder juguetonamente la punta de mi polla. Gemí cuando sus dientes rozaron el anillo en la punta y ella jadeó, moviendo su pulgar para explorar lo que acababa de descubrir accidentalmente.

— Tienes... — respiró, con el pecho agitado. Observé cómo el rubor en sus pechos se extendía tentadoramente por su cuello al darse cuenta de que mi polla estaba perforada.

— No pares, — gemí, cerrando los ojos brevemente y tratando de concentrarme en no correrme demasiado pronto mientras ella presionaba más fuerte, su pulgar frotando de manera desesperante contra la cresta debajo de la punta y luego más fuerte contra el anillo que sobresalía del extremo de mi polla.

— ¿Cómo no supe que tenías un piercing en el pene? — Su voz era un susurro nervioso. Pero eso no la detuvo de mirarme mientras se inclinaba, usando sus dientes para agarrar la pequeña bola al final, observando para ver qué haría cuando tirara de ella.

— No es exactamente algo que debería compartir con la inocente hermanita de mi amigo, Haz, — solté con dificultad, gimiendo de nuevo mientras se inclinaba, chupando la punta de mi polla a través de la tela de mis bóxers, su lengua jugando con el aro que la atravesaba mientras ella agarraba firmemente el resto de mi polla con su palma.

— No hables de mi hermano cuando tengo tu polla en la boca, — gruñó, acariciando mi cuerpo con fuerza, mi cerebro nublándose por el placer. Para ser una virgen que nunca había visto un pene en la vida real, estaba haciendo un trabajo realmente jodidamente bueno sabiendo qué hacer con el mío.

— Lo siento, — gimiendo cuando se acercó más, aplastando su lengua contra la tela que me cubría y trazándolo firmemente contra el contorno de mi polla. Palpitó contra ella, y sonrió cuando se flexionó, una gota de preseminal empapando el material. Sus ojos se iluminaron al verlo, dándose cuenta claramente de que la humedad no provenía solo de su boca.

— ¿Te gusta esto? — preguntó antes de hacerlo de nuevo, siguiendo el movimiento con un golpe brusco de su puño, apretando cuando llegaba a la

E.L. KOSLO

punta y frotando su pulgar por el anillo una y otra vez hasta que estaba jadeando y tratando de no avergonzarme.

— Sí, joder. Si sigues haciendo eso, me voy a correr.

— Bien, — susurró, inclinándose para succionarme a través de la tela mientras repetía sus acciones, mis testículos doliendo mientras intentaba resistir la tentación de correrme demasiado rápido con los movimientos de sus manos y su maldita y pecaminosa boca.

Si no supiera lo que está pasando, al mirarla en las fotos pensarías que tenía mi polla en la garganta con los movimientos de su cabeza, presioné el mando en mi mano frenéticamente, esperando capturar las imágenes que necesitaba para esta comisión.

— Mierda. No... no puedo... — Jadeé mientras ella acariciaba bruscamente, su lengua jugando implacablemente con mi piercing, mientras me llevaba cada vez más cerca del borde. — Joder. Me voy a correr. Haz, yo...

No se detuvo. No se detuvo mientras continuaba lo que estaba haciendo, haciendo que todo mi cuerpo se tensara antes de mirarme, observándome desmoronarme mientras mi polla eyaculaba, el semen filtrándose a través del material delgado, atrayendo su atención mientras mi cálido líquido recorría el dorso de sus dedos.

Sosteniendo mi mirada, se inclinó, sacó la lengua y me probó, cerrando los ojos antes de tragar con fuerza, temblando.

— Joder, — gruñí, flexionando mis puños contra la pared mientras trataba de contener el impulso de atraerla hacia mí y besarla con fuerza.

Su pecho subía y bajaba mientras me miraba, su mano cubierta con la evidencia de mi deseo por ella, el sabor de este en su lengua. Mi autocontrol estaba al límite mientras la miraba, con los ojos brillantes y una lenta sonrisa extendiéndose por sus labios cuando se dio cuenta de que literalmente acababa de inclinar mi maldito mundo sobre su eje. Y me hacía imaginarla en esta posición, con toda nuestra ropa fuera del camino, mi semen goteando por su mejilla rosada.

— Te gustó eso, — susurró, con un brillo travieso en los ojos.

Sin poder evitarlo, me separé de la pared, subí mis pantalones cortos antes de caer de rodillas, agarrando mi camisa del suelo y usándola para limpiar sus dedos. Ella me observaba mientras la limpiaba, mordisqueándose el labio inferior. Una vez que terminé, la miré, dándome cuenta de que necesitaba seguridad en sí misma en ese momento, no a un animal desesperado por follarla.

— Sí, gatita. Me encantó eso.

158

Asintió, moviéndose hacia un lado para sentarse en el suelo antes de llevar la almohada a su regazo, abrazándola. Pero no quería que buscara consuelo en una almohada, quería que lo buscara en mí. Arrancándola de su agarre, la lancé hacia atrás sobre el sofá detrás de mí, extendiéndome hacia adelante para arrastrarla a mi regazo. Girándola con su espalda contra mi pecho, le acaricié el cuello, respirándola mientras mi frenético latido se calmaba.

— Y fue... — Le cubrí la boca con mi palma, inclinándome para susurrarle al oído.

— Sí, lo que sea que ibas a preguntar, la respuesta es sí. Me volaste la cabeza. No me he corrido en los pantalones desde que era adolescente, y tú me dejaste tan desesperado que ni siquiera pude aguantar unos minutos. Así que sí, Hazel, estuvo jodidamente bien.

Ella asintió, apoyando el lado de su cabeza contra mi bíceps y envolviendo mis brazos a su alrededor mientras se relajaba en mi abrazo. Sus caderas se retorcían contra mí, y la atraje más cerca, mordisqueando su cuello mientras presionaba mis caderas contra ella desde abajo. Me tomaría unos minutos recuperarme, así que no estaba duro, pero se sentía bien tenerla en mi regazo así. Como si perteneciera allí.

— Ven aquí, — susurré, agarrando su cintura y animándola a girar. Una vez que se acomodó frente a mí, le agarré la cintura, atrayéndola hacia mí y frotando mis manos por su espalda. Ella se estremeció mientras yo acariciaba su cintura con las yemas de mis dedos, metiéndolos debajo del dobladillo de su camiseta sin mangas y tocando la piel desnuda por encima de la cinturilla de sus mallas.

Sus ojos se cerraron mientras la tocaba, mis dedos recorriendo su espalda desnuda, gimiendo al darme cuenta de que no llevaba sujetador. Mis yemas se detuvieron donde estaría la banda, y ella hundió su rostro en mi cuello, sus suaves respiraciones convirtiéndose en gemidos que me hicieron desesperar por desnudarla y explorar cada centímetro de su piel suave con mi lengua.

— Hacerte venir me excitó, — exhaló, sus caderas presionando contra mí. — No sabía que me haría sentir así.

— ¿Así como? — Pregunté, mis dedos deslizándose a lo largo de su costado, mi pulgar trazando la piel suave a lo largo del lado de su pecho. Ella se estremeció y se inclinó más, deslizando su nariz a lo largo de mi garganta mientras sus muslos apretaban el exterior de los míos. Tomando su silencio como una señal de que no quería hablar de ello, me sorprendí, y realmente me excitó mucho cuando susurró una palabra en mi piel.

— Desesperada.

Después de su confesión, fue como si se rompiera un muro, mis manos quitando frenéticamente su camisa y agarrando su trasero, empujando mis caderas contra ella mientras ella arañaba mi pecho, moviéndose contra mí.

Mis dientes se hundieron en la piel de su hombro, mordisqueándola mientras ella se entregaba a un frenesí, moviéndose contra mi polla endurecida como si su cordura dependiera de ello. Estaba intentando desesperadamente dejar que ella llevara el control, que tomara lo que necesitaba de mí sin dejar que las cosas se descontrolaran, pero cuando gimió de frustración, supe que necesitaba que yo la guiara.

— Necesito hacer que te corras ahora mismo, gatita, — gemí, sosteniendo sus manos contra mi pecho y inclinando la cabeza para poder ver su rostro. Sus ojos estaban frenéticos, su pecho subía y bajaba mientras asentía, lamiéndose los labios. — Si me paso de la raya, dime que pare.

— Está bien, — susurró, asintiendo en confirmación. La guié hasta que estuvo de rodillas, presionando una mano entre nosotros. El material de sus mallas era suave bajo mis dedos, sin hacer mucho para disimular lo excitada que estaba cuando el material se deslizaba sin esfuerzo contra su coño por debajo. Pero había demasiadas capas.

— ¿Puedo quitarte esto? — Mi voz fue un susurro, pero ella sacudió la cabeza, prácticamente vibrando en mi regazo. — Está bien, aún puedo hacerte sentir bien con ellos puestos, muévete para...

— Rómpelos, — susurró, presionando mi mano más fuerte contra ella y gimiendo cuando arqueé los dedos y rozaron su clítoris.

— ¿Estás segura?

Otro asentimiento frenético me llevó a acomodarla contra mis rodillas, mis dedos agarrando el suave material que la cubría con ambas manos y tirando hasta que las costuras cedieron con un sonido desgarrador.

Gimió mientras ampliaba el agujero, frotando mis pulgares contra la tela húmeda de sus bragas de un suave color púrpura. Para ser virgen, Hazel tenía una ropa interior realmente sexy.

— Tócame, — gimió, inclinándose hacia atrás, pero la atraje hacia adelante, rodeando su espalda con un brazo mientras se montaba en mi cintura. Los dedos de mi otra mano se adentraron en el material desgarrado de sus mallas, acariciando sus bragas humedas, mi polla cobrando vida debajo de sus piernas cuando se movía al compás de mis movimientos, persiguiendo su propio placer de una manera que hacía que mi sangre se disparara.

— Joder, eres tan malditamente sexy, — gemí, mis dedos deslizándose contra la tela resbaladiza que apenas cubría su coño húmedo, desesperado por estar dentro de ella. Pero no quería hacer algo de lo que se arrepintiera después. Hasta que ella me dijera explícitamente que la follara con mis dedos. no iría allí. No importaba cuán desesperado estuviera por sentirla apretándolos, y mi polla que se había vuelto de acero dentro de mis pantalones cortos.

— Oh, Dios, Reid, sí, — jadeó, arqueándose hacia atrás, y yo hundí mi cara en su pecho, mordisqueando la piel expuesta de su cuello, arrastrando mis labios por la columna de su garganta, y usando mis dientes para tirar de sus pezones a través del material delgado de su camiseta sin mangas mientras mi pulgar continuaba frotando su clítoris cubierto.

Hazel estaba frenética mientras buscaba su liberación, frotándose instintivamente contra mis dedos con el mismo ritmo que yo deseaba que montara mi polla. Tenerla así se sentía natural, como si estuviera destinada a estar en mis brazos, persiguiendo su placer con mis manos. Y la idea de no estar con ella así fue un frío golpe para mi sistema mientras su cuerpo se tensaba, y luego se rompía, sus gemidos llenando el aire mientras se derretía en mi pecho, temblando con su liberación.

— Solo respira, — susurré en su cabello, pasando mis dedos a lo largo de su longitud, con mi nariz enterrada en sus suaves mechones, inhalando el dulce aroma a Vainilla mientras ella volvía a la tierra. — Respira. Te tengo.

Pero no estaba seguro de por cuánto tiempo. Esta podría ser la última vez que me deje tocarla. Podría levantar la cabeza y destrozar mi corazón diciéndome que esto fue un error. Usando esto como una razón para alejarme.

Y luego me torturaba buscando consuelo en Siete. Su misterioso novio que ni siquiera se sentía como yo. Escribía las palabras en la pantalla para ella cada noche, pero era como si ella hubiera desbloqueado esta parte de mí que había olvidado durante tanto tiempo. La persona que quería amar a alguien y ser amado. Que no podía esperar para escuchar de la mujer de la que estaba obsesionado.

Siete era alguien que podía romperse si ella lo rechazaba. Pero descubrí que yo también lo era. Si Hazel decidía que no me quería, o que mi traición había ido demasiado lejos, entonces la perdería para siempre, y la mera idea de que eso sucediera me hacía abrazarla más fuerte contra mi pecho, sin querer perderla de vista hasta que pudiera convencerla de que yo era el hombre que necesitaba. Ambos lados de mí.

No estaba seguro de cuánto tiempo estuvimos allí sentados; ella acurrucada en mi pecho, sus dedos delicados jugando distraídamente con el aro a través de mi pezón y yo memorizando la textura de su cabello con las yemas de mis dedos. Pero eventualmente su respiración se regularizó, su cuerpo se volvió pesado mientras se quedaba dormida en mis brazos. Trabajó tan duro, y claramente la tensión de la última semana le estaba afectando. Y esa fue mi señal para dejarla descansar un poco.

Cogiéndola en mis brazos, me puse de pie con cuidado, acunando su cuerpo contra mi pecho. Se movió mientras la llevaba por el pasillo, murmurando en mi cuello, pero volvió a dormirse cuando le retiré las cobijas y la acosté en la cama. Se acurrucó de lado mientras intentaba alisar sus caóticas sábanas rosas, suspirando mientras le metía las mantas alrededor de los hombros. Colocando un de beso en su frente, regresé a la sala.

Borrando las pruebas de nuestra noche, empaqué la pizza sobrante y la puse en su refrigerador. Resistir la tentación de mirar las fotos fue una tortura, metí mi cámara a la fuerza en la mochila. Su apartamento estaba en silencio mientras recogía la caja de pizza vacía y mi equipo, usando las llaves de repuesto para cerrar la puerta al salir.

Se sentía mal dejarla así, escapándome en medio de la noche sin decir una palabra, pero no estaba seguro de cuál sería el siguiente paso con ella. Cómo avanzar desde aquí. Al igual que los eventos de la noche, todo dependía de ella. Le estaba dejando la pelota en su tejado, mi corazón en sus manos, cualquier cliché que pudieras imaginar, el poder estaba todo en sus diminutos y talentosos dedos.

Mientras me preparaba para salir al oscuro estacionamiento que separaba mi tienda del bar, lancé una última mirada anhelante hacia su puerta, esperando que la luz del día no arruinara las cosas entre nosotros.

Capítulo
Diecinueve

Hazel

ESTIRÁNDOME, GEMÍ, ALCANZANDO LA almohada contra la que normalmente dormía acurrucada, pero mis manos quedaron vacías. Y estaba en silencio, demasiado silencio, ya que la máquina de sonido junto a mi cama estaba apagada y no reproducía el ruido blanco que solía ahogar mis pensamientos por la noche para poder dormir de verdad.

Normalmente, cuando me despertaba y no se había seguido mi ritual de sueño, era porque me había quedado dormido en el sofá, pero estaba en mi cama con las mantas que habían sido medio tiradas al suelo ayer, vistiendo la ropa casual que me había puesto después de mi turno anoche.

Parpadeando de nuevo, traté de recordar cómo había llegado a la cama. Lo último que recordaba era aferrarme a Reid en el suelo de mi pasillo después de que... Oh, joder.

Más o menos, casi, prácticamente le hice una felación a Reid anoche en mi pasillo y ni siquiera pude ver el paquete escondido debajo de sus bóxers.

Mientras la película de lo que sucedió, *spoiler:* fui yo, yo fui lo que sucedió, corría por mi ahora despierto cerebro, mi rostro se encendió al recordar lo poderosa que me sentí con Reid sobre mí. La forma en que me miraba con los ojos entrecerrados, sus antebrazos flexionados mientras yo exploraba. Las exclamaciones ásperas que habían escapado de sus labios y la forma en que sus pestañas parpadeaban mientras tiraba de lo que había sentido como un anillo atravesando la cabeza de su polla.

Tal vez había estado haciendo mi investigación sobre la ilustración de penes de la manera equivocada. Debido a todos los tipos de penes que había dibujado en los últimos meses, aún no había detallado ninguno con un piercing. Y si había algo que había aprendido durante la última semana, y este proyecto de crear tus propias fotos de referencia para comisiones, era que ver las cosas de primera mano y saber exactamente cómo estaban posicionadas las partes del cuerpo hacía infinitamente más fácil completar mis dibujos.

Pero no había manera de que Reid aceptara dejarme dibujar su polla. Habíamos hecho muchas cosas que rozaban una línea muy delgada esta semana, pero verlo completamente desnudo, ya sea en una foto o en persona, borraba esa línea por completo. Y aunque estaba locamente atraída por el peligrosamente tentador mejor amigo de mi hermano, no estaba segura de si estaba preparada para manejarlo. O a su pene perforado.

Que ahora iba a obsesionarme con eso, porque honestamente, incluso a través de una capa de tela muy delgada, los rumores sobre Reid no eran mentira. En absoluto. Y, sinceramente, no me importaban sus maneras promiscuas porque últimamente se sentía como una persona diferente, específicamente la última semana. No es que realmente estuviera interesado en llevar las cosas más lejos conmigo. Y no estaba segura de si estaba lista para arriesgar mi corazón por la posibilidad de que él lo estuviera.

Siete: No dijiste buenas noches.

Y esa era otra razón por la que no podía involucrarme demasiado con Reid. Ya estaba involucrada en algo, alguien, más.

Catorce: Estaba trabajando anoche y perdí la noción del tiempo. Luego me quedé dormida sin mi teléfono.

La culpa me invadía con cada palabra que escribía, pero no era exactamente como si pudiera decirle que había estado demasiado ocupada fingiendo y luego realmente haciendo cosas con el mejor amigo de mi hermano. Lo que me llevó a lo que necesitaba hacer. Necesitaba establecer algunos límites entre Reid y yo, aunque su erección parecía querer cruzar todos mis límites anoche. Mi rostro se sonrojó al recordar la mirada salvaje en sus ojos cuando rasgó mis mallas anoche. Sé que le dije que lo hiciera, pero fue épicamente sexy.

Siete: ¿Qué estarás haciendo hoy?

Tener un colapso al pensar en hablar con el mejor amigo de mi hermano, sabiendo que lo que pasó anoche cruzó demasiados límites.

Mi madre tenía razón cuando estaba en la secundaria, nada bueno pasa después de la medianoche y las únicas cosas que se abren son piernas y la sala de emergencias. Aunque al recordar cómo Reid me había estado mirando, su mano haciendo cosas desesperantes a través de la tela húmeda de mis bragas, sabía que algo muy, muy bueno había sucedido anoche. No estaba seguro de qué hacer al respecto.

> Catorce: Dibujando, todavía tengo 4-5 proyectos en mi lista de espera y quiero tenerlos listos antes del Día de San Valentín.

> Siete: Ambiciosa cuando solo te quedan unos pocos días.

> Catorce: Solo me engañaré a mí misma pensando que algo malo pasará si no los termino. Trabajo mejor bajo plazos ajustados.

No sería la primera vez que intentara hackear mi ridículo cerebro cuando quería cambiar mi obsesión a otra cosa. Era una experta en mentirme a mí misma.

> Siete: ¿Tienes una cita caliente o algo así?

> Catorce: O algo así. ¿Y tú?

> Siete: Espero tener una cita caliente para el Día de San Valentín. Puede que tenga que llorar sobre mi cerveza si me deja plantado.

Podría haber estado bromeando, pero había considerado cancelar todo. Entre mis incipientes sentimientos por Siete, junto con mi química explosiva y sorprendente con Reid, tenía el impulso repentino de escapar de la realidad y esconderme bajo las cobijas hasta que ambos perdieran interés.

No es que eso no fuera a ser lo que pasará eventualmente, de todos modos. Reid perdería interés tan pronto como hubiera sentimientos de por medio, porque siempre lo hacía. Lo había visto suficientes veces como para saber exactamente cómo irían las cosas con él.

Y con Siete, sabía que nunca mantendría su interés cuando las cosas no estuvieran ocultas bajo el velo del anonimato. Era insoportablemente encantador a través de la barrera y, esperar que fuera menos encantador en persona, sería una ilusión. Y una vez que se diera cuenta de que era más hogareña que alguien más emocionante, perdería el interés y se iría.

Así que tal vez era mejor dejar que las cosas se desvanecieran. Porque arriesgarme con cualquiera de ellos era prepararme para un desamor.

> Siete: Tu silencio no es exactamente tranquilizador. ¿Qué pasa, dulce chica? ¿Hay algo en lo que pueda ayudarte?

Mi corazón se estremeció con el término cariñoso que Reid había usado anoche. Otro recordatorio de que ambos solo me veían de una manera de la que quería escapar. No quería ser la persona dulce y modesta que siempre había sido, y la semana pasada finalmente sentí que tal vez podría ser diferente, pero la realidad estaba destinada a traerme de vuelta a la tierra, eventualmente. Siempre lo hacía.

> Catorce: Lo siento, hoy no estoy muy divertida.

Siete: Nunca te disculpes por ser tú misma.

> Catorce: He pasado toda mi vida haciéndolo. ¿Por qué parar ahora?

No respondió en todo el tiempo que intenté convencerme de que la sensación de temor que sentía en la ducha era solo cosa de mi cabeza.

Y no respondió mientras pasaba la mañana esbozando la escena de anoche que me había lanzado a esta espiral y la envié al autor para su aprobación antes de empezar con el color.

Tampoco respondió cuando bajé al bar para mi turno, ignorando la enorme bola de nervios que se había alojado en mi estómago al pensar en enfrentarme a Reid después de lo que habíamos hecho.

Pero al igual que Siete no respondió a mi mensaje de texto, Reid nunca apareció en el bar durante mi turno.

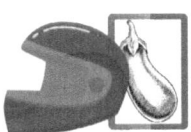

A LA MAÑANA SIGUIENTE, mientras la culpa seguía creciendo, me dirigí a la tienda de tatuajes al mediodía para poder terminar con esto antes de mi turno esta noche.Tenía que ser fuerte y resistir, porque si no lo hacía, el encantador mejor amigo de mi hermano robaría mi corazón. Y estaba aterrorizada de que si le dejaba tomarlo, sería suyo para siempre, mucho después de que decidiera que no era tan divertida, brillante y resplandeciente como él me hacía sentir.

— ¿Haz? — Esperaba colarme y llegar a la oficina de Reid sin ser notada, pero por supuesto, esa era una idea estúpida cuando había una zona de recepción en la parte delantera del edificio por la que tendría que pasar para llegar allí. Porque aunque sabía que mi hermano tenía una llave de la puerta trasera, no le iba a explicar por qué la necesitaba.

— Hola, Gray. ¿Cómo va todo?

Gray había sido uno de los primeros perforadores corporales que Reid había contratado después de abrir, y al igual que Reid, para un tipo que hacía perforaciones, no tenía tantas. Solo unos pocos tapones en los lóbulos de las orejas y un aro en la nariz. Aunque podría ocultarlos como lo hacía Reid, pero no tenía ningún deseo de verlo sin camisa o pantalones. Gray también había estado aprendiendo con Reid para aprender a tatuar, pero aparte de su relación profesional con Reid, no sabía mucho sobre él.

Aunque, me preguntaba si él era el que le había perforado el pene a Reid. ¿Y cómo exactamente fue el proceso de hacerse un piercing en el pene? ¿Cuándo se lo había hecho? ¿Cuánto dolió? ¿Tuvo que abstenerse de acostarse con toda una hermandad cuando se lo hicieron?

Pero todos esos pensamientos llevaron mi próxima pregunta a un lugar peligroso. Como, ¿cómo se sentía cuando se movía dentro de ti?

— ¿Vas a venir a verme hoy, preciosa? — La voz coqueta de Gray me sacó de mis pensamientos, pero sabía que él era así con todos. Me alegraba que Reid me hubiera escondido después de nuestra primera sesión de fotos porque sabía que mi cara se parecería aún más a un tomate si tuviera que enfrentarme a Gray sabiendo que me había visto frotándome contra la cara de su jefe en esa habitación al final del pasillo.

— ¿Reid tiene algún espacio en su agenda hoy?

Los ojos de Gray recorrieron lentamente mi figura, evaluando los vaqueros azul oscuro y el suéter holgado que me había puesto después de pasar demasiado tiempo decidiendo qué ponerme esta mañana.

¿Qué debería llevar puesto para romper con el mejor amigo de tu hermano con el que en realidad no estabas saliendo? ¿Podría lo que pasó la semana pasada considerarse una relación de conveniencia? ¿Y hacer que él terminara había afectado algo en mi cerebro?

Gray volvió su mirada a mi rostro, sonriendo.

— Está terminando una pieza ahora, y luego tiene una hora más o menos antes de su próxima cita. Estoy seguro de que estará encantado de ver tu bonito rostro para romper la monotonía. Hemos estado muy ocupados últimamente.

No estaba tan segura de cómo reaccionaría Reid al ver mi cara. Porque probablemente estaba exagerando mucho esta situación más de lo que necesitaba. No le importaría que estuviera terminando las cosas porque simplemente nos habíamos dejado llevar por el momento.

Sus palabras de antes no dejaban de repetirse en mi cabeza. Este proyecto era en lo único en lo que podía pensar últimamente. Me estaba convirtiendo en una distracción para él, y probablemente se sentiría aliviado si lo dejara en paz.

Ser íntima con alguien como lo había sido con él esta semana, aunque no fuera nada particularmente atrevido, no era nuevo para él como lo era para mí. No tenía la conexión emocional de ser vulnerable con otra persona como la que yo tenía. Una vez que esto terminara, él no se obsesionaría con ello como yo lo haría. Esto no cambiaría la forma en que me miraría por el resto de su vida. Probablemente ni siquiera miraría hacia atrás en toda esta situación con sentimientos intensos de ninguna manera. Y sabía que yo sí lo haría.

Me había arruinado en unos pocos días, y ni siquiera se daba cuenta. Por eso tenía que detenerse. Antes de que mi corazón se encariñara más con un hombre que nunca podría tener.

Cuando doblé la esquina, asomándome a la habitación en la que sabía que trabajaba, me detuve en seco ante la escena que tenía delante, y supe lo que tenía que hacer.

Capítulo
Veinte

Reid

HABÍA UN CIERTO ASPECTO de mi trabajo que una vez amé, pero ahora temía.

Mientras la mujer se estiraba en la silla junto a mí y me guiñaba con sus largas y falsas pestañas, no me tentaba en lo más mínimo ver cómo se veía gimiendo mi nombre mientras esas pestañas parpadeaban. Honestamente, estaría contento si simplemente dejara de hablar por completo. Ella estaba derrochando encanto, elogiando lo delicado que era con mis manos, diciéndome que tenía unos ojos bonitos para un hombre tan grande y poderoso.

En mi experiencia, había solo unas pocas maneras en que la gente reaccionaba durante una sesión. Esta mujer era una de esas parlanchinas nerviosas que no dejaban de hablar, o en su caso, de coquetear sin parar, durante toda la sesión porque la adrenalina y las endorfinas las convertían en habladoras incansables. Mis favoritas eran las que entraban nerviosas pero luego se quedaban dormidas en cuanto se pasaba la emoción inicial.

Luego había un tercer tipo especial que convertía la oleada de hormonas del estrés en otro tipo de oleada hormonal y quería follarme después de que termináramos. Esos eran los que más temía porque ya no quería ser ese tipo. A menos que estuviera tatuando a cierta pelirroja atrevida que no podía evitar invadir todos mis pensamientos.

— Ahora que casi has terminado, me preguntaba si... — la voz de la mujer en la silla había bajado repentinamente mientras terminaba los últimos detalles de su pieza, limpiando el exceso de tinta y colocando mi equipo en el carrito cercano.

— Oh, no te preocupes, — la interrumpí, sabiendo exactamente a dónde iba esta conversación. — Te enviaré a casa una hoja con instrucciones de cuidado y un bálsamo curativo para que lo uses. Mientras lo mantengas limpio y seco para que pueda sanar, no necesitas preocuparte por volver aquí de nuevo.

— Qué amable de tu parte, — susurró, colocando su mano en mi brazo nuevamente y acariciando el borde de mi muñeca con su pulgar. Y en lugar de que mi cerebro decidiera que estaba excitado y que las cosas se pusieran

duras dentro de mis vaqueros, no sentí nada. No sentí ni una maldita cosa. —
Pero yo estaba esperando...

Un destello de movimiento fuera de la puerta de mi habitación privada me
puso los pelos de punta, y mis ojos seguían alternando entre donde mis manos
estaban alisando el vendaje sobre la tinta fresca en la cadera de esta mujer y
tratando de averiguar quién estaba ahí afuera.

La puerta estaba entreabierta ya que no estábamos muy ocupados esta tarde,
pero también me gustaba dejar la puerta parcialmente abierta cuando tenía
clientas, para que no se sintieran atrapadas en una pequeña habitación con un
hombre extraño.

— Estoy reservado varios meses por adelantado en este momento, pero
si tienes alguna otra pieza en mente, Gray estaría encantado de ayudarte a
programar una cita. Normalmente recomiendo esperar al menos dos meses
para que este tenga la oportunidad de sanar completamente antes de que te
hagas otro.

Sus labios se fruncieron y se convirtieron en un puchero, lo cual para una
mujer de casi cuarenta años no era exactamente una buena apariencia. No es
que tuviera algo en contra de las mujeres mayores, pero típicamente eran un
poco más maduras que recurrir a hacer pucheros cuando estaba claro que las
estaban rechazando.

— Oh, definitivamente lo haré, — respondió, extendiendo la mano para
presionarla contra mi pecho mientras yo le sostenía el codo y la ayudaba a
sentarse erguida. — Me gustó mucho la sensación de tus manos sobre mí.

Cuando su mano se deslizó por mi camisa y se posó en el lado de mi cuello,
quedó claro lo que quería.

Desprendiendo suavemente sus dedos de mi piel, le apreté la mano y la volví
a colocar suavemente sobre su pierna.

— Si mi agenda está demasiado ocupada para poder atenderte, también
tengo varios artistas en el equipo que son tan talentosos, si no más, que yo.
Gray puede programarte una cita si sientes que su estilo se ajusta mejor a lo que
necesitas. Cada uno de nosotros tiene un portafolio disponible en el escritorio
para que los clientes lo vean.

Ella sonrió, mordiendo su labio, pero solo manchó sus dientes de lápiz labial
rosa. Objetivamente, era una mujer atractiva, y en otras circunstancias, habría
estado alentando sus avances, pero ya no quería eso.

— Aprecio eso, Reid. Pero tengo gustos muy específicos, y tú los cumples
muy, muy bien. Estoy más que feliz de esperarte. Disfruto de la satisfacción
prolongada de tener que esperar para conseguir lo que quiero.

Tomando una respiración profunda, me eché atrás, ocupándome en ordenar y desarmar mi equipo para poder desinfectarlo antes de mi próximo cliente. Esperaba poder pasar mi hora de descanso buscando a la mujer que había estado en mi mente toda la noche anterior mientras intentaba controlar la nómina para poder estar libre el fin de semana después de San Valentín.

— Eso funciona. Como dije, Gray puede hacer la reserva para ti cuando quieras. Pero no deberías necesitar verme de nuevo hasta nuestra próxima consulta, siempre y cuando sigas las instrucciones de cuidado.

Cuando me di la vuelta, su ropa estaba recolocada y ella estaba abrochándose el abrigo... Con los ojos fijos en mi trasero. Quería sentirme halagado, de verdad que sí, pero también me hizo cuestionar todas mis decisiones de vida de la última década. Había creado esta impresión de mí mismo para el mundo, y desafortunadamente, ahora tenía que lidiar con las consecuencias.

— Ha sido un placer, Sr. Harding, — maulló, de pie frente a mí y presionando un trozo de papel en mi palma. Lo apreté en mi puño mientras la veía salir por la puerta entreabierta, deteniéndose en seco al ver a la mujer apoyada en la pared opuesta antes de girar y dirigirse hacia el área de recepción.

Los ojos expresivos de Hazel se encontraron con los míos, sus mejillas se tornaron de un atractivo tono rosado mientras nos mirábamos, pero cuando su labio tembló y desvió la mirada, supe que había estado allí el tiempo suficiente para escuchar lo que estaba pasando con mi coqueta cliente. Mierda.

Quitándome el delantal que usaba cuando trabajaba, lo lancé hacia la silla, dejando caer el papel arrugado en mi papelera mientras me dirigía en la única dirección a la que mi corazón quería ir en este momento. Cuando llegué a la puerta, noté lo apretados que estaban los dedos de Hazel en el material de su abrigo y supe que necesitaba hacer un poco de control de daños.

— Hola, gatita. ¿Por qué no me dijiste que vendrías? ¿Tienes otro proyecto en el que trabajar?

Ella sacudió la cabeza, alejándose cuando extendí mi mano hacia ella.

— No. No más proyectos.

Frunciendo el ceño, di un paso adelante de nuevo, agarrando sus dedos y tratando de arrastrarla dentro de mi habitación.

— Hablemos.

— Ahí no, — susurró, soltándose y cerrando los puños.

— El nuevo sofá en mi oficina aún no ha sido desenpaquetado, pero si no te importa esperar unos minutos, puedo quitar todo el plástico. Lo acaban de entregar esta mañana.

— ¿Podemos... — se interrumpió, aclarando su garganta. — ¿Podemos ir a sentarnos en la sala de descanso o algo así? No puedo decir esto en tu oficina.

Frunciendo el ceño, observé cómo sus expresiones pasaban de la ansiedad a la decepción y luego a la tristeza, y no entendía por qué la chica feliz y sarcástica que había estado a mi alrededor durante la última semana de repente había desaparecido. Ella ya había visto a mujeres coquetearme antes, y si hubiera estado en el pasillo el tiempo suficiente, seguramente habría escuchado que no lo estaba fomentando y mantenía las cosas estrictamente profesionales. No es que necesitara explicarme con ella, pero quería hacerlo.

— O puedo simplemente irme a casa, pero... — ella llevo su mano a sus ojos, secando una lagrima.

Decidiendo que no podía quedarme aquí de pié y ver cómo intentaba contener sus emociones, di un paso adelante y le agarré la mano, guiándola por el pasillo hasta la sala de descanso y empujándola hacia adentro.

Después de encender la luz, cerré la puerta con llave detrás de mí por si acaso nos interrumpían, pero como Gray y Priscilla eran los únicos en el edificio, y sabía que ambos tenían citas, no debería ser un problema.

— ¿Qué pasa, Haz? — Le pregunté, atrayéndola hacia mi pecho y envolviéndola con mis brazos. La parte superior de su cabeza encajaba perfectamente debajo de mi barbilla, y giré mi rostro, apoyando mi mejilla en la parte superior de su cabeza. Pero mi corazón se hundió cuando no me abrazó de vuelta, su cuerpo tensándose después de unos momentos en mi abrazo.

Cuando la solté a regañadientes, dio un paso atrás, lanzando una mirada nerviosa a la camilla y luego de vuelta a mí, antes de dar un paso decidido hacia la pequeña mesa al lado de la habitación.

— Necesitamos hablar.

Famosas palabras finales. Escuchar a una mujer decirte eso nunca era algo bueno. Significaba que estaba a punto de terminar la relación o que pensaba que podría estar embarazada. Y a menos que alguien pudiera mágicamente quedar embarazada sin tener sexo, Hazel estaba a punto de decirme algo que no quería escuchar.

Uniéndome a ella al otro lado de la mesa, intenté medir su estado de ánimo, pero la vulnerabilidad que había mostrado antes de entrar aquí había desaparecido. Fue reemplazada por determinación. Y odiaba que mi chica hubiera decidido usar su nueva confianza en algo que no me gustaría.

— Tienes la palabra. ¿Qué pasa?

Su mandíbula se tensó, y luché contra el impulso de extender la mano y masajear la tensión de sus manos, que estaban tan apretadas en su regazo que sus nudillos estaban blancos.

— No creo que pueda seguir haciendo esto, — susurró, apartando la mirada de mí. — Si las cosas van como me gustaría, entonces podría estar saliendo con alguien de verdad después de la fiesta. Las líneas entre nosotros se han vuelto tan borrosas que siento que le estoy siendo infiel.

Oh, dulce chica. Me hizo sentir la culpa arder, sintiendo que había dejado que las cosas se salieran de control con Siete y que mis sentimientos se mezclaran y confundieran a ambos. Abrí la boca para confesar lo que había hecho cuando vi lo confundida que estaba, pero eso no fue lo que pasó.

— Entonces supongo que tenemos los próximos días para preparar fotos para cada comisión que tengas en tu lista de espera.

Ella sacudió la cabeza, sin mirarme aún.

— Reid, en serio. Eso es demasiado. No puedo pedirte que hagas eso.

— No estás pidiendo. Y no voy a aceptar un no por respuesta. Más te vale organizar un horario y una lista de tomas, porque no tenemos mucho tiempo. Puedo mover a los clientes si lo necesitas. Solo dime cuándo me necesitas, y lo haré posible.

— Está bien, no he querido mencionarlo antes, — tartamudeó nerviosamente, flexionando los dedos bajo la mesa. Odiaba saber todas sus señales; realmente se estaba asustando por esta situación en la que la había puesto. — Porque no quiero que las cosas sean incómodas, pero siento que debería pagarte por toda la ayuda que me has dado.

Yo fui quien había hecho las cosas raras entre nosotros por no ser honesto, pero esto fue suficiente.

— Haz, no. No necesitas pagarme, me ofrecí voluntario. Y considerando algunas cosas que han pasado, no voy a aceptar ni un centavo de ti.

— Pero he podido terminar las ilustraciones mucho más rápido desde que no pierdo tiempo buscando imágenes de referencia...

— Pornografía. Solo di que estás viendo porno, Haz. — Intenté hacer una broma, y logré sacarle una sonrisa, pero aún no se estaba riendo.

— No todo es porno.

— No dije que ver pornografía fuera malo. — Tengo curiosidad por saber qué otras cosas has visto para investigar. Y quería verlos con ella, preferiblemente sin ropa y en mi cama.

— Concéntrate, Reid. Por favor, no cambies de tema para distraerme. ¿Qué te parece un diez por ciento de lo que he ganado hasta ahora?

— Suena bastante terrible, — respondí, cruzando los brazos sobre el pecho. No había manera de que le cobrara nada. Ella había ganado ese dinero con sus propios talentos; yo solo era su muñeco de acción en vivo para mover como ella quisiera. Solo que ella había descubierto que no estaba vacío allí abajo como un muñeco Ken.

— Está bien... Puedo hacer más. Pero el diez por ciento de la comisión que tenía tu motocicleta era $80, así que... — se quedó en silencio y me quedé un poco atónito una vez que hice los cálculos mentales de esa ecuación.

— ¿Te pagaron $800 por dibujar una ilustración de gente follando?

Esta chica, esta mujer con la que me estaba obsesionando rápidamente, seguía sorprendiéndome. Estaba jodidamente orgulloso de ella por cobrar lo que valía. Esa fue una lección difícil de aprender para la mayoría de las personas que trabajaban en campos creativos. Sé que me había llevado mucho tiempo cobrar a los clientes lo que sabía que valían mi tiempo y talentos.

— Bueno, técnicamente no estaban teniendo sexo aún en esa escena, pero... — se quedó en silencio, tratando de contener una sonrisa mientras sus ojos se encontraban con los míos, pero luego su expresión se endureció de repente.

— Haz, — traté de interrumpir, pero ella levantó la mano.

— Son ilustraciones personalizadas y completamente renderizadas, no páginas para colorear. Y la gente te paga cientos de dólares para dibujar en su piel con una aguja. ¿Por qué no me pagarían tanto? ¿Crees que estoy cobrando demasiado? Porque yo...

Pero fue todo lo contrario. No pensé que estuviera cobrando demasiado; me impresionó que supiera aprovechar sus talentos para ganar exactamente lo que merecía.

— No, Haz. Admiro muchísimo tu ética de trabajo. Estás haciendo exactamente lo que deberías estar haciendo. Por eso te ofrecí mi ayuda, porque podía ver cuánto deseas esto.

— Sí, — susurró ella. — Pero yo... — Ahí estaba ese maldito temblor en el labio otra vez y mi corazón se rompió al pensar que yo había causado esto. — No es que no aprecie tu ayuda, pero estoy ocupando mucho de tu tiempo, y sé que las cosas se han vuelto un poco complicadas cuanto más tiempo pasamos juntos.

— Nada de lo que hemos hecho es complicado, Haz. Y no pienses, ni por un segundo, que no estoy exactamente donde quiero estar cuando paso tiempo contigo...

Ella volvió a sonarse la nariz, limpiándose la mejilla. Mi garganta se sintió apretada mientras una lágrima se deslizaba. Apretando los puños en mi regazo, resistí la tentación de extender la mano para atraerla hacia mí y besar esas lágrimas. Cuando Charley me había suplicado ser el soltero número siete, nunca esperé que las cosas entre nosotros se complicaran tanto.

— Pero no puedo pasar más tiempo contigo, — susurró, con la voz quebrada. — Es demasiado difícil. Y podría estar enamorándome del chico del experimento, y no puedo arriesgarme a eso por alguien que sé que me romperá el corazón cuando se aburra de mí.

Hablando de una maldita patada en los huevos. Ni siquiera dudó en confesar que pensaba que le rompería el corazón. No es que tuviera miedo de que yo le hiciera daño, lo cual no era mi intención, sino que sabía que yo le rompería el corazón. Como si fuera una conclusión inevitable que yo lo hiciera.

— ¿Es así como realmente te sientes acerca de mí? ¿Que es inevitable que te rompa el corazón si las cosas avanzan entre nosotros?

Ella asintió, y tomé una respiración profunda, preguntándome por qué demonios me molestaba. Porque ahora tenía una puta idea bastante clara de cómo iría la revelación en unos días. Ella descubriría que Siete era yo, y me excluiría como me está excluyendo ahora.

— Lo siento. Pero no puedo dejarme caer más en esta fantasía de que realmente me quieras como yo...

Se levantó de la mesa y mi mano se extendió, agarrando su muñeca instintivamente.

— A veces, cómo se siente realmente la gente puede sorprenderte.

— Y a veces no vale la pena el riesgo, — susurró, girando su muñeca para liberarse, y yo la solté de inmediato, sin querer obligarla a estar aquí si no quería estarlo.

Inclinándome hacia adelante, dejé caer mi cabeza entre mis manos, dándome cuenta de lo épicamente que había logrado arruinar las cosas en una semana y media. Si pudiera volver en el tiempo, lo haría...

Que se joda.

Si pudiera retroceder en el tiempo, la habría seguido al baño antes de que comenzara el maldito experimento y le habría metido ese lápiz masticado en la mano. Y le hubiera pedido que saliera conmigo, porque no me gustaba la idea de que arriesgara su corazón con un extraño, incluso si yo era el extraño al otro lado de la pared.

Capítulo
Veintiuno

Hazel

LA MIRADA EN LOS ojos de Reid cuando le confesé que pensaba que me rompería el corazón lo rompió incluso antes de que él tuviera la oportunidad. Podía ver que le había herido, y nunca fue mi intención cuando fui allí. Pero dolía demasiado dejar que las cosas siguieran acumulándose como lo habían estado haciendo.

Especialmente después de presenciar a esa clienta, que era diez veces más atractiva y probablemente mil millones de veces más experimentada que yo, coqueteando sin vergüenza con él después de que terminara de trabajar en su tatuaje. Y esa era su realidad. Era un hombre guapo que tenía a las mujeres lanzándose a sus pies, y no necesitaba que yo hiciera lo mismo.

Porque todas terminaron siendo un recuerdo fugaz para él, y no estaba segura de poder sacrificar nuestra ya frágil amistad para saber cómo se sentía estar con él. No podía arriesgarme a perderlo para siempre. Era lo suficientemente difícil conocer cómo era él detrás de la máscara que ponía para los demás.

Pero no podía retractarme de lo que le había dicho, porque sabía que las cosas ya habían ido demasiado lejos para que pudiera mantener mi corazón a salvo. Dolía alejarse de la posibilidad de algo más.

Mientras cruzaba el frío estacionamiento, reuní lo que quedaba de mi valor y envié el mensaje que había estado tramando en mi cabeza desde anoche.

> Catorce: Si no quieres hablar conmigo, por favor dímelo. Estoy un poco descontrolada hoy y no estoy segura de si debería interpretar tu falta de respuesta a mi último mensaje. Y aunque dijiste que estarías llorando sobre tu cerveza, no estoy segura de poder mostrar mi cara en esa revelación si no estás allí.

Tres puntos danzaban en la pantalla, y mi corazón latía con fuerza mientras introducía el código en la cerradura de la puerta trasera. Demasiado ocupada mirando mi teléfono, no prestaba atención a por dónde iba y casi lo dejo caer cuando choqué con alguien que giraba la esquina hacia la escalera trasera.

— ¿Estás bien, Haz? — La voz de mi mejor amiga estaba preocupada mientras me sostenía con sus manos en mis brazos. Estaba segura de que mi cara estaba manchada por mi confrontación con Reid, pero al menos había logrado no desmoronarme por completo frente a él.

— Estoy bien, — murmuré, apartando los ojos de su escrutadora mirada. Tenía suerte, su rostro no delataba todas sus emociones como el mío. Y estaba segura de que no se volvería loca si estuviera en mi lugar, casi paralizada por dos hombres mostrando interés en ella.

— No, no lo estás. — Me tomó del codo y me guió hacia la escalera, siguiéndome hasta la cima y cerrando la puerta de lo que solía ser su apartamento también. Había estado tan fuera de mí anoche y esta mañana que no había limpiado el resto de las consecuencias de lo que había pasado con Reid.

No es que hubiera mucho, solo un montón de almohadas en el suelo junto al sofá. Mirándolos fijamente, me pregunté cuál era el que había estado usando de rodillas.

— ¿Por qué miras tus almohadas como si te hubieran ofendido? Pensé que amabas esas cosas.

Apartándome de Charley, traté de contener el rubor, pero no era mi mejor amiga porque era desobservadora.

— No lo veo mal.

— Tonterías. Siéntate y dime por qué estás mirando con mala cara a un maldito cojín floral y deambulando por el bar como si el mundo se estuviera acabando.

Respiré hondo, tratando de calmar mi corazón, pero sabía que no había manera de sacarla del apartamento sin confesar lo que me molestaba. Me observó desde su asiento al otro extremo mientras apartaba las almohadas de mí y me sentaba.

— ¿Qué quieres saber?

— ¿Qué crees que quiero saber, Haz? No nos guardamos secretos la una a la otra.

Levantando una ceja, la miré fijamente, porque aunque me había enviado un mensaje diciendo que se iba con mi hermano en Halloween con su ex loca suelta en el bar causando estragos, también me había ocultado que su enamoramiento por él era más que superficial.

No había manera de que se hubiera enamorado de él en el transcurso de un solo fin de semana y hubiera aceptado mudarse con él un par de meses después. Así no funcionaba Charley. Rara vez tenía una segunda cita, así que el hecho de que estuviera tan enamorada de mi hermano después de unos días significaba que sus sentimientos por él habían estado creciendo durante un tiempo.

— No quieres saber los secretos que guardo sobre tu hermano, así que ni siquiera pretendas que lo que te está pasando a ti es lo mismo. Hay una gran diferencia entre no compartir detalles sobre mi vida sexual y tú guardando secretos reales sobre algo que claramente te está molestando lo suficiente como para que vinieras llorando esta mañana desde donde sea que estabas.

— No estaba llorando.

— Y yo soy la virgen en este sofá, — respondió sarcásticamente.

— Está bien. Tal vez estaba llorando un poco, pero no era gran cosa. Lloro todo el tiempo. Sabes eso. A veces lloro cuando estoy enojada.

— ¿Entonces porqué estás enojada? — Porque como tu mejor amiga, sabes que estoy obligada a estar igualmente enojada, si no más

Y sabía que si se lo decía, Charley cruzaría ese estacionamiento y golpearía al mejor amigo de mi hermano por jugar con mis emociones, pero cuando miré hacia atrás en la situación, no estaba segura de que él fuera el que había causado el daño.

— No estoy enojada. Solo... Confundida. Esta semana he estado muy ocupada y estoy muy emocional.

— Claramente. Pero aún estás evadiendo la pregunta.

Mirando el teléfono en mi mano, deslicé hacia arriba para desbloquear la pantalla, mis ánimos desinflándose al ver que, aunque había estado escribiendo, Siete no había respondido.

— No estoy segura de que este experimento vaya a funcionar.

Ella cruzó los brazos, su expresión transformándose en una preocupación genuina. Charley puede que me haya empujado a hacerlo, pero sabía que si realmente quería echarme atrás antes de la revelación, ella me dejaría.

— ¿Cómo dices?

— Las cosas con Siete iban muy bien, y realmente estaba ansiosa por conocerlo, pero algo cambió en las últimas 24 horas y ahora no estoy segura de poder seguir adelante.

Charley gruñó entre dientes, murmurando algo que no pude oír.

— ¿Qué hizo?

— No hizo nada, en realidad, pero es solo esa sensación molesta de que está perdiendo interés o algo así. No está iniciando conversaciones como lo hacía antes, y luego me ha dejado en visto varias veces. Probablemente solo esté ocupado y yo esté siendo paranoica. He estado tan distraída trabajando en mis comisiones con... — Me quedé en silencio, pero por la forma en que sus ojos se abrieron, había escuchado mi desliz.

— ¿Eso es lo que tú y Reid realmente estaban haciendo el domingo pasado? ¿Trabajando en uno de tus encargos?

Cerrando los ojos, traté de averiguar qué decirle sin revelar lo avergonzada que estaba de haberme dejado llevar por su encanto. Ella conocía su reputación, y aunque no creo que alguna vez me desanimara a reavivar mi amistad con él, también me advertiría al dejar que ocurriera algo más entre nosotros. Especialmente sabiendo que había alguien más por el evento de citas a ciegas.

— Quizás.

— Hazel, ¿qué demonios te pasa? — Char no sonaba enojada, solo un poco sorprendida de que le hubiera estado ocultando algo. Pero ella había estado tan ocupada, y una parte de mí sabía que no debería estar haciendo lo que había estado haciendo con Reid. Simplemente no se lo había dicho porque no quería que me dijera que parara.

— Has estado ocupada, y él se ofreció a ayudar...

— Oh, estoy segura de que lo hizo... — murmuró, luciendo enfadada. — ¿Hizo algo para molestarte? No me importa si es el mejor amigo de Hudson, le arrancaré los huevos si te hizo daño.

— No lo hizo... — Susurré, recordando la expresión en su rostro justo antes de que saliera de la sala de descanso. — Pero puede que lo haya herido a él.

— ¿Por qué no me cuentas qué pasó y yo decidiré a quiénes tengo que hacerle daño?

A su favor, Charley simplemente esperó mientras yo vomitaba verbalmente todo lo que había estado sucediendo durante la última semana con ambos hombres. El comportamiento coqueto, los mensajes de texto, cómo las cosas habían escalado con Reid hasta lo que había pasado la otra noche. Cuánto me había avergonzado en las últimas 24 horas mientras intentaba reconciliar mis sentimientos.

— Primero que nada, no deberías sentirte avergonzada por nada de lo que haya pasado. No estás saliendo con nadie de manera exclusiva, y hasta que se haya hablado de ese tipo de compromiso, no tienes que explicarle tu comportamiento a nadie.

— Lo sé, pero...

— No había terminado de joder, — espetó, pero luego tomó una respiración profunda. — Lo siento, me dejé llevar un poco. En segundo lugar, no hay reglas sobre cómo se supone que debe resultar este experimento de citas. Si quieres tener un jugueteo travieso con Siete, entonces adelante, chica. Por otro lado, si quieres hacerle un favor al mejor amigo de tu hermano porque se siente bien, entonces hazlo también. Siete sabía desde el principio que había la posibilidad de que hablaras con otros chicos antes de la revelación. Entonces, no puede estar molesto si cumpliste con eso.

— Pero no estaba hablando con otro chico que formaba parte del experimento, estaba hablando con Reid, que ni siquiera participó.

Algo parpadeó en su expresión, pero desapareció antes de que pudiera interpretarlo.

— Siete sabía que no tenías ninguna obligación con él, y no tiene derecho a opinar sobre que hables con otro chico, independientemente de si estuvo involucrado en el experimento. Hablando de eso... ¿alguien más te ha estado enviando mensajes?

— Como si pudiera manejar a alguien más con Siete y Reid ocupando todo el espacio disponible en mi cerebro. — Aunque ahora que lo pensaba. Christian, el jugador de béisbol con el que había estado hablando después de la fiesta de Halloween, me había estado enviando mensajes esta semana. No había pensado mucho en ello porque estaba tan distraída con otras cosas, pero...

— ¿Qué significa esa mirada? — preguntó, con la diversión claramente visible en su expresión.

— Bueno, ha habido alguien más que me ha estado enviando mensajes, pero lo ignoré un poco.

— Siempre y cuando no lo hayas hecho como con...

— ¡Cállate! — La interrumpí antes de que lo dijera, porque aunque fue a través de sus bóxer, le había hecho a Reid una felación muy poco convencional. Como era de esperar, ni siquiera pude darle mi primer sexo oral como una persona normal.

Hizo un gesto de cerrar los labios con una cremallera y se agachó para recoger una almohada del suelo, abrazándola contra su pecho, pero afortunadamente no era del mismo tipo que había usado la pasada noche. Porque definitivamente querría saber por qué le estaba quitando una almohada de los brazos y arrojándola por la ventana.

Cuando no empecé a hablar de inmediato, ella hizo un gesto de rodar los ojos con la mano y me lanzó una mirada impaciente.

— Cuéntame. No debería tener que sacártelo a cuentagotas.

— ¿Sabes ese jugador de béisbol con el que estaba hablando en otoño y con quien las cosas se enfriaron? También empezó a enviarme mensajes.

Charley se rió, pero aún no entendía por qué eso era tan gracioso.

— ¿Qué? ¿Qué tiene de graciosa esta situación? Preferiría volver a ser invisible. Sabes que no me gusta este tipo de atención.

— Lamento decírtelo, Haz, pero nunca has sido invisible. Tal vez distraida, pero definitivamente no invisible.

— Lo que sea. ¿Cómo hago para que pare? No me gusta sentirme así.

Su expresión se volvió seria y asintió, viendo que las últimas semanas me habían arrancado esencialmente de mi pequeña burbuja de soledad.

— ¿Qué quieres? ¿Quieres que todos te dejen en paz?

Pensando en cómo cada uno de ellos me hacía sentir, tampoco estaba segura de que eso fuera lo que quería.

— No, no exactamente.

Entonces simplemente dejas que las cosas se desarrollen de manera natural. Si Siete quiere llevar algo más allá contigo, se esforzará más. Ninguna cantidad de desesperación va a ayudar a la situación hasta que tengas una conversación real con él cara a cara.

Asentí, absorbiendo sus palabras antes de que volviera a hablar.

— ¿Y Christian?

— No sé. Es lindo, y fue agradable hablar con él. Definitivamente sería la opción más segura si realmente estuviera interesado y no solo siendo amable.

— No suena exactamente como si hubiera una atracción verdadera ahí.

— Bueno, la atracción verdadera solo ha logrado complicar las cosas más de lo que estoy dispuesta a manejar, así que...

— Entonces, ¿no planeas irte con Reid? — preguntó, haciéndome pensar en cómo se había sentido estar en la parte trasera de su moto.

Estar con él así se había sentido bien. Como si encajara allí. Pero no era la parte de la atracción con la que estaba luchando en relación a Reid. Era la parte de los sentimientos. Como si estuviera desarrollando sentimientos reales por él, y él solo mostraba cuánto quería la parte sexual de nuestra amistad.

— No creo que realmente importe. De todos modos, nunca funcionaría. Soy yo, y él es Reid, no es que estemos ni siquiera en la misma liga.

Charley frunció el ceño, lanzando la almohada que tenía en las manos hacia mi cara. Lo aparté, pero ella todavía me miraba como si la hubiera ofendido.

— Eso es una tontería. Si acaso, él no está a tu altura si no se da cuenta de lo increíble que eres. Y si realmente quiere más, necesita hacerlo mejor porque está haciendo un trabajo de mierda mostrándote cómo se siente por ti.

— Estoy bastante segura de que sus sentimientos son claros. Quiere añadir un extra de beneficios a nuestra amistad.

Ella sacudió la cabeza, no convencida.

— No te apresures a sacar conclusiones todavía. Ve cómo van las cosas con Siete una vez que lo veas en persona y luego decide a partir de ahí. A veces la gente puede sorprenderte con lo que realmente siente.

— Eso es más o menos lo que Reid me dijo antes de que me fuera de su tienda.

— Entonces tal vez aún haya esperanza para él, — musitó, levantándose del sofá. — Ahora vamos a elegir lo que vas a ponerte en el Día de San Valentín, porque no importa con quién termines al final de la noche, necesitas hacer que cada chico en esa habitación se arrepienta de haber perdido la oportunidad de tener tu atención.

Capitolo
Veintidós

Hazel

LAS PALABRAS DE CHARLEY me acompañaron toda la tarde y durante mi turno esa noche, pero estábamos demasiado ocupados para dejarlas florecer realmente y para que el pánico se instalara. En su lugar, me concentré en llevar comida de la cocina a los hambrientos clientes en el bar lleno, ignorando por completo mi teléfono y a todos los hombres al otro lado de la línea.

Pero debería haber sabido que nunca podría escapar de ello, ni de ellos.

Annie me acorraló en el pequeño pasillo fuera de la cocina después de que terminé de llevar las últimas órdenes que habían llegado de los camareros.

— No sé qué está pasando, pero Reid acaba de ir al bar a pedir una ronda para su mesa.

Ni siquiera me había dado cuenta de que Reid estaba en el bar, pero no era como si pudiera decirle que se mantuviera alejado. Su mejor amigo era el dueño. Otro recordatorio de que nunca podría escapar de él si dejaba que las cosas avanzaran y se desmoronaran.

— ...Y este tipo se acercó y empezó a preguntar si estabas de turno esta noche, y te juro por Dios, Reid realmente le gruñó.

— Espera, ¿qué?

— Este chico de la universidad con una sudadera del equipo de béisbol estaba preguntando si estabas trabajando.

— Vuelve a la parte sobre Reid.

Ella sonrió, aparentemente divertida de que esa fuera la parte que le pedía que repitiera.

— ¿Está pasando algo entre ustedes dos?

— ¿Qué? No... — Negué, pero sonó como una mentira incluso para mis propios oídos.

— Qué pena. Siempre pensé que había una conexión entre ustedes dos.

— No. No hay química entre nosotros.

Solo yo necesitando un ambiente diferente para lidiar con toda la atracción reprimida que había estado cargando por él desde la pubertad.

187

— De todos modos, probablemente deberías salir y hablar con él antes de que la cosa se ponga fea.

— ¿Reid pidió hablar conmigo?

— No, el tipo con la sudadera de béisbol. Reid volvió a su mesa una vez que le llevé una jarra y le señalé que tenía una mesa llena de tipos sedientos esperando su cerveza.

Con Annie siguiéndome de regreso hacia la pista, vi a Christian de pie con la espalda apoyada en la barra mientras observaba a la multitud.

Había olvidado lo lindo que era con su cabello rubio ligeramente rizado y sus hoyuelos. Era justo el tipo de chico en el que debería estar interesada. Pero cuando miré hacia el rincón y mis ojos se encontraron con la mirada penetrante del sombrío mejor amigo de mi hermano, me cuestioné si el jugador de béisbol de aspecto pulcro era realmente mi tipo.

La mano de Annie en medio de mi espalda me recordó que no podía simplemente mirarlos incómodamente toda la noche. Con cuidado me dirigí hacia el chico más joven, tratando de ignorar la mirada de Reid mientras lo hacía.

— Hola, tú, — la voz de Christian era cálida mientras me saludaba, inclinándose para darme un abrazo a medias antes de que pudiera alejarme. — Me preguntaba si me estabas evitando.

— No, — respondí nerviosamente, sintiendo de repente ganas de escapar de lo que sabía que sería una interacción incómoda. — Solo hemos estado súper ocupados esta noche.

— No estaba hablando solo de esta noche.

— ¿Oh? — Sabía que realmente no había puesto mucho esfuerzo en responder a sus mensajes, pero él había hecho parecer que no tenía tiempo el otoño pasado para preocuparse por una novia. No es que hubiera salido en citas reales con él para ser considerada su novia. Solo habíamos compartido algunas conversaciones coquetas en el bar y algunos mensajes de texto hasta que confesó que estaba demasiado ocupado con la universidad y el entrenamiento para centrarse en mí.

— Sí. Me dejaste en visto un par de veces la semana pasada. Sé que te dije que las prácticas me estaban matando cuando hablamos la última vez, pero cuando me enteré de lo tuyo, no pude resistirme.

— ¿De qué te enteraste sobre mí? — Pregunté, pero no lo estaba mirando. Mis ojos estaban fijos en los enfadados ojos de Reid, tratando de entender por qué me estaba mirando con esa ira.

Bueno, tenía la sensación de que tenía que ver con el hombre a mi lado, pero no es como si le hubiera dicho a Christian que viniera al bar esta noche. No lo había visto en persona en más de un mes.

— ...Así que, de todos modos, solo quería pasar a verte antes de...

Mi pulso se aceleró mientras la mirada de Reid no se apartaba de nosotros, su boca esbozando una sonrisa irónica cuando se dio cuenta de que no estaba prestando realmente atención al hombre que estaba a un metro de distancia de mí y que seguía hablando.

Rompiendo el contacto visual, intenté volver a concentrarme en lo que me estaba diciendo.

— Lo siento. Estás ocupada. Debería haber esperado y no haberte interrumpido en el trabajo. Christian sonrió con esa sonrisa infantil, una que alguna vez me hacía sentir mariposas en el estómago, pero ahora solo sentía molestia por la ausencia de esas mariposas.

— Sí. Fue genial verte. Lo siento, estamos demasiado ocupados para ponernos al día adecuadamente.

— Está bien. Tengo la sensación de que volveré a verte. Puedo ser paciente.

Fruncí el ceño, dándome cuenta de que tal vez había perdido más de lo que él había estado diciendo que solo unas pocas palabras. Pero cuando el cocinero señaló hacia los pedidos acumulándose en la ventana de exposición, no tuve tiempo para averiguarlo.

— Tengo que irme.

— Por supuesto, — dijo, sonriendo. Antes de que pudiera anticipar su próximo movimiento, Christian se inclinó para darme un abrazo, sus labios rozando mi mejilla. — Fue genial verte, Hazel.

Me sonrojé furiosamente cuando se alejó, guiñándome el ojo antes de atravesar el bar y acomodarse en un reservado lleno de sus compañeros de equipo.

Un silbido de la cocina me sacó de mi ensueño y me hizo intentar concentrarme en mi trabajo, pero no antes de echar un vistazo a la mesa en la esquina.

Estaba vacío. Reid se había ido.

AL FINAL DE LA noche, estaba más exhausta de lo que había estado en mucho tiempo, pero sabía que nunca podría dormir imaginando los peores escenarios dentro en mi cabeza. Solo quería apagarlo todo y dormir para deshacerme de esta sensación de presagio que se había alojado en mi pecho.

Annie y yo éramos las únicas dos que quedábamos en el bar al final de mi turno, ella dando la vuelta a las sillas sobre las mesas vacías y yo limpiando los vasos que salían del lavavajillas para que estuvieran limpios para mañana.

— ¿Gran revelación a la vista? — preguntó, arrojando los trapos sucios que había usado para limpiar las mesas en el cubo debajo del mostrador que necesitaba recordar vaciar en la lavadora antes de subir por la noche.

— Sí, supongo. — Aunque no pude conseguir entusiasmarme con ello en este momento.

Annie pasó de largo, agarrando un par de vasos de chupito de debajo del mostrador y una botella de amaretto. Aunque rara vez bebía por mis medicamentos, parecía que ella sabía que no era fan de las bebidas fuertes.

— Creo que necesitas uno de estos, — se rió, usando la yema del dedo para empujar uno en mi dirección mientras recogía el otro. — ¿Porqué brindamos?

— Ni idea, — murmuré mientras levantaba el trago y lo acercaba a mis labios.

— Por conseguir buen sexo. — La guiñada que me lanzó hizo que una sonrisa se dibujara en mis labios, pero dudaba que fuera a conseguir alguna polla pronto, y mucho menos de la buena.

Inclinando el trago hacia atrás, tragué y temblé por la quemadura mientras bajaba por mi garganta, el calor extendiéndose dentro de mí.

— Estoy bastante segura de que nunca voy a conseguirme a nadie.

Annie se rió, agarró el vaso de chupito y lo volvió a llenar, empujándolo de nuevo en mi dirección mientras apoyaba su cadera contra el mostrador del bar.

— Suena como si hubiera una historia ahí.

— ¿Cómo supiste que Jay era el indicado? — Parecían estar muy unidos, y sabía que él pasaba mucho tiempo aquí con ella cuando ella estaba detrás de la barra.

— Oh, definitivamente no lo supe, — se rió, dándole una mirada significativa al vaso de chupito junto a mí hasta que finalmente lo levanté y me lo bebí de un trago. — Pero lo que tenemos funciona para los dos en este momento. Nunca ha estado realmente disponible emocionalmente y eso fue parte de lo que me atrajo de él. No estaba interesada en algo serio y él era demasiado inmaduro para querer establecerse. Ambos estamos obteniendo lo que queremos de nuestro acuerdo, y si eso cambia, lo terminamos.

Ser un niño grande emocionalmente indispuesto parecía ser un rasgo de la familia Harding que compartía con su primo.

— ¿Y estás bien con eso? — Quizás estaba esperando demasiado de él y de Siete. Lo que había comenzado como un intento de deshacerme de mi virginidad no deseada se había convertido en una necesidad de compañía y compromiso. Cosas que no estaba segura de que ninguno de ellos pudiera darme.

— Sí, quiero decir, funciona, y el sexo siempre ha sido increíble, así que supongo que nunca realmente pensé en buscar más que eso. Sé que no terminaremos juntos, pero hasta que uno de nosotros conozca a alguien más, disfrutamos pasar tiempo juntos. Es uno de mis mejores amigos.

— Quizás necesite bajar mis expectativas, — murmuré, mis dedos girando el vaso vacío sobre la suave madera de la barra mientras pensaba en arriesgarme con Reid y no esperar algo más que solo amistad y compañía temporal de él. Tal vez no fuera capaz de darme más que eso.

— No, está muy interesado en ti. No creo que necesites bajar nada si le dieras una oportunidad. — Frunciendo el ceño, la miré, pero ella solo levantó una ceja condescendiente. — Nunca he visto a Reid enamorarse de alguien, pero a juzgar por la forma en que te mira, va por buen camino.

— No, no lo está... Te lo dije...

— Puedes negarlo todo lo que quieras, Haz. Pero también puedo ver cómo lo miras. Supongo que lo que necesitas preguntarte ahora es si estás dispuesta a hacer algo al respecto.

Pero no estaba segura de que dependiera de mí.

Capítulo
Veintitrés

Reid

Mirando el teléfono en mis manos, sabía que no debía responder a su mensaje, pero resistir usar esta última forma que tenía para estar cerca de ella era un esfuerzo inútil. No era lo suficientemente fuerte para alejarme como ella quería.

> *Siete: Hablar contigo es la mejor parte de mi día. Lo siento, no te lo dije antes.*

Lamentaba no haberle dicho muchas cosas antes. Porque ahora estaba atrapado en esta situación donde, sin importar lo que hiciera, la estaba lastimando. Pero después de ver a ese idiota pijo coqueteando con ella en el bar antes, no había manera de que me echara atrás.

Ahora que no se escondía detrás de su ansiedad, estaba destinada a ver a los hombres que le prestaban atención en el bar. Y uno de estos días, si seguía escondiéndome de mis sentimientos por ella, se enamoraría de uno de ellos y mi corazón se convertiría lentamente en piedra mientras la veía florecer en la mujer segura que me había mostrado breves destellos esta semana.

> *Catorce: No necesito disculpas, supongo que solo necesito un poco de seguridad de que mis sentimientos son correspondidos. Si no te has dado cuenta, todo esto es nuevo para mí.*

> *Siete: Sentir esto por alguien también es nuevo para mí. Estoy acostumbrado a que la gente me juzgue basándose en sus nociones preconcebidas de quién soy.*

Y hasta hace poco, esas nociones preconcebidas no estaban lejos de la verdad, pero estaba cansado de dejar que me definieran. No quería seguir viviendo a la altura de mi reputación.

193

Catorce: Puede que sepa algo sobre eso. Es difícil liberarse de cómo los demás piensan que deberías actuar. Por eso me sentí tan atraída por ti, nunca me has hecho sentir así.

Mi corazón se calentó brevemente, palpitando en mi pecho cuando me di cuenta de que ella esencialmente había hecho lo mismo por mí hasta que dejó que sus miedos se apoderaran de ella. Hasta que decidió que el riesgo de enamorarse de mí no valía la pena.

Siete: ¿Puedes prometerme algo?

Fue egoísta de mi parte siquiera pensarlo, y mucho menos pedirle que lo prometiera, pero lo iba a hacer de todos modos.

Catorce: Depende de lo que esté prometiendo.

Y ahí estaba mi chica sarcástica.

Siete: Prométeme que seguirás tu corazón, incluso si no es hacia mí. Te mereces el mundo, y aunque quiero ser yo quien te lo dé, no quiero que nunca lo dudes.

Catorce: ¿Por qué siento que estás tratando de despedirte de mí?

Porque estaba aterrorizado de que una vez entre a esa fiesta y ella descubra todo lo que le había estado ocultando, me cortaría de su vida sin pensarlo dos veces.

Siete: Tal vez soy un poco más inseguro de lo que he dejado ver.

No era la única que dudaba de sí misma.

Catorce: Bueno, no lo estés. También mereces amor.

Mi corazón se partía al pensar que ella podría amar a Siete. Porque ella había dejado bastante claro que su corazón no estaría seguro conmigo. Y eso dolió más de lo que pensé que dolería.

Siete: Ya veremos.

Catorce: Sí. Ya veremos.

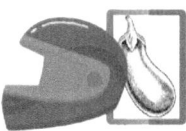

A LA MAÑANA SIGUIENTE, me desperté más tarde de lo esperado, apresurándome durante la mañana y apenas llegando abajo antes de que apareciera mi primer cliente. Afortunadamente, mis reflejos seguían agudos, porque no podía permitirme que la falta de sueño me dejara tembloroso.

Solo había bebido tres cervezas antes de salir del bar, incapaz de ver a Hazel hablando con ese tipo antes de que la envidia comenzara a carcomerme por dentro. Luego, tuve problemas para dormir después de los mensajes de texto, repitiendo todo el encuentro en mi cabeza un número poco saludable de veces antes de finalmente quedarme dormido.

Todo lo que quería era ver si los sentimientos que habían estado creciendo por ella durante el último año eran reales, pero había sido tan ciego al forzar mi ayuda con sus comisiones que no me di cuenta de que me estaba poniendo en una posición de perderlo todo.

Después de atender a mis clientes, estaba agradecido de haber despejado mi horario por la tarde para poder ocuparme del papeleo. Pero por mucho que lo intentara, no podía concentrarme en nada más que en lo que sucedería mañana por la noche.

Y cuando mi estómago gruñó, caminando hacia la pizzería a un kilómetro de distancia, supe lo que tenía que hacer.

EL IPAD DE HAZEL estaba sobre la barra cuando entré por la puerta trasera, pero el resto de la habitación estaba desierta. Me pregunté brevemente si lo había olvidado aquí, pero sabía que no podía ser el caso porque rara vez lo dejaba fuera de su vista. Especialmente últimamente con el tema de sus comisiones.

Un suave golpe proveniente del pequeño rincón que conducía hacia la cocina me hizo dejar la caja de pizza en la barra y acercarme al ruido. Aunque apenas contuve la risa cuando vi qué lo estaba causando.

— Estúpida, Jodidamente estúpida... — Hazel murmuró, dejando caer de nuevo su frente contra la pared, el sonido resonando en el panel de madera.

Después del tercer golpe, me puse en su campo de visión, golpeando mi zapato contra el rodapié para llamar su atención.

— Joder, — exhaló, cubriéndose el pecho con la mano cuando se dio cuenta de que estaba allí. — ¿Cuánto tiempo llevas allí?

— Suficiente tiempo para verte literalmente golpeándote con la pobre y desprevenida pared.

— No estaba... — se interrumpió, levantando la mano para frotar la mancha roja en su frente. Parte de mí estaba preocupado de que se hubiera hecho daño, pero se desvaneció rápidamente una vez que dejó de golpearse.

— Sí, si estabas, — le dije en tono de broma, y afortunadamente, ella sonrió. Tal vez las cosas entre nosotros no estaban completamente arruinadas. — Y ahora me vas a decir por qué.

— Es estúpido, — murmuró, tratando de rodearme, pero me interpuse frente a ella, riendo cuando chocó contra mi pecho y me miró con los ojos entrecerrados.

— No es estúpido, gatita. Claramente, algo te ha puesto muy nerviosa.

— No importa. Ya no vamos a hacer eso.

— ¿Hacer qué? ¿Hablar? ¿Vas a huir de mí otra vez? Pensé que ya habíamos superado eso. Pensé que éramos amigos.

Quería mucho más que eso, pero no lo iba a confesar ahora. Ahora mismo, necesitaba ayudarla a solucionar lo que la estaba estresando.

— Este ya no es un problema con el que puedas ayudar. Decidimos que no éramos ese tipo de amigos.

Necesitando recordarle que ella fue quien tomó esa decisión, yo no, me incliné y le susurré al oído.

— Entonces, ¿esto es por una comisión?

— No.

— Mentira, — le dije en tono de broma, disfrutando en secreto cuando su expresión pasó de la incertidumbre a algo un poco más intenso. — ¿Qué pasa? Pensé que las cosas se estaban volviendo más fáciles una vez que empezaste a usar las fotos como referencias. Tal vez alguien no debería haber alejado a su fotógrafo tan rápido.

— Son, eran, no tengo ni puta idea. No puedo conseguir las proporciones correctas, y ahora solo quiero borrar todo. Pero lo necesita para un paquete de relaciones públicas que se enviará en un mes y se tarda dos semanas en obtener las impresiones...

La había visto así antes, momentos en los que dejaba que sus nervios la dominaran. Decidiendo que lidiaría con las consecuencias más tarde, la abracé y le metí la cabeza debajo de mi barbilla.

— Respira, Haz. Enséñame el dibujo. Veré si puedo ayudar.

Después de apretarme inesperadamente, se liberó de mi agarre, alcanzó su iPad y lo abrazó contra su pecho.

— Vamos, no puede ser tan malo. Si estás en un apuro, siempre puedes tomarme una foto y usarla.

— ¡No! — gritó, sus mejillas sonrojándose antes de bajar la voz. — Quiero decir, no, gracias. No en este. No funcionará. No puedo pedirte que...

Antes de que pudiera escapar de mí, le arranqué el iPad de las manos, escribí rápidamente el código de acceso y estudié la imagen que estaba dibujando en su software de ilustración.

Era tan detallado como sus obras anteriores, pero en lugar de ser una pareja en la foto, el sujeto era un hombre sentado en una silla.

Un hombre casi desnudo sentado con la mano envuelta en un espacio vacío donde supongo que iría un pene.

— Eh. ¿Este chico es humano?

Aunque ninguna de las comisiones que me había mostrado eran criaturas de otro mundo, sabía que el romance de fantasía estaba de moda en ese momento.

— Sí, — murmuró, su voz apagada a través de las manos que ahora cubrían su rostro.

— ¿Tiene un pene invisible?

Ella sacudió la cabeza, todavía negándose a mirarme.

— Bueno, ahora mismo sí, pero no.

Aprovechando su distracción, deslicé hacia arriba, estudiando las otras ventanas que tenía abiertas para ver si había estado viendo pornografía de nuevo para dibujar.

Pero en lugar de pornografía, encontré una carpeta de Google Drive titulada Retratos de Pene. Hazel seguía negándose a mirarme, así que hice clic en la ventana, desplazándome por los estudios anatómicos muy detallados del apéndice masculino que llenaban la carpeta. Había docenas de ellos.

Había estado muy ocupada llenando esta carpeta en los últimos meses. Y estaba un poco celoso de que ella hubiera estado mirando tantos penes en

Internet pero no hubiera querido ver el mío. Quería hacer un comentario sobre Ricitos de Oro encontrando el pene perfecto, pero tenía la sensación de que no le parecería gracioso.

— Parece que has estado practicando. Una chica no tiene una carpeta llena de penes ilustrados y no sabe dibujar uno.

Me quitó el iPad, entrecerrando los ojos, antes de darse la vuelta para irse.

— Ríete todo lo que quieras. Porque, aparentemente, soy un chiste para tí. He intentado como diez veces y ninguno se ve bien.

— Déjame ver.

Señalando el mostrador entre nosotros, esperé hasta que ella dejara el iPad, volviendo a su dibujo actual.

Ella seleccionó la primera capa y me estremecí, al ver la enorme erección que sobresalía desproporcionadamente entre sus muslos extendidos.

— Esa cosa parece que podría dislocar una cadera.

— Lo sé, — susurró, usando su dedo para reducir el tamaño, pero aún no parecía pertenecer al hombre en la silla.

Escondiendo la capa, ella seleccionó la siguiente, y yo incliné la cabeza hacia un lado, tratando de averiguar por qué esta no se veía bien.

— ¿Dibujaste la cabeza de su polla al revés?

— Cállate, — gruñó, cambiando al siguiente.

— ¿Por qué ese está tan brillante? ¿Le dio Midas una paja?

— Te odio, — siseó, mirándome con furia mientras yo intentaba contener la risa. — Estaba probando un nuevo pincel, y claramente no salió bien cuando intentaba pintar los reflejos.

Empujándola a un lado, cambié la capa por la siguiente, resoplando cuando parecía anormalmente delgada y no llenaba el puño del hombre que intentaba sostenerla. La cabeza también estaba extrañamente plana en la parte superior.

— Este le da un significado completamente nuevo a *pene de lápiz'*. La cabeza parece una goma de borrar.

Su pequeño gruñido volvió cuando su mano alcanzó el iPad, pero yo fui más rápido, moviéndola a un lado antes de que pudiera quitármela.

Al levantar la siguiente capa, incliné la cabeza, tratando de averiguar qué había hecho para que se viera tan... Peluda.

— ¿Estás segura de que es humano? Parece que está escondiendo un animal salvaje en sus pantalones. O tal vez sea un hombre lobo.

— Si quieres saberlo... — se interrumpió, cruzando los brazos sobre el pecho.

— No me dejes con la curiosidad ahora, — le insté, incapaz de contener la risa ante el siguiente. De alguna manera, había logrado que este se viera flácido contra su agarre, a pesar de su tamaño.

— Te dije que eran terribles. Son demasiado grandes, o demasiado venosos, o demasiado brillantes. Y ahora no conseguiré más trabajo porque todos estos autores van a darse cuenta de que soy una virgen inexperta y ni siquiera sé cómo es un pene en persona.

— Eso no es necesariamente cierto, — le recordé. Técnicamente, ella había confesado haber visto el mío.

— Bueno, no sé cómo se ve uno erecto y no es como si pudiera pedirte que posaras como modelo para esto, y...

— ¿Por qué no? Has dibujado modelos desnudos antes que yo. — Había visto su cuaderno de dibujo de figura cuando había tomado algunos cursos en la universidad con modelos desnudos.

— No estaban duros con semen corriendo por el dorso de su mano.

Bueno, no. Que definitivamente no estaban así... Había omitido esos detalles.

— ¿Dibujaste esa parte también? — Bromeé, sintiendo una emoción divertida recorrerme mientras sus mejillas se sonrojaban. No debería estar burlándome así de ella, pero tampoco quería detenerme. — ¿Dónde estás escondiendo eso?

— Reid, en serio. Solo le voy a decir que no puedo hacer esto y le devolveré el depósito.

Sacudiendo la cabeza, una idea comenzó a formarse en mi mente. No había manera de que la dejara rendirse tan fácilmente.

— No, no lo harás. ¿Trabajas esta noche?

Ella tomó una respiración profunda y pronunció la única palabra que necesitaba escuchar.

— No.

— Entonces dame una hora y volveré.

Su mano se lanzó, agarrando mi brazo antes de que pudiera rodearla. Debería haberme sentido mal por el miedo claramente visible en sus ojos, pero no lo hice.

— Reid, no. Esto es demasiado. No puedo pedirte que hagas esto.

Pero ella no me lo estaba pidiendo... Yo lo estaba haciendo por mi cuenta. Porque no había manera en el infierno de que la dejara rendirse cuando yo podía hacer algo al respecto. Incluso si eso significaba derribar los muros que había estado tratando de construir a su alrededor.

— Me ofrezco como voluntario. Envíame la escena del libro y la haré realidad.

Capítulo
Veinticuatro

Reid

SOLO QUE LAS COSAS no podían ir tan bien, porque cuando salí de la ducha, mi teléfono estaba lleno de mensajes de mi primo, suplicándome que lo cubriera en la destilería por la tarde debido a una emergencia familiar de la que me hablaría cuando llegara.

Cambiando al hilo de mensajes con Hazel, le envié un mensaje porque sabía que se volvería loca si escuchaba mi motocicleta salir disparada del estacionamiento, ya que le había dicho que volvería enseguida.

> Reid: Jay estaba llenándome el teléfono de mensajes cuando salí de la ducha. Tengo que ir a la destilería para cubrirlo. No te atrevas a enviarle un correo a ese autor. En cuanto termine, haremos esto.

> Hazel: ¿Qué está pasando? ¿Hay algo en lo que pueda ayudar?

Por supuesto, ella ofrecería su ayuda sin saber lo que estaba pasando a pesar de la tensión actual entre nosotros. Porque así era ella. Hazel podría haber evitado ponerse en situaciones potencialmente estresantes cuando podía, pero si pensaba que alguien necesitaba ayuda, incluso alguien en quien dudaba en confiar, ella era la primera en intervenir sin dudar.

> Reid: No sé los detalles. Todo lo que me dijo fue que era una emergencia familiar y que necesitaba tomar un vuelo a Wyoming. Supongo que tiene algo que ver con Tristan, pero realmente no lo sé.

> Hazel: No te preocupes por mí. Lo resolveré. Ve a ayudar a tu familia. Son más importantes.

> Reid: Lamento decírtelo, Haz. Pero tú también eres familia. Eres igual de importante.

Hazel: Con más razón tienes que concentrarte en tus primos y no en mí. No estoy segura de que la familia deba ver a los demás hacer... Cosas.

Reid: No te vas a librar de esto tan fácilmente. Mándame ese libro y te buscaré tan pronto como termine.

Tres pequeños puntos danzaban en la pantalla, pero cuando otro mensaje frenético llegó de Jay, metí mi teléfono en el bolsillo, coloqué mi casco debajo del brazo, agarré mis guantes de montar de cuero y me dirigí hacia la puerta. Gray estaba garabateando en la tableta que teníamos en el escritorio mientras esperaba su próxima cita, y sabía que no pasaría mucho tiempo antes de que tuviera una lista de espera como el resto de los artistas que trabajaban aquí.

— Oye, jefe, ¿pensé que estarías haciendo papeleo toda la tarde?

Tenía razón, debería estar haciendo papeleo, porque la nómina no esperaba a nadie. Pero la familia era más importante, y podía trabajar en enviar los números a la hoja de cálculo de forma remota desde que había empezado a usar una firma contable externa para hacer los impuestos del negocio en lugar de sufrirlos solo.

Cuando estaba en la posición de Gray, aprendiendo las habilidades que necesitaba para el trabajo en lugar del negocio detrás de él, no sabía que ser dueño de un pequeño negocio estaba en mi futuro. Siempre parecía más fácil desde afuera.

— Tal vez empiece a enseñarte cómo ingresar los números para la nómina, para que ya no tenga que hacerlo yo.

— Y tal vez me subas el sueldo para compensar las tareas adicionales que quieres cargarme para que puedas suspirar por la hermana menor de tu mejor amigo. — Mis pasos se detuvieron y me giré en su dirección. Me encontré con una sonrisa que me decía que me había estado tendiendo una trampa y que acababa de caer en ella. — No te preocupes, no voy a revelar tus secretos, pero mi silencio te va a costar.

Entrecerrando los ojos, intenté medir sus intenciones, pero se echó a reír, levantando las manos.

— No es un chantaje. Quería decir que tal vez empieces a darme piezas más grandes cuando lleguen. Estoy listo para hacer algo más que pasar mis días perforando ombligos de chicas universitarias.

— Y las harás. Con tiempo. Pero tal vez puedas hacer un boceto para la clienta que tuve ayer. Ya puedo decir que va a ser una clienta frecuente y no quiero pasar el próximo año rechazándola.

— Entonces, ¿hay algo entre Hazel y tú?

No quería mentirle, y las cosas seguían siendo frágiles entre nosotros porque no tenía idea de cómo irían las cosas en la revelación, pero ya no tenía ningún interés en coquetear con las clientes. A menos que esa cliente fuera la devastadoramente hermosa ilustradora del otro lado del estacionamiento.

— No, no de momento.

— Eso no fue un no rotundo, — reflexionó, levantando una ceja. Sabía que podría darme la lata con eso, pero tampoco le diría nada a Hudson.

— Te mantendré informado si cambia la situación en cualquier momento.

— Más o menos espero que te dé todo tipo de problemas y no te lo ponga fácil.

Sonriendo, le asentí con la cabeza antes de ponerme los guantes y abrir la puerta hacia el helado estacionamiento.

— Yo también espero que sí.

Porque nada que realmente valga la pena es el camino fácil.

Estaba oscuro cuando llegué a casa de la destilería, las luces de la tienda estaban atenuadas y solo había un puñado de coches estacionados frente al bar de al lado. Aún no era hora del último turno, pero claramente la gente estaba esperando para salir a ahogar sus penas o encontrar a alguien con quien pasar la noche hasta el Día de San Valentín.

La fiesta de revelación de mañana era solo con invitación al principio de la noche, pero el bar abriría unas horas más tarde al público. Estaba seguro de que el estacionamiento alrededor del bar estaría lleno mañana, junto con todos los espacios alrededor de mi tienda.

Las vacaciones tenían una manera de hacer que la gente se sintiera sola o excitada, pero de cualquier manera, era bueno para los negocios.

Pasé la tarde reorganizando a los clientes descontentos, porque mi primo Jayden iba a estar fuera de la ciudad por más de una noche. Su hermano mayor, Tristan, quien era un paracaidista de incendios empleado por el servicio forestal nacional, había resultado herido respondiendo a una quema controlada por el servicio de parques que se había extendido de manera incontrolable.

Aparentemente estaba estable pero en estado crítico, así que estaba cubriendo todos los recorridos y degustaciones programados para mañana.

Con planes para su restaurante en marcha para el próximo año, Jay no quería arriesgarse a recibir comentarios negativos si cerraba sin previo aviso. Ya estaba bajo el escrutinio de la junta de la cámara de comercio, ya que a un miembro no le gustaba que él expandiera su negocio sin que su hijo hiciera la planificación arquitectónica. La política en un pueblo pequeño podía ser salvaje, pero estaba orgulloso de él por haber traído a un arquitecto comercial para que dirigiera el proyecto. Incluso si era uno de sus amigos de la universidad.

> Reid: ¿Sigues despierta?

Era tarde, pero también sabía que Hazel no seguía exactamente un horario regular de sueño. Nunca lo había hecho. Eso fue parte de cómo se formó nuestra amistad cuando ella aún estaba en la secundaria. Se escabullía al sótano, donde yo a menudo pasaba la noche cuando volvía a la ciudad de visita. Enroscándose silenciosamente en su silla favorita, hundía su rostro en un cuaderno de bocetos hasta quedarse dormida.

Después de la primera vez que lo hizo mientras yo estaba allí, empecé a dejar la puerta de la habitación de invitados abierta para poder cubrirla con una manta y salvar sus bocetos de arrugarse o mancharse cuando inevitablemente se quedaba dormida sobre su trabajo.

Cada vez, había intentado resistir la tentación de mirar lo que estaba dibujando, sabiendo que a veces un cuaderno de bocetos era algo muy personal para un artista, pero eventualmente terminaba sentado en el sofá frente a ella, observándola dormir mientras hojeaba las páginas. Me había quedado atónito cada vez al observar la progresión de sus habilidades, y todavía me dejaba asombrado incluso cuando compartía su trabajo conmigo hasta el día de hoy.

Ella no lo sabía, y yo nunca se lo dije, pero a veces, cuando me sentía inseguro como aprendiz en el taller de otra persona sin formación artística, me inspiraba en su determinación y empezaba a dibujar siempre que tenía tiempo libre.

Dicen que la práctica hace al maestro, y podría decir honestamente que no estaría donde estoy en mi carrera, dirigiendo mi propia tienda con una lista de espera de clientes, si no fuera por una adolescente con un cuaderno de bocetos que se colaba en un sótano tarde en la noche para dibujar cuando su cerebro no se calmaba lo suficiente para dormir. Me había salvado de maneras que nunca le había contado, y una vez que se dio cuenta de que yo era quien la cubría cuando se quedaba dormida después de sus sesiones nocturnas de dibujo, empezó a intentar mantenerse despierta para hablar conmigo.

Habíamos pasado horas sentados uno frente al otro hablando mientras dibujábamos, y aunque había sido completamente inocente, al menos de mi parte, podía decir honestamente que me había dejado una impresión de una manera que pasar tiempo con alguien del sexo opuesto nunca lo había hecho antes, y aún no lo había hecho hasta el día de hoy.

Mis sentimientos por ella no habían cambiado hasta el verano pasado, pero una vez que me di cuenta de que la adolescente delgada con cabello rojo salvaje, frenillos y enormes gafas se había convertido en una de las personas más amables y hermosas que jamás había conocido, no pude evitar que mis sentimientos por ella se desarrollaran.

Incluso cuando ella salía de la habitación cada vez que yo entraba en ella en los últimos años, aún me encantaba desde la distancia, solo que ahora era de una manera que me hacía querer besarla sin aliento.

Probablemente no era saludable cuánto tiempo había pasado mirándola desde el otro lado de la habitación, pero estaba cansado de solo observarla desde la distancia ahora que sabía cómo se sentía tenerla en mis brazos.

Hazel: ¿Qué crees?

Reid: Alguien debe estar sintiéndose mejor si está recurriendo al sarcasmo. Casi puedo ver como pones los ojos en blanco a través del teléfono.

Hazel: Deja de fingir que me conoces.

Reid: No estoy fingiendo, gatita. Sí te conozco. Voy a darme otra ducha y luego me dirijo para allá.

Hazel: No sabía que trabajar en la sala de degustación requería una ducha después. ¿Hoy las mujeres te lanzaron bebidas en lugar de bragas?

Reid: Teniendo en cuenta que hoy estuvo lleno de recorridos para parejas con temática de amantes, no se lanzaron bragas. Al menos no a mí. Y no huelo a alcohol. Huelo a mosto. No estoy seguro de si alguna vez lo has olfateado, pero la cebada fermentada no es un olor que quiera compartir.

Hazel: ¿Hay olores que quieras compartir? ¿No es cierto que ser apestoso te hace no querer compartirlo por naturaleza?

> Reid: ¿Vas a seguir molestandome o vas a dejar que me duche ahora para que pueda salir a dar un espectáculo para ti?

Hazel: No es para mí. Es para mi cliente.

> Reid: ¿Planeas grabarlo y compartirlo? No es que me oponga a un poco de exhibicionismo, pero una presentación primero sería agradable.

Hazel: Tal vez Gray acusándote de tener un Only Fans no estaba tan lejos de la verdad.

Sabiendo que no debería enviarlo, sonreí mientras escribía mi respuesta, bloqueando la pantalla y dejando mi teléfono en la encimera mientras me desnudaba para quitarme el olor empalagoso que me había estado persiguiendo toda la tarde.

> Reid: Solo hay un suscriptor que quiero que vea ese tipo de espectáculo privado. Y estoy seguro de que ella está tratando de averiguar si ese comentario iba dirigido a ella. Sí, Hazel, lo fue. Eres la única persona por la que estoy interesado en dar un espectáculo.

Como era de esperar, no había respondido para cuando me volví a vestir.

Después de insistirle por mensaje de texto esta tarde, me envió a regañadientes el título del libro. A pesar de negarse a decirme en qué parte del libro se basaba el boceto, no me había tomado mucho tiempo encontrarlo. Había hojeado el eBook en mi móvil entre tours y degustaciones, sonriendo mientras se formaba un plan en mi cabeza para conseguir un poco de participación del público, como el héroe del libro lo había hecho con la hija del rival mafioso.

No estaba siendo amable, y estaba seguro de que me mataría mañana, pero si esta era la última noche que pasaba con ella, iba a hacerla inolvidable.

Decidí no molestarme con una corbata, aboté mi chaqueta y me puse mis botas de cuero negro más elegantes.

Los copos de nieve flotaban sin rumbo por el aire, dando al estacionamiento casi desierto una calidad etérea, pero yo solo me concentraba en entrar al apartamento del segundo piso sin alertar a los pocos clientes restantes del bar sobre mi presencia.

El coche de Hudson no estaba en la parte trasera del estacionamiento, lo que hacía las cosas infinitamente más fáciles. No estaba seguro de quién cerraba esta noche ya que Hazel tenía la noche libre, pero realmente no me importaba

207

mientras entraba por la puerta trasera y la cerraba con llave detrás de mí antes de subir silenciosamente las escaleras.

Habiendo pasado suficiente tiempo aquí cuando Hudson vivía en el apartamento, sabía exactamente qué escalones evitar para que Hazel no se diera cuenta de mi presencia.

Pero no quería simplemente entrar como lo había hecho antes cuando ella había estado tratando inútilmente de evitarme. Ella sabía que venía esta vez, así que estaba seguro de que estaba esperándome, no viendo pornografía a escondidas.

Flexionando los dedos y exhalando un suspiro áspero, llamé a la puerta, colocándome inmediatamente en posición con la mano apoyada en la parte superior del marco para maximizar el efecto de mi disposición a entrar en el personaje por ella. A pesar de que ella probablemente pensara lo contrario, estaba disfrutando inmensamente nuestras sesiones de juego de roles.

— Dame un segundo, yo... — La puerta se abrió hacia adentro, y sonreí mientras los ojos de Hazel se ensanchaban, sus ojos bajando lentamente por los botones de la camisa que me había puesto.

— Buenas noches, nena. — Saludé en voz baja, tratando de encarnar al personaje que estaba interpretando.

— Yo...

— ¿Te comió la lengua el gato?

Hazel se hizo a un lado, usando su mano para arrastrarme a través de la puerta. Me empujó detrás de ella mientras asomaba la cabeza en la escalera, claramente tratando de averiguar si alguien me había visto subir a su apartamento vestido con un traje.

— ¿Qué demonios estás haciendo? ¿Alguien te ha visto?

— Entré por la puerta trasera, — susurré, colocando mi palma entre sus omóplatos y deslizando mi mano por su suave suéter y dándole un golpecito en el trasero de manera sugestiva.

— Sí, ni lo pienses, — siseó, cerrando la puerta en silencio y aplastándose contra ella.

— Es lindo que pienses que no he inventado toda una fantasía en mi cabeza sobre eso ya.

— ¿Qué demonios, Reid? — Su voz era un gruñido bajo, y traté de no reírme mientras me entrecerraba los ojos.

— Si solo estás aquí para joderme toda la noche, puedes volver a casa.

— Esa es otra fantasía, gatita. Pero no. Estoy aquí porque Giovanni ya no puede resistir a la hermosa hija de su rival, Serafina, y ha venido a cobrar una pequeña apuesta que hizo con ella.

— Oh no, — susurró, agachándose debajo de mi brazo y escapando hacia la sala de estar. — Eso no es lo que está pasando esta noche. Esto se trata de que yo consiga una foto que pueda usar para terminar este dibujo y así poder renderizarlo antes de tener que enviarlo mañana, no de recrear lo que leíste esta tarde.

— Vamos, Haz. ¿Dónde está mi chica valiente que me lanzó un auricular y se montó en mi motocicleta para meterse en el personaje para una comisión? Sé valiente conmigo.

— Si no te has dado cuenta, ese es el problema entre tu y yo, Reid.

Frunciendo el ceño, la seguí hacia el pasillo donde ella intentaba escapar, deslizando un brazo alrededor de su cintura y atrayéndola de vuelta contra mi pecho antes de que pudiera evitar responder a mi pregunta.

— ¿Cuál es el problema?

Su cuerpo temblaba contra mí, y luché contra el impulso de darle la vuelta y envolverla con mis brazos para protegerla de lo que sea que la estuviera molestando. Pero cuando eres la fuente del aparente problema, eso solo empeora las cosas.

— No soy valiente, — susurró, empujándose fuera de mis brazos y deslizándose hacia su dormitorio, cerrando la puerta en mi cara.

— Sí, lo eres, — respondí, lo suficientemente alto como para que ella pudiera escucharlo a través de la puerta, pero cuando su susurro de respuesta llegó a mí sin problemas, supe que me había oído.

— No contigo.

Capítulo
Veinticinco

Hazel

MIENTRAS QUE AYER SE veía derrotado cuando salí de su tienda y preocupado esta mañana cuando me acorraló en el bar vacío mientras yo me daba golpes contra la pared, esta noche tenía una mirada completamente diferente. Determinación obstinada.

Y no estaba preparada para que Reid luchara contra mis deseos de esta manera. Él sabía que había trazado una línea para evitar que las cosas se complicaran más entre nosotros, pero aparentemente, decidió dar un salto justo sobre esa línea al ofrecerme... Mostrarme su...

Esta situación era complicada. Y todavía me costaba creer que esta fuera mi vida. Entre la conexión inesperada con Siete, tanto auditiva como luego a través de compartir nuestras palabras escritas, y algunas fotografías amateur sugestivas, con el otro, y ahora Reid usando sus considerables encantos conmigo al mismo tiempo, seguía intentando pellizcarme para despertarme de la especie de mundo de ensueño al que me habían transportado.

— Puede que me quede aquí toda la noche, — se burló a través de la puerta, claramente esperando a que saliera de mi escondite.

— O puedes irte a casa.

Su profunda risa me puso los pelos de punta.

— Ni lo sueñes, gatita. Lo vamos a hacer. Ahora sal y monta tu cámara o entraré y lo haré yo mismo.

Una parte de mí quería ver hasta dónde podía empujarlo hasta que se rompiera, pero también sabía que él empujaría justo hasta el límite de mis límites, pero nunca los violaría realmente. Eso no significaba que no me torturara.

— Espero que sigas teniendo los pantalones puestos.

— Estoy bastante seguro de que necesitas que me los quite para esto, — se rió, su voz cercana como si estuviera apoyado en la puerta mientras me esperaba. — Pero esperaré a quitármelos hasta que puedas apreciar el proceso.

211

— Eres tan egocéntrico, — murmuré, una sonrisa tirando de mis labios mientras su risa llenaba mi pecho de calidez.

Estaba en silencio al otro lado de la puerta mientras recogía mi equipo, cargando la tarjeta de memoria en mi cámara, contenta de que no pudiera escaparse con ella por una vez mientras estaba distraída esta vez. Aunque no me sorprendería que robara mi tarjeta de memoria para usarla como palanca y mantener abierta la línea de comunicación entre nosotros.

Cuando finalmente salí del dormitorio, lo encontré en la sala de estar con mi iPad en su regazo, lápiz en mano, dibujando algo en la pantalla.

— ¿Qué estás haciendo? Más te vale no haber tocado ninguno de mis archivos.

— Tranquila, Haz. Abrí uno nuevo. No comprometí la integridad de tus fotos de pollas.

— ¿Sabes siquiera lo que estás haciendo? — Le pregunté, agarrando el lápiz de sus manos antes de que pudiera meterse en otra cosa.

Él me ofreció el iPad de buena gana, guiñándome un ojo mientras miraba la pantalla. Un contorno abstracto de un gatito estaba dibujado en el medio de la pantalla, pero al hacer zoom hacia afuera, pude ver uno de mis modelos anatómicos femeninos en la capa de fondo, la decoración cuidadosamente renderizada en la curva de su cadera.

— ¿Crees que hago todos mis bocetos en papel? Sé usar software de ilustración, Haz.

— Bueno, no necesitas usar el mío para dibujar tatuajes para otras mujeres.

Su sonrisa casi se volvió salvaje mientras se inclinaba hacia adelante, agarrando mi cadera y presionando su pulgar en el mismo lugar donde estaba el tatuaje en la modelo de la pantalla.

— ¿Quién dijo que es para otra mujer, gatita?

Sacudiendo la cabeza, decidí no caer en su trampa, saliendo de su agarre y colocando el trípode junto al sofá, apuntándolo hacia donde él estaba extendido en mi silla de una manera demasiado seductora.

Probablemente podría contar con los dedos de una mano las veces que había visto a Reid con algo diferente a su típico uniforme de chico malo, y verlo en un traje hacía que revolotearan cosas dentro de mí que no deberían revolotear.

— ¿Puedo hacer un boceto rápido de práctica antes de que...? — Me quedé en silencio, pero la ceja de Reid se levantó en desafío, y supe que iba a decir algo sugestivo.

— ¿Antes de que me masturbe mientras me miras?

— ¿Tienes que complicarlo todo?

Su sonrisa era casi siniestra mientras se agachaba, ajustándose intencionadamente y llamando la atención sobre el hecho de que estaba escondiendo algo duro dentro de sus ajustados pantalones de vestir.

— No soy yo quien está complicando esto.

— Sabes lo que quiero decir.

— Hmm, no estoy seguro de eso. ¿Por qué no me cuentas, en detalle, cómo estoy complicando las cosas? Tal vez pueda darte una demostración mientras hablas.

— Cállate, — siseé, sacando mi teléfono del bolsillo de mis mallas y metiéndome uno de los auriculares en mi oído después de darle a reproducir. Reid observaba cada uno de mis movimientos, sus dedos golpeando los reposabrazos de la silla.

Mi lápiz se movía rápidamente por la página mientras esbozaba el contorno general de la escena. La silla debajo de su poderosa figura. La forma en que su cuello grueso se encontraba con la fuerte inclinación de sus hombros. Reid se quedó quieto, dejando que mis ojos recorrieran su pecho y la fuerte línea de su mandíbula que mis dedos deseaban acariciar.

Mientras tanto, el audiolibro en mis oídos detallaba la reacción de Serafina al ver aparecer al poderoso jefe de la mafia en su puerta para cumplir con una promesa de vigilarla. Habían estado bailando alrededor el uno del otro hasta este punto del libro, ella empujándolo lejos en cada giro y él incapaz de resistir su atracción.

No se suponía que siquiera supieran que el otro existía, pero un encuentro fortuito encendió una amistad clandestina entre los dos que violaba la enemistad familiar en la que sus familias habían estado involucradas durante décadas. Él no debería quererla, y ella no debería quererlo, pero a pesar de todo, no podían mantenerse alejados el uno del otro.

No le había querido enviar el audiolibro a Reid porque sabía que reflejaría nuestra situación un poco demasiado cerca para mi comodidad. Y no quería que supiera sobre la escena que llevó a que ella lo viera complacerse en una silla al otro lado de la habitación.

Pero sabía que él leería la escena mientras me observaba, sus ojos enfocados en cada uno de mis movimientos mientras yo intentaba capturar cómo se veía en ese momento. Fuerte. Decidido. Peligroso.

No necesitaba calentar, había pasado todo el día trabajando en otro proyecto, mi muñeca dolía por todo el uso que le había dado en las últimas semanas mientras pasaba de una comisión a otra, la inspiración corría por mis venas como nunca antes. Pero cuando mis mejillas se sonrojaron al ver a Serafina sacar un vibrador y acomodarse frente a Gio para usarlo mientras él la miraba, los dedos de Reid se hundieron en la silla de una manera que me dijo todo lo que necesitaba saber.

No solo quería recrear su parte de la escena. Quería verme a mí representando esa escena con él.

— Para, — gruñó, su voz grave mientras se extendía a través de la mesa de café para quitarme el iPad de las manos.

— Hey, — protesté débilmente, tratando de recuperarlo, pero él ya lo había colocado en la mesa, agarrando mi móvil y configurándolo para reproducir el audio por los altavoces y no por mis auriculares.

Su mirada era casi salvaje mientras me veía retorcerme, incapaz de no reaccionar ante la descripción de la escena por parte de la autora. El rubor en su piel, la forma en que sus ojos seguían cada uno de sus movimientos la excitaba, los gemidos que no podía contener mientras sus manos se movían bajo sus ordenes ya que él no podía tocarla.

— Ve a buscar un juguete, — ordenó Reid, su voz sin dejar lugar a la interpretación.

Sacudiendo la cabeza, le quité el teléfono de la mano, adelantando el audio hasta la parte donde Gio se desnudaba frente a ella, masajeando bruscamente su polla mientras sus gemidos aumentaban.

— No te estoy preguntando. Te estoy ordenando, — Reid gruñó, recuperando mi teléfono y apuñalando la pantalla hasta que la voz áspera del narrador se cortó.

— No es eso lo que me pidieron que dibujara, — protesté, pero al ver cómo se le tensaba la mandíbula, supe que no le importaba una mierda. Reid era un hombre que había llegado a su límite, y yo tenía dos opciones: suplicarle que se fuera para preservar mi cordura o escucharle y caer en la fantasía con él.

— Claro que no. Quieres ver cuán desesperado está este personaje por ella; haz lo que te pido, así obtienes la imagen que necesitas para darle a esta autora la comisión que pagó. Ella quería un hombre al borde y desesperado, y aunque ese dibujo en tu iPad está cerca, ambos sabemos que puedes hacerlo mejor.

— ¿Estás intentando menospreciar mi trabajo para que me toque frente a ti?

— No. Estoy tratando de darte lo que necesitas para mostrarle a cualquiera que vea esa pieza que eres la mejor en lo que haces.

— Es solo un dibujo, — susurré, sintiéndome de repente cohibida.

— Ahora, o iré a rebuscar en tu mesita de noche hasta encontrar lo que busco.

La imponente figura de Reid no mostraba ningún signo de retroceder. Y me di cuenta de que tal vez había estado reprimiendo esta parte de sí mismo durante la última semana, dejándome el control. Pero ya no me dejaba tenerlo, y cuando se echó atrás, acomodándose en la silla y mirándome mientras se desabrochaba lentamente la camisa, sabía que lo seguiría.

Arrojando mi teléfono al sofá, corrí por el corto pasillo, con el pulso retumbando en mis oídos mientras abría de golpe mi armario y agarraba la pequeña caja de la parte superior. Solo tenía tres cosas dentro, no una colección terriblemente extensa, pero se habían usado más de lo que me gustaría admitir a cualquiera.

— Más te vale no intentar esconderte ahí. — La profunda voz de Reid resonó por el pasillo y agarré la pequeña caja, llevándome los tres objetos mientras regresaba a la sala.

Silenciosamente, coloqué el trío de juguetes en el centro de la mesa entre nosotros, observando su reacción a cada uno. Sus ojos se detuvieron en el juguete que empujaba en el centro antes de parpadear y encontrarse con los míos, con una pregunta en su mirada.

Decidiendo devolverle un poco de la actitud que había tenido desde que entró a mi apartamento, dejé volar el pensamiento que normalmente habría filtrado antes de que saliera de mi boca.

— Solo porque soy virgen no significa que no me guste que me follen.

— Joder, — maldijo antes de estirarse para agarrar el pequeño vibrador de la mesa, lanzándolo en mi dirección.

Lo atrapé, presionando el botón para encenderlo con mi pulgar mientras sus ojos seguían observando cada uno de mis movimientos.

— ¿No puedes soportar una pequeña broma, Reid?

— No ahora, Haz. Especialmente ahora que sé exactamente con qué te masturbas después del trabajo.

A pesar de que la tensión entre nosotros aumentaba exponencialmente, una risita se escapó de mis labios ante su elección de palabras.

— ¿Acabas de decir masturbas?

— ¿Qué se supone que debo decir? Siento que estoy corrompiendo tus inocentes orejas cada vez que digo una mala palabra, — gruñó, con los ojos aún fijos en el juguete más grande en el centro de la mesa. Me preguntaba si él estaba pensando lo mismo que yo. Que era solo fraccionalmente más pequeño de lo que sabía que había en sus pantalones en ese momento.

Lo que significaba que, a pesar de no haber perdido mi virginidad, podía aceptar lo que él tenía para ofrecer sin cuestionarlo.

— Solo di que me follo a mi misma con un vibrador cuando me excito con mis comisiones.

— ¿Era eso lo que planeabas hacer cuando te interrumpí la otra noche?

Encogiéndome de hombros, me recosté en los cojines detrás de mí, sintiéndome de repente poderosa mientras lo veía retorcerse ante mi negativa a jugar este juego según sus reglas.

— Cierra la boca, Reid. No eres el único que se emociona con su trabajo. ¿Te excita infligir dolor?

Pero no me dejó mantener el control por mucho tiempo, sentándose y apoyando los antebrazos en las rodillas, entrecerrando los ojos.

— ¿Te excita la idea de que me masturbe en mi oficina después de tocar el cuerpo de una mujer hermosa durante horas?

— Solo si piensas en mí cuando lo haces.

Su mandíbula se tensó, y vi cómo sus dedos se hundían en su cabello, tirando con fuerza mientras intentaba controlar sus emociones.

— Haz, no.

Pero no quería que él tuviera el control. Si él estaba aquí para llevar las cosas al límite esta noche, yo iba a devolverle el empujón.

— Porque yo si pienso en ti cuando me toco.

— Joder. No me digas eso si quieres que me mantenga las manos quietas.

Yendo a por todas, lo provoqué, esperando que no hiciera lo que pensé que haría.

— ¿Por qué? ¿Tienes miedo de no estar a la altura de la fantasía?

— No, porque si me cuentas más detalles de lo que piensas mientras te tocas, mi determinación de respetar tus deseos va a ser inexistente. Algo así como tu virginidad una vez que ponga mis manos sobre ti.

Y esa fue la frase que me hizo quitarme las mallas, abrir las piernas y presionar el vibrador contra mi clítoris mientras Reid se desabrochaba frenéticamente los pantalones y se los bajaba a unos metros de mí.

Capítulo
Veintiséis

Reid

Recrear la escena de una novela erótica no era cómo esperaba ver a Hazel así por primera vez, pero cada centímetro que revelaba de su piel aumentaba mi desesperación por ella. Era jodidamente impresionante, y mis dedos literalmente dolían al pensar en tocarla. Había trazado sus curvas en varias ocasiones, pero nunca con su piel al descubierto como ahora.

Sacudiendo la cabeza, intenté concentrarme en sus movimientos y no fantasear con cosas que no podía tener. De eso no era de lo que se trataba.

Esta noche se trataba de una última noche en la que podíamos estar juntos así, trabajando en un objetivo común, solo que el objetivo de conseguir fotos que ella pudiera usar para sus comisiones se había transformado en uno de satisfacción mutua.

Mis ojos seguían atraídos por el vibrador en la mesa con el mango largo. Había visto suficientes juguetes sexuales en mi vida para saber exactamente lo que hacía ese, y mi cerebro se derritió cuando Hazel me dijo que le gustaba que la follaran. Porque eso no era algo que alguna vez esperara escuchar de sus labios fuera de un escenario de fantasía sucia que mi cerebro había ideado dentro de mi ducha mientras me tocaba pensando en ella.

Y esos escenarios habían estado a toda máquina durante semanas mientras ella revelaba más y más de la persona que había estado ocultándome a mí, y a todos los demás.

Hazel tenía un lado travieso secreto, y yo estaba listo para verlo desatado.

— Joder, — gimió mientras se acomodaba contra los cojines del sofá, abriendo las piernas sin dudar y sosteniendo el vibrador sin vergüenza contra su clítoris. Esto no era un torpe tanteo de alguien inexperta tratando de averiguar qué hacer. Hazel ya había jugado con este juguete antes, y si tuviera que adivinar por los movimientos prácticos de sus dedos, lo hacía a menudo.

Se me hizo agua la boca al ver su coño, lo que hizo que mis dedos bajaran frenéticamente la cremallera de estos malditos pantalones de traje y luego mis pulgares los empujaran junto con mis bóxers hasta los tobillos.

Sus ojos seguían mis movimientos, su lengua rosada salía para mojar sus labios mientras me observaba con hambre agarrar mi polla dolorida y apretarla. A este ritmo, no me costaría mucho correrme, pero no quería perderme el espectáculo en mi desesperación por acabar.

No había tiempo para apreciar que este era el primer momento en que realmente podíamos mirarnos en persona, no escondidos bajo capas de ropa o una sábana estratégicamente colocada. Era tan perfecta como la había imaginado, con la piel ligeramente cubierta de pecas, un rubor rosado manchando su pecho y cuello por su excitación, ojos marrones inocentes enmarcados por largas pestañas oscuras parpadeando hacia mí a través de la bruma de su deseo.

La adolescente con la que alguna vez me senté al otro lado de la mesa se había transformado en una hermosa mujer con curvas sutiles que iban a ser mi completa y absoluta perdición. Hazel siempre había sido una parte importante de mi vida, y no había mentido al decir que era familia antes, pero ella también era mucho más. En ese momento, parpadeando hacia mí y observando con hambre los movimientos de mi mano, ya no era solo la mujer que quería; era la mujer que necesitaba para seguir respirando.

— Eres impresionante. — Mis palabras salieron en un bajo gruñido, y luché por concentrarme lo suficiente como para acomodarme en la silla frente a ella. — Fantaseaba contigo así.

— ¿Así como? — ella jadeó, introduciendo el diminuto vibrador dentro de sí misma y luego presionando el brillante juguete de vuelta contra su clítoris con un gemido.

— Sin vergüenza, — gemí, flexionando mi antebrazo mientras mi puño apretaba la cabeza de mi polla llorosa. Mi pulgar pasó sobre la cabeza de mi polla, sus ojos se abrieron cuando lentamente rozó el anillo que sobresalía por la punta, provocando un retumbo en mi pecho. — Eres Jodidamente sexy.

— ¿Tú...? — gimió, sus pestañas parpadeando mientras sus dedos continuaban moviéndose entre sus muslos temblorosos. — Eres sexy también. Tan fuerte.

Ella me había visto sin camisa antes, pero no así. No masturbándome al ver cómo ella se complacía. Pero estaba tratando de contenerme, de saborear la vista y los sonidos de su placer. Porque sabía que esta podría ser la única vez que me dejara estar así. Esta podría ser la última vez que me deje estar tan cerca de ella como algo más que un amigo.

Y aunque mis motivos para ponerla en esta situación no eran exactamente altruistas, también sabía que si me corria demasiado pronto, ella no tendría la imagen que necesitaba.

— Eso es, gatita, sigue así, — murmuré, observándola retorcerse contra el vibrador. Sus caderas bailaban sobre el cojín debajo de ella, y podía notar que estaba cerca por la forma en que sus ojos apenas podían mantenerse abiertos para enfocarse en mí. Estaba perdida en la bruma del placer, y yo tenía un asiento en primera fila. — Acelera, córrete para mí. Puedo ver cuánto lo deseas.

Sus dedos temblaban mientras me escuchaba, el zumbido que antes solo era ruido de fondo se volvía más agudo, junto con los gemidos que ya no podía contener.

Mis dedos se flexionaron mientras mi polla latía en mi puño, pero no me atreví a moverme por miedo a que al mirarla me excitara. Y, aunque realmente no la estuviera tocando, el placer de Hazel siempre sería lo primero.

— Yo... — ella jadeó, arqueando el cuello y dejando caer la cabeza hacia atrás sobre el sofá detrás de ella. — No puedo...

— Si puedes. — Mi voz era baja, llena de deseo mientras la animaba, sabiendo que estaba cerca pero no del todo. — Concéntrate en cómo se siente cada toque. Cada movimiento de tus dedos contra tu piel caliente. El sonido húmedo que haces con cada caricia de ese juguete contra tu clítoris. Qué desesperada estás. Simplemente déjate llevar y siente la euforia recorriendo tus venas.

— Reid, — gimió, sus ojos encontrándose con los míos, sus movimientos frenéticos mientras perseguía el subidón que estaba tan cerca de alcanzar. — Oh, Dios...

La adrenalina rugía por mis venas mientras la veía alcanzar el clímax, cayendo por el borde con un gemido tembloroso, sus piernas temblando. Su hermoso cuerpo se arqueó contra los cojines del sofá mientras se entregaba, el placer recorriendo su cuerpo mientras yo observaba con atención cautivada.

Mi pulso martillaba en el lado de mi cuello, mi autocontrol bordeando un límite muy fino, pero me mantuve bajo control, solo observándola mientras esperaba ver hacia dónde quería ir desde aquí.

Podría haberla perseguido hasta el olvido, usar la escena frente a mí para buscar mi propio placer y habría terminado en segundos, pero esperé, mi puño flexionado contra la cabeza, tratando de mantenerme lo suficientemente controlado como para no arriesgarme a correrme demasiado pronto.

Hazel volvió lentamente a su cuerpo; con los ojos cerrados mientras estiraba los brazos por encima de su cabeza languidamente con un murmullo de satisfacción. Pero pude notar el momento en que recordó que no estaba sola. Sus movimientos vacilaron, sus ojos se abrieron hasta que nuestras miradas se encontraron.

— ¿No lo hiciste? — preguntó, con la voz insegura mientras asentía hacia donde mi puño tenía un agarre firme en mi polla.

— No lo hice, — confirmé, esperando.

— ¿Por qué no... — su voz se desvaneció mientras agarraba una manta del extremo del sofá, moviéndose para envolverse con ella.

— No hagas eso, — gruñí, apenas conteniéndome lo suficiente como para quedarme sentado en lugar de voltear la mesa de café y cubrir su cuerpo con el mío.

— Pero...

— No. Si quieres esta foto, no te cubras. El está desesperado, ¿recuerdas?

Asintió, extendiéndose lentamente para recoger su iPad y su lápiz. Sus ojos estaban muy abiertos mientras me seguía mirando, probablemente catalogando cómo me veía en ese momento.

Esperaba que esta escena quedara grabada en su memoria, para que cada vez que cerrara los ojos la atormentara como iba a atormentarme a mi.

— ¿Qué quieres que haga...?

— Pon el audiolibro, agarra el mando de esa cámara para tomar fotos si lo necesitas, y dibuja. Sabes exactamente qué hacer, gatita. Y si no lo hacía pronto, no estaba seguro de poder contenerme más.

Asintió, colocando todo en su lugar y acomodándose de nuevo en el sofá con su iPad en el regazo.

A medida que la voz del narrador llenaba el espacio entre nosotros, mis movimientos imitaban al personaje, siguiendo la descripción de la necesidad frenética de Gio por la mujer que estaba sentada al otro lado de la habitación. No sentía que estuviera imitando a un personaje ficticio. Mi desesperación era real. Estaba locamente enamorado de la mujer cuyos ojos expresivos captaban cada matiz de la escena frente a ella y lo registraban en el iPad en su regazo.

Verla dibujar era casi tan sexy como el hecho de que estuviera desnuda mientras lo hacía, y yo absorbía cada uno de sus movimientos con avidez.

— Joder, Haz. No creo que pueda aguantar mucho más, — jadeé, con mi pulso rugiendo en mis oídos mientras giraba mi muñeca, empujando hacia arriba en mi agarre mientras sentía que mis testículos se tensaban, amenazando con terminar esto muy, muy pronto.

— Solo un poco más, — murmuró, el lápiz en su mano moviéndose furiosamente mientras intentaba capturar este momento.

— Estoy tan cerca. No sé si puedo. — Mi gemido de dolor tenía una sonrisa burlona tirando de la esquina de sus labios, amenazando con llevarme al borde.

Ella estaba disfrutando esto. Y ese pensamiento me hizo usar todos los trucos de mi arsenal para no correrme.

Mis pensamientos estaban nublados mientras mis movimientos se ralentizaban; mi agarre intencionalmente firme para no llegar a correrme todavía. No lo haia hasta que ella me lo dijera. Y ella lo sabía mientras sus movimientos titubeaban, su mirada en mi cuerpo se detenía mientras alargaba las cosas. Me estaba torturando, y lo sabía. La pequeña descarada.

— Por favor. — No me importaba suplicar, con la cabeza echada hacia atrás mientras mi polla palpitaba en mi mano, pero me mantuve bajo control. Por ella. Nadie me había hecho sentir tan desesperado, pero haría cualquier cosa que Hazel me pidiera.

— No, — su voz era más fuerte, y giré la cabeza de lado para mirarla, pero ella ya no me estaba mirando. Estaba completamente absorta en el personaje del iPad, dándole vida de una manera que solo ella sabía hacerlo.

— Por favor, nena. No puedo aguantarlo más. Eres demasiado hermosa.

Mi voz áspera resonó con las palabras del personaje en el altavoz del teléfono, y sus ojos se dirigieron hacia los míos, llenos de más emoción de la que hubiera esperado, dado lo decidida que había estado alejándome antes.

Se inclinó hacia adelante, deteniendo el audiolibro y colocando el iPad en su regazo, con los ojos firmemente enfocados en mi mano.

— Entonces no te contengas, — dijo ella, con voz segura y sexy.

Eso fue todo que necesitaba oír, mi puño deslizándose a lo largo de mi longitud mientras ella miraba, sus ojos agrandándose mientras todo mi cuerpo se tensaba. Intenté mantener los ojos abiertos, pero mi orgasmo llegó como una explosión, mi polla pulsando en mi mano y mi liberación estallando en chorros que goteaban por la parte posterior de mis dedos.

En el momento en que los pulsos se detuvieron, Hazel estaba agarrando el iPad y su lápiz; concentrada en terminar los últimos detalles del dibujo mientras yo intentaba respirar, pareciendo un completo desastre desplomado en la silla frente a ella.

Una sonrisa cruzó su rostro al terminar, sus ojos brillantes encontraron los míos somnolientos.

Estaba seguro de que desde fuera, esta escena se vería ridícula, yo medio vestido con los pantalones alrededor de los tobillos y la mano cubierta de semen, los dedos congelados en mi erección menguante. Ella desnuda, sentada frente a mí con un iPad en su regazo, con vibradores esparcidos por la mesa entre nosotros. Pero no cambiaría ni una maldita cosa.

— ¿Conseguiste lo que necesitabas? — Pregunté, temeroso de moverme y arruinar el momento.

Su sonrisa se extendió, sus mejillas se sonrojaron mientras asentía.

— ¿Ahora es cuando decides sonrojarte, gatita? — Me reí, observando cómo el rubor se intensificaba, sus ojos brillando cuando el humor de la situación se hizo evidente y ella se unió a mí, su risa resonando en la tranquila habitación.

Pero a medida que la gravedad del momento se hacía evidente y las endorfinas se desvanecían, su risa se detuvo lentamente, sus ojos cautelosos mientras me miraba.

— ¿Qué pasa? — Pregunté, extendiendo la mano hacia la mesa de al lado y tomando unos pañuelos para limpiarme la mano.

— ¿Acabamos de arruinar esto?

Vacilé, mi mirada se encontró con la suya.

— ¿Arruinar qué?

— Todo. No sé cómo vamos a recuperarnos de esto.

— Quizás no tengamos que volver a ser los de antes, — susurré, agachándome para subirme los pantalones. — Quizás este sea el momento en que las cosas avancen.

— Reid.

Sacudiendo la cabeza, resistí la tentación de mirarla, abrochándome rápidamente la camisa y ajustándome la hebilla del cinturón.

— No puedes simplemente pretender que esto no cambia las cosas.

Sentado con los dedos aferrados a los reposabrazos, finalmente levanté la vista para encontrar la suya.

— No estoy fingiendo nada, Haz. Esto lo cambió todo. Y si no tuvieras tanto miedo de tomar lo que quieres, verías lo bien que podríamos estar juntos. No importaría que haya una revelación mañana, y no importaría que tengas sentimientos que no sabes qué hacer con ellos por alguien que nunca has visto. Lo que importaría es cómo me siento yo por ti, y qué quieres hacer al respecto.

— No es tan fácil.

— Ahí es donde te equivocas. Es así de fácil. Sentir lo que sé que sientes por mí es fácil, superar este miedo estúpido de que yo no sienta lo mismo, de que no esté jodidamente desesperado por ti, es lo que te impide darte cuenta de eso.

Capítulo
Veintisiete

Hazel

LA MIRADA EN LOS ojos de Reid anoche mientras salia de mi apartamento me atormentó. Pero, en lugar de pensar todo lo que había pasado esa noche, me había concentrado en terminar las últimas partes de la comisión en lugar de enfrentar la verdad de lo que él había dicho. Finalmente había terminado de adjuntar los archivos a un correo electrónico a las 3 de la mañana antes de esconderme bajo las sábanas y eventualmente quedarme dormida.

Había sobrevivido con solo unas pocas horas de sueño antes, pero nunca me había sentido tan cansada como hoy. Debería haber estado emocionada de que iba a conocer a Siete en cuestión de horas, pero no lo estaba.

Mis nervios y ansiedad no tenían nada que ver con el hombre anónimo con el que pensé que tenía una conexión. Tenía todo que ver con el hombre que se había alejado de mí anoche cuando me había escondido detrás de mis inseguridades en lugar de decirle que sentía lo mismo que él.

— ¿Qué te pasa hoy? — Charley me preguntó, sentándose en el taburete junto a donde yo estaba atando cintas a los adornos en forma de corazón que ella había planeado colgar de los azulejos de cobre del techo.

— Nada.

— Sí, esa manera de responder puede hacer que tu hermano deje de hacer preguntas, pero sabes que no voy a caer en esa trampa, — se rió, despegando con cuidado la delgada cinta rosa de entre mis dedos y apartando lo que había estado usando para distraerme fuera de mi alcance.

— Está... Todo está bien. Estaré bien. — Y tal vez si lo repetía lo suficiente, se haría realidad.

— Déjate de tonterias. — Por eso tenía el título de mejor amiga. Charley siempre había podido notar cuando algo me molestaba, y hasta ahora, no me había importado su necesidad de arreglar esas cosas. Pero ella no podía arreglar esto. La única persona que podía cambiar la situación era yo. Y cuanto más pensaba en localizar a Reid y decirle cómo me sentía, más pánico sentía.

— Creo que lo amo.

Mirando de reojo, mi mejor amiga era el ejemplo perfecto de la frase "boquiabierta", con la boca abierta y los ojos muy abiertos mientras me miraba.

— ¿Qué? — preguntó finalmente, recuperando su capacidad de hablar. — ¿Qué demonios pasó en las últimas cuarenta y ocho horas? Pensé que ibas a ver cómo iban las cosas esta noche antes de decidir qué hacer. No mencionaste nada sobre estar enamorada de alguno de ellos.

— Reid. Reid pasó. Creo que estoy enamorada de él, pero no me di cuenta de que eso era lo que sentía hasta que fue demasiado tarde. Y ahora me odia, y voy a morir sola.

Cuanto más me permitía reconocer la verdad, más fuertes se sentían los sentimientos que había estado negando. Aunque la noche anterior no estaba segura de que fueran reales, y no causadas por la oleada de endorfinas por lo que había sucedido, a la luz dura y sombría del día, mis dudas se habían disipado. Pero el daño ya estaba hecho. Y la parte negativa de mi cerebro había decidido que ahora era literalmente el fin del mundo.

Sabía que era ansiedad, y que debería hablar con él, pero también estaba aterrorizada de lo que saldría de mi boca si lo hacía. Y cada escenario que mi maldito subconsciente se inventaba era peor que el anterior. Mi imaginación me había hecho más daño esta mañana de lo que Reid jamás había hecho. Y luego mis pensamientos se desvían hacia tener que mostrarle este lado de mí, y el pánico volvía a empezar.

— Vaya, estás jodida. ¿No es así? — La risa divertida de Charley, que normalmente me hacía sentir mejor, solo me recordaba lo terrible que me sentía.

Esperando a que su diversión se apagara, jugueteé con un hilo suelto en el lado de mis vaqueros.

— No estoy bromeando, — susurré mientras trataba de contener las ganas de llorar. — Las cosas se pusieron un poco tensas anoche, y me asusté... Y luego se fue. Y ahora no sé cómo solucionarlo.

— ¿Y si después de que se fuera anoche, cambió de opinión?

¿Qué pasaría si, cuando lo viera la próxima vez, él fingiera que nada había cambiado entre nosotros en las últimas dos semanas?

¿Qué pasaría si decidiera que mis vacilaciones por otro hombre eran algo que no podía pasar por alto?

¿Qué pasaría si...?

— Voy a matarlo de una puta vez, — murmuró, con las manos convertidas en puños en su regazo.

Sacudiendo la cabeza, dejé caer las lágrimas que se habían estado acumulando en mis ojos.

Las manos de Charley enmarcaron mi rostro, instándome a mirar hacia arriba mientras frotaba sus pulgares debajo de mis ojos.

— ¿Intentó llevar las cosas demasiado lejos anoche?

— No, nunca ha hecho nada sin asegurarse de que yo estuviera de acuerdo primero.

Soltó un suspiro de alivio.

— ¿Entonces por qué estás tan triste ahora mismo?

Mi barbilla tembló mientras sacudía la cabeza, mi garganta demasiado apretada para responder con palabras.

— Pensé que te ibas a mantener alejada de él hasta después de esta noche. — Charley esperó pacientemente a que me calmara, esperaba que mi amiga me ayudara a averiguar cómo hacer lo que Reid me había pedido. El estaba tan seguro de que yo era valiente, y yo le había dicho que no lo era con él. Pero quería serlo.

— Tenía problemas con una comisión, pero no quería pedirle que me ayudara porque tendría que... — Me quedé en silencio abruptamente, tratando de averiguar cómo contarle lo que pasó sin revelar detalles que no quería que supiera. Había escuchado accidentalmente demasiadas conversaciones a escondidas para saber que le gustaba el tiempo de juego erótico poco convencional con mi hermano, que tenía algo que ver con las cartas UNO y probablemente no me juzgaría. Pero no me sonrojaba sin razón.

— ¿Y la polla perforada de Reid ahora es parte de tus fotos de pene?

— ¿Y cómo sabes sobre su...?

— ¿Polla con accesorios? — preguntó cuando no terminé mi pensamiento. — Estoy bastante segura de que cualquiera con oídos en este edificio sabe de eso. Sus amigas hablan.

Por supuesto que sí. Como si eso no fuera lo suficientemente difícil. Ahora, si de repente empezara a salir con alguien de verdad en lugar de seguir con citas, ¿cuántos comentarios tendría que soportar sobre su pasado?

— No cambies de tema. Puedes intentar esconderte detrás de esa cara adorablemente inocente y un fino velo de sarcasmo, pero sé exactamente en qué has estado trabajando estos últimos meses. Olvidas que sé cuál es tu usuario de Instagram, y aunque intentaste ser astuta y no ponerlo en tu sitio web, encontré ese servicio de suscripción secreto que empezaste como un pequeño trabajo adicional.

Me tocó a mí quedarme boquiabierta mientras mi mejor amiga se reía de mí una vez más, pero cumplió con el trabajo de detener mi pánico.

— Hud no sabe nada de eso, ¿verdad?

— Claro que no. Y estoy segura de que no se lo voy a contar. Él piensa que disparas arcoíris brillantes por el culo y que serás virgen para siempre. No voy a ser yo quien le diga que su angelical hermanita dibuja pollas como una profesional y le ha estado haciendo mamadas a su mejor amigo en medio de la noche en el apartamento sobre su bar.

— Sí, probablemente sea una buena idea.

— ¿En serio? Tu hermano es tranquilo con muchas cosas, pero ser sobreprotector contigo podría ser un eufemismo. Hay algunas cosas que no necesita saber.

Cuando mis ojos se abrieron de par en par, ella puso una mano en mi antebrazo.

— Quería decir que no necesitaba saber que dibujas pollas por dinero, no que no debería saber que estás enamorada de su mejor amigo.

— Es arte de penes literarios con buen gusto, no solo ilustraciones de pollas gratuitas. ¿Estás segura de que no quieres contarle sobre Reid? — Le pregunté, sabiendo que se iba a reír de mí una vez más.

— No. Estoy bien. La puerta detrás de mí se cerró, y a juzgar por la sonrisa secreta que Charley me lanzó por encima del hombro, parecía que mi hermano podría enterarse más pronto de lo que pensé.

Mis manos comenzaron a sudar mientras esperaba que se uniera a nosotras, y aparté la vista cuando le dio un beso tierno en la mejilla a Charley, deslizando su mano por su brazo.

— Hola, Diablita. No estás animando a mi hermana a hacer cosas malas esta noche, ¿verdad?

— No exactamente, — Charley se rió, levantándose y agarrando a mi hermano mucho más alto por los hombros y obligándolo a sentarse en el taburete que ella acababa de ocupar. — Está siendo traviesa por su cuenta.

Se estremeció, los ojos saltando de la una a la otra.

— No estoy seguro de que necesite saber eso.

— Haz. — Charley se quedó detrás de mi hermano, asintiendo con la cabeza en su dirección de manera no tan sutil. — Ahora podría ser un buen momento para hablar con tu hermano sobre ese proyecto del que me estabas hablando.

Con los ojos muy abiertos, le dije con los labios, estás muerta, pero ella solo se rió y se escapó a la cocina, probablemente para escuchar a escondidas mientras fingía darnos privacidad.

— ¿Finalmente me vas a contar sobre ese proyecto secreto en el que has estado trabajando durante los últimos meses? — Hudson parecía divertido, pero sabía que no insistiría si tartamudeaba una excusa para correr y esconderme arriba hasta que la vergüenza se desvaneciera, lo cual probablemente nunca sucedería.

— No exactamente.

Asintió, apoyando su bota en el peldaño inferior de mi taburete.

— Sabes que ambos podríamos seguir con nuestras vidas si simplemente me lo dijeras. Porque sabes que Char no nos dejará ir hasta que hablemos.

— Entonces, obviamente sabes que he estado trabajando en algunas obras de arte por mi cuenta mientras he estado tomando clases.

Asintió, sonriendo mientras sus ojos se llenaban de alegría.

— Bueno, he estado aceptando encargos privados para ilustrar algunas escenas de libros. — No necesita saber de qué tipo de libros eran, y mi entrometida mejor amiga debería guardar esa información para ella misma.

— Suena bastante genial. He notado que estás muy metida en tu iPad aquí abajo. Entonces, ¿qué pasa? ¿Necesitas reducir tus horas o algo así?

— No, no exactamente... Quería hablar contigo de otra cosa.

— Está bien. ¿Vamos a hacer esto a la manera de Hazel, o simplemente me lo vas a contar?

Toda mi familia sabía que era completamente incapaz de hablarles sin soltar todos los detalles innecesarios que pensaba que necesitaban saber de antemano antes de que simplemente escupiera lo importante de manera torpe, pero tal vez ahora era el momento de seguir adelante y llenar los detalles más tarde. No es que mi hermano alguna vez necesitara saber todos los detalles sobre lo que había pasado en las últimas semanas.

La cabeza de Charley apareció por encima del mostrador en la ventana de exhibición y me imitó tomando una respiración profunda, seguida de las dos palabras que Reid había usado anoche: Sé valiente.

— Creo que podría, más o menos, tal vez... Estar enamorada de Reid.

La mano de mi mejor amiga cubría su boca mientras sus hombros temblaban de risa, pero mi hermano no parecía encontrar la situación tan cómica.

— ¿Cómo dices? ¿Estás enamorado de quién?

— Eh... Bueno, verás... Yo...

Las manos de Hudson se convirtieron en puños, y sus ojos de repente destellaron con algo que rara vez veía en él, un poco de decepción mezclada con ira.

— ¿Te tocó?

— ¿Eh?

La mandíbula de Hudson se tensó y sacudió la cabeza una vez antes de volver a centrar su mirada en mí.

— ¿Qué demonios está pasando aquí? ¿De dónde viene esto? Casi no has hablado con él en años y de repente estás enamorada de él?

— No es de repente. He tenido sentimientos por Reid durante mucho tiempo, solo que en las últimas semanas...

— ¿Que decidió que necesitaba follar a mi hermana pequeña? — gritó, y me estremecí, odiando que esa fuera su respuesta. Hudson amaba a Reid, y si acaso, aunque él había insistido con fuerza en ayudarme con mis comisiones, yo era igualmente una participante voluntaria en lo que había sucedido entre nosotros.

— Primero que nada, nadie ha follado a tu hermana pequeña. — Hudson se estremeció, pero no me detuve, de repente enojada porque asumía que Reid era el villano. — Segundo, es tu mejor maldito amigo. ¿De verdad crees que haría algo si no estuviera seguro de sus sentimientos por mí?

— Pero él no se toma nada en serio, y nunca ha tenido una relación seria en su vida. ¿De verdad quieres ser la persona con la que pruebe la vida de pareja? ¿Crees que va a durar?

No estaba diciendo nada que no hubiera pensado en la última semana, pero Reid también me había mostrado múltiples veces que tenía la paciencia suficiente para esperar a que yo estuviera lista para él, a pesar de que yo lo había rechazado repetidamente. Mis relaciones tampoco habían sido exactamente serias hasta este punto, así que no es que estuviéramos en un terreno desigual.

— No sé si va a durar, al igual que tú no sabes si lo que tienes con Charley va a durar.

— Pero al menos yo...

— No, no hay nada que puedas decir ahora mismo para desestimar que nunca sabes si alguna relación va a funcionar. Solo porque una relación dure mucho tiempo no significa que sea buena. ¿Puedes decir honestamente que tu maldita relación con Viv fue más importante que la que tienes con mi mejor amiga que te adora con locura?

— Deja de maldecir, Haz, — murmuró Hudson, pero yo le gruñí y una risa sorpresa resonó desde la cocina.

— No. No dejaré de maldecir. Porque vas a escucharme, maldita sea. Puede que tuviera miedo de decir algo, vaya, tenía miedo de admitirlo incluso a mí misma desde el principio, pero amo a tu mejor amigo, y no ha hecho nada para mostrarme que no lo merece, así que voy a superar esta estúpida revelación esta noche, voy a dejar al chico que probablemente sería la opción segura, y luego voy a encontrar a tu mejor amigo y le voy a decir que vale la pena ser valiente por él.

La expresión de Hudson había cambiado de enojo a otra cosa, tal vez comprensión, no estaba segura, pero lo que fuera lo hizo asentir un momento después y acercarse para abrazarme.

— Nunca va a merecerte, Haz. Pero realmente quiero que me demuestre que estoy equivocado.

— Yo también, — susurré, apretándolo más fuerte antes de soltarlo. — Y no serás un idiota al respecto.

— No hago promesas, — se rió, recostándose en Charley mientras ella se acercaba sigilosamente por detrás y le rodeaba los hombros con los brazos.

— No te preocupes, Haz. Lo mantendré en línea. — Intentó parecer gruñón al respecto, pero cuando ella le dio un beso en la mejilla, una sonrisa se le escapó. Era un total blandengue, incluso cuando fingía que no lo era.

— ¿Estás segura de que quieres esperar hasta esta noche para hablar con Reid?

— Sí, probablemente debería decírselo a Siete en persona.

Se mordió el labio, luego se inclinó hacia adelante para susurrar algo al oído de Hudson. Se levantó del taburete y ella se volvió a sentar, extendiéndose hacia adelante para tomar ambas de mis manos una vez que él se fue.

— Sabes que te quiero, ¿verdad?

— ¿Qué hiciste?

— No debería decírtelo, y honestamente no conozco toda la historia, pero ve esta noche con la mente abierta.

— ¿No deberías decirme que?

Ella sacudió la cabeza, pero no pude presionarla para obtener más respuestas porque un grito de maldición desde la cocina llamó nuestra atención.

— ¿¡Esto que coño es?!

Preguntarle que pasó se volvió imposible cuando Hudson empezó a maldecir como un loco porque el compresor del congelador se había atascado y todo se había descongelado durante la noche.

La tarde se pasó en un torbellino de actividad mientras intentábamos salvar lo que pudiéramos del congelador, y yo me puse a colgar las decoraciones para la fiesta mientras ellos dos recorrían todas las tiendas del pueblo en busca de reemplazos, ya que no podíamos abrir el bar en un día festivo sin suministros para alimentar a la gente. Y si intentábamos cerrar la cocina por la noche, no podríamos servir alcohol porque violaría la licencia de licor si no servíamos comida después de las ocho de la noche.

Pero mientras intentábamos evitar la crisis logística que amenazaba con cerrar el bar, una persistente sensación de inquietud crecía dentro de mí.

Porque tenía la sensación de que todo estaba a punto de cambiar. Y tenía miedo de que no fuera para mejor.

Capítulo
Veintiocho

Reid

— ¿CREES QUE ESTARÍA bien si te quedaras más tiempo? — Colette preguntó, lanzando la toalla de bar que había estado usando sobre su hombro y tomando una respiración profunda mientras finalmente teníamos un pequeño respiro de la multitud que llenaba la sala de degustación en la destilería.

En su prisa por salir de la ciudad, Jay no me había dicho exactamente que había arreglado con el organizador de eventos en la estación de esquí para ofrecer un tour y degustación especiales con los huéspedes que se alojaban allí durante el Día de San Valentín. Cuando vine a cubrir los recorridos matutinos, esperaba tener el resto del día para localizar a Hazel antes de esta noche y suplicarle que me perdonara por no haberle dicho algo sobre Siete, sobre mí, antes.

Sabía que se sentiría herida, y aunque le había pedido que fuera valiente conmigo, tal vez debería haber seguido mi propio maldito consejo y no haber esperado hasta el último maldito minuto para confesar.

Jay me había llamado en pánico, disculpándose por no haberme dado los detalles, pero el daño ya estaba hecho, y no podía exactamente dejar a su mejor amiga Colette sola para lidiar con unas pocas docenas de turistas por su cuenta. Por supuesto, lo había perdonado porque eso es lo que hace la familia, y después de pedirle una actualización sobre Tristan, que seguía estable pero estaba siendo tratado por quemaduras de tercer grado e inhalación de humo, había aceptado quedarme hasta la tarde para ayudar.

— Tengo que hacer algo a las cinco, así que tengo que salir de aquí a las cuatro y media o nunca llegaré a tiempo.

— ¡Oh! ¿Estás ayudando a Hudson con ese evento de citas que planeó Charley? Lo escuché de los West. Están súper emocionados de que ella vaya a trabajar para ellos justo a tiempo para la temporada de bodas. El hecho de que ella supiera sobre esos temas mostraba exactamente cuán importante podía ser la vida amorosa en un pueblo pequeño como este.

La prima de Hudson y Hazel, Colette, era instructora de esquí durante el invierno, pero era guía de senderos para el negocio de aventuras al aire libre que los tíos de Charley dirigían durante el verano y el otoño. Habíamos crecido juntos, y pasé la tarde sorprendiéndome cada vez que Colette pasaba cerca de mí porque Hazel era como su gemela varios años más joven con un cabello largo y ondulado de color rojo casi idéntico.

— No, no exactamente. Más o menos, eh... Fui parte del evento. Más o menos.

Colette se rió, claramente disfrutando la idea de que yo aceptara hacer algo así. Aunque nos movíamos en círculos similares en la escuela secundaria, ella estaba demasiado ocupada enfocándose en su incipiente carrera profesional de esquí como para prestar atención a los chicos. Mucho menos chicos como Jay, Hudson y yo.

Mirando hacia atrás, habíamos sido unos completos idiotas, pensando que éramos un regalo de Dios para las mujeres de la montaña, y honestamente me sorprendía que todos hubiéramos resultado ser adultos medianamente decentes y responsables que manejábamos nuestros propios negocios.

Supongo que Charley tuvo algo que ver con eso. No puedo imaginarte inscribiéndote en eso sin alguna influencia externa.

— Sí, nadie le dice que no. — A pesar de que ella y Hazel son mucho más jóvenes que el resto de nosotros, todos sabíamos desde hace décadas que una vez que Charley tenía algo en mente, no se detendría hasta que todos los demás se rindieran a su capricho.

— Mi mamá dijo que convenció a Hazel para hacerlo. ¿Solo tuviste que evitar hablar con ella o algo así? No puedo imaginar a mi primo llevándolo bien con que tú seas parte de eso. Aunque estaba fuera del país en ese momento, todavía escuché sobre esa noche en el bar contigo y una chica en el almacén.

— Ah... Algo así, — murmuré, esperando que cambiara de tema, pero sabía que no lo haría.

— Hazel sabía que tú también estuviste en el evento, ¿verdad? Entonces, ¿sabía que no debía darte su número?

Afortunadamente, un grupo de huéspedes del resort decidió que era un momento oportuno para llenar sus copas, y pasamos los siguientes diez minutos mezclando cócteles y hablando sobre la producción de whisky.

Pensé que tal vez lo dejaría pasar, pero cuando un trapo de bar golpeó mi brazo y ella susurró mi nombre desde unos metros de distancia una vez que la multitud se despejó, supe que no lo había olvidado.

— ¡Reid! No se lo dijiste, maldita sea. — Abriendo la boca para responder, ella me dio otra vez con la toalla. — Y déjame adivinar, ¿te dio su número y pasaste todo el fin de semana coqueteando en secreto con mi primita sin que ella lo supiera?

— Yo... — Otro chasquido de la toalla me hizo saltar lejos de ella, pero no me defendí cuando me empujó a través de la puerta que conducía al almacén.

— ¿Qué demonios te pasa, Reid Harding?

Mientras la furiosa prima de Hazel, que era casi treinta centímetros más baja que yo pero aún así me aterraba, retorcía la toalla de bar alrededor de sus dedos, claramente queriendo seguir golpeándome con ella, me hacía la misma pregunta.

Me había hecho la misma pregunta unas mil veces en las últimas dos semanas. Habría sido incómodo como el infierno, y Hazel probablemente habría dejado de hablarme otra vez, pero había tenido muchas oportunidades para confesar mi identidad secreta y no lo había hecho.

Cada rayo de ira que venía hacia mí de las personas en la vida de Hazel, que sabía que se pondrían de su lado en un abrir y cerrar de ojos, era merecido, pero realmente no cambiaba nada. Si tuviera la oportunidad de volver atrás y cambiar las cosas, no lo haría. No si eso significara renunciar al tiempo que pasé con ella, tanto por teléfono como en persona.

— La amo.

Colette se detuvo en seco, parpadeando hacia mí, claramente sin esperar que esa fuera lo que saliera de mi boca. No es que fuera una excusa. Era la verdad. Y lo había sido durante un tiempo. Puede que haya comenzado como una atracción mutua entre un adolescente tímido y un joven arrogante de veintitantos que pensaba que tenía la vida resuelta, pero se había transformado en algo que siempre había querido, solo que nunca pensé que sucedería. Especialmente no con ella.

— Te va a matar. Y yo podría ayudarle, — respondió, cruzando los brazos frente al delantal con el logo de la destilería.

— Solo espero que me escuche y no me vuelva a ignorar.

— Sí, bueno, te merecías ser ignorado después de tu comportamiento estúpido de entonces, y probablemente todavía te lo mereces ahora. — Tenía razón. Sabía que lo que estaba haciendo estaba mal. Probablemente Hazel no me habría tomado en serio si le hubiera confesado cómo mis sentimientos habían estado cambiando durante un tiempo, pero ahora no estaba seguro de qué era peor... Que no creyera que mis intenciones hacia ella eran reales, o que decidiera que construir una base sobre mentiras y verdades a medias no era algo que perdonaría.

— Lo sé, la cagué.

— Sí, lo hiciste. ¿Cuánto tiempo falta para esta revelación? — preguntó, sacando su teléfono del bolsillo al mismo tiempo que yo miraba hacia arriba. El reloj marcaba las cinco menos veinte de la tarde en la pared sobre su hombro, y mis ojos se abrieron de par en par al darme cuenta de que estaba llegando demasiado justo y ya debería haberme ido.

— Mierda. Tengo que irme.

Colette me lanzó la toalla juguetonamente mientras me quitaba el delantal, arrojándolo sobre el escritorio junto a la puerta antes de volver a entrar en la sala de degustación y recoger mis cosas.

Me siguió hacia la puerta lateral, sosteniéndola abierta contra el viento helado de febrero mientras yo me cubría la cara, me ponía el casco y subía la cremallera de mi chaqueta para protegerme del frío.

— No lo arruines, — gruñó, pero la sonrisa en su rostro la delató.

— Estoy bastante seguro de que ya lo hice, pero intentaré no empeorarlo.

Sacudiendo la cabeza, Colette se inclinó hacia adelante y me dio una palmadita en el hombro antes de darme un abrazo a medias.

— Estoy segura de que Hudson será el primero en la fila para hacerte la vida imposible si lo arruinas, no le rompas el corazón.

Asentí, sin saber qué más decir. Mi decisión de irme anoche en lugar de quedarme a decirle la verdad ya podría haber sellado mi destino, pero lo único que podía hacer en este momento era presentarme allí y esperar que no me odiara.

Bajando la visera de mi casco, crucé el estacionamiento, montando mi motocicleta y sacándola del lugar en el que había estado todo el día. La nieve había sido escasa, así que esperaba que las carreteras estuvieran mayormente despejadas para el viaje de regreso a Sage Springs, pero cuando me encontré con tráfico al volver a la ciudad, causado por algunos coches que se deslizaron hacia una cuneta debido al hielo en la carretera principal, supe que no llegaría a tiempo.

EL ESTACIONAMIENTO DEL BAR estaba lleno cuando finalmente giré en la última curva bajando el paso de montaña, deslizándome lentamente sobre el pavimento. Los servicios del condado habían podido sacar camiones para despejar los coches de la carretera y yo seguí a un quitanieves la mitad del camino, tratando de mantenerme lo suficientemente atrás para no ser rociado con el deshielo, pero aún así llegué realmente tarde.

Charley había estado llenando mi teléfono de mensajes, el altavoz de mi casco sonando cada vez que mi bolsillo vibraba, pero debido a las condiciones, no había manera de que me detuviera a revisar un mensaje de texto. Puede que fuera un temerario, pero en realidad no tenía intenciones de morir.

Ella estaba esperando dentro de la puerta para emboscarme cuando finalmente aparecí, empujándome fuera de la vista con ambas manos y golpeándome el pecho con un cordón.

— ¡Llegas tarde de cojones! Como si ya no lo tuvieras realmente difícil.

— Sí, lo sé, — suspiré, inspeccionando la etiqueta colgando del cordón con el número siete impreso en ambos lados.

— Tienes suerte de que haya llegado aquí en absoluto. La temperatura bajó, y el paso estaba como una maldita pista de patinaje. Tuve que llevar mi motocicleta por el arcén en parte de ella, para no ir deslizándome por el borde de una maldita montaña.

— Bueno, ella está ahí adentro esperando para romper contigo...

— ¿Qué? — La decepción me invadió, y apreté el papel con el puño, pero me detuve cuando Charley me dio una patada en la espinilla.

— No lo arruines. Y no me interrumpas, joder. Hazel me confesó todo esta mañana y me dijo que necesitaba venir esta noche para dejar a Siete de una manera suave.

No quería dejar que la esperanza se instalara dentro de mi tan pronto, pero suspiré, aliviado de que me hubiera elegido. No es que Siete no fuera yo también, pero si ella quería dejarlo caer con suavidad, eso significaba que Hazel había estado pensando en lo que le dije anoche sobre seguir adelante en lugar de dejar que las últimas dos semanas arruinaran nuestra amistad.

— Bueno, no te hagas muchas ilusiones, porque Diez ha estado coqueteando con ella desde el momento en que entró por la puerta. Y a pesar de que ella está vigilando la puerta como un halcón, claramente esperándote, también ha tenido que lidiar con la mitad de las chicas del bar cuchicheando sobre el misterioso Siete, a quien todas le dieron sus números de teléfono pero nunca recibieron un mensaje.

— Mierda.

— Sí, idiota, ¿Por qué coquetearías con todas ellas si querías a Hazel?

— No lo hice, te lo juro. Estuve aburrido como el demonio la mitad del tiempo y ni siquiera dudé en tirar todos los números excepto el de Hazel en cuanto me los diste.

— Bueno, no les digas eso porque no te protegeré si lo haces. Así que te agradecería si no causas una escena.

— No lo haré. — Pero cuando me moví a un lado, bajando mi visera para que nadie pudiera saber quién era, vi a Hazel echar la cabeza hacia atrás riendo mientras ese idiota jugador de béisbol le pasaba la mano por el exterior del brazo. Cuando su mano tocó la parte posterior de la suya, inclinando la cabeza hacia un lado mientras lo miraba, no estaba tan seguro de poder cumplir mi promesa.

Capítulo
Veintinueve

Hazel

A PESAR DE NO sentir absolutamente ninguna chispa con él, tenía que darle crédito a Christian, quien, para mi sorpresa, resultó ser el número Diez; me mantenía riendo en lugar de llorar a medida que el reloj se acercaba a las seis y el Señor Siete aún no había aparecido. Tal vez él había estado tratando de decirme algo cuando me dijo que siguiera mi corazón y simplemente no quería herir mis sentimientos.

Aunque, aparentemente, yo era la única de las mujeres a la que Siete le había enviado un mensaje. Varias de las otras también le habían dado su número de teléfono, pero nunca supieron de él. Ahora había una apuesta sobre si se presentaría. Y si aparecía, por quién lo haría. Pero supuse que eso haría más fácil decirle que no podía salir con él esta noche, ya que tendría a su disposición a un montón de mujeres que estarían esperando consolarlo. No es que esperara que estuviera tan devastado.

Sin querer arriesgarme a presenciar más drama, simplemente me retiré silenciosamente de esa discusión sin decir una palabra. Fue entonces cuando Christian me acorraló.

Mirando el reloj de nuevo, suspiré, deseando poder irme a casa y acurrucarme en mi sofá. O reunir el valor para cruzar el estacionamiento a escondidas y tratar de hablar con Reid. También había estado ausente toda la tarde. Habría esperado que estuviera cerca para ayudar con el problema del congelador, pero había estado en la destilería todo el día de ayer ya que Jayden estaba fuera de la ciudad, así que tal vez lo necesitaban de nuevo.

No es que yo supiera porque él tampoco me había hablado. O tal vez estaba pensando mejor las cosas, y él me estaba dando espacio para averiguar qué iba a hacer esta noche, pero mis mensajes de texto habían estado decepcionantemente vacíos hoy.

— Lo siento de nuevo por no haber dicho algo antes. Tenía miedo de que tal vez hubiera guardado tu número mal en mi teléfono y estuviera enviando mensajes a alguna otra persona al azar.

— Está bien. Probablemente debería haberlo deducido cuando seguías insinuando que me verías pronto.

Se inclinó hacia mí, mirando a su alrededor antes de susurrarme al oído.

— ¿Le diste tu número a alguien más? Ninguno de estos chicos ha venido a hablar contigo, así que solo tenía curiosidad por saber si tenía competencia.

— Eh... — Jugueteé con el cordón con mi número que Charley me había puesto en cuanto bajé de nuevo después de cambiarme al vestido rojo sin mangas que habíamos elegido el otro día.

Una voz profunda y distorsionada me salvó de tener que responder, en su lugar, mis ojos se abrieron de par en par mientras una palma rozaba mi costado y un cuerpo cálido se acercaba detrás de mí, su pecho rozando la piel desnuda entre mis omóplatos.

— Sí, lo hizo.

— Hola, amigo. — Christian se rió, extendiendo su mano hacia mi lado. — ¿Decidiste hacerte el interesado y hacer una entrada tardía y a la moda?

— No exactamente, — respondió su voz apagada. El brazo de Siete rozó el mío mientras se extendía para estrechar la mano de Christian, mi cuerpo reaccionando a su proximidad. Mierda. Eso no estaba bien. Había venido aquí para informarle sobre Reid, no para confundirme aún más sobre cuál elegir. — Solo vine aquí por una razón.

— Sabes que puedes quitártelo, ¿verdad? — Christian asintió, y me giré, preparándome y esperando encontrarme cara a cara con el hombre que me había encantado a través de una pared, pero no esperaba que llevara su casco de motocicleta dentro del bar. Supongo que eso explicaba por qué su voz sonaba extraña.

— Sí, estoy al tanto. En realidad, ¿puedo robarte a esta chica por unos minutos?

— Al parecer no es mía, pero si lo estropeas, estaría más que feliz de cambiar eso, — comentó Christian, dirigiéndome una sonrisa coqueta antes de dar unos pasos hacia atrás.

Fruncí el ceño, estudiando los detalles del casco por el rabillo del ojo mientras Siete se erguía sobre mí. El acabado negro brillante tenía un adhesivo en el costado que no podía distinguir, pero me resultaba familiar.

Cuando Christian se volvió para acercarse a un grupo de mujeres que habían estado de pie a un lado, hablando entre ellas, traté de calmar mis pensamientos para no empezar a vomitar palabras sobre el pobre tipo una vez que me tuviera a solas.

— ¿Podemos hablar? — preguntó, extendiendo una de sus manos, aún cubierta por un guante de cuero. Estaba bastante segura de que, bajo cualquier otra circunstancia, un hombre alto, oscuro y misterioso con un casco de motocicleta pidiéndome que lo acompañara habría sido inspirador para una fantasía. Mis dedos picaban con la necesidad de dibujar cómo se veía en ese momento, pero necesitaba concentrarme.

— Sí, eh, conozco un lugar tranquilo al que podemos ir. — Tomando su mano, lo arrastré detrás de mí mientras me movía hacia el pasillo trasero. Hudson estaba demasiado ocupado detrás de la barra para preocuparse de que usara su oficina.

Charley observaba con una expresión extrañamente neutral mientras arrastraba a Siete detrás de mí, pero los susurros que nos seguían al notar el enorme 7 colgando de su cuello me ponían los nervios de punta.

Afortunadamente, la puerta de Hudson estaba abierta cuando giré el pomo, haciéndole señas para que me siguiera dentro de la oficina silenciosa.

Una sensación de déjà vu me invadió al tomar asiento en la silla de mi hermano detrás del escritorio y hacerle señas para que se sentara en la que estaba frente a él. Tal vez me sería más fácil decir lo que necesitaba decir si él estaba separado de mí por un escritorio.

— Está bien, sé que querías hablar, pero siento que necesito hacerlo yo primero para que no pierdas tu tiempo, — empecé, y él se recostó en la silla, asintiendo una vez en señal de concesión.

Incluso sin poder ver su rostro, me estaba arrepintiendo de terminar esto. Era alto, con hombros anchos y fuertes, llevaba una camisa de vestir azul cubierta por una chaqueta de cuero. Los vaqueros azul oscuro se ajustaban a sus piernas y desaparecía en un par de botas de cuero marrón desgastadas. Era extraño saber que tenía sentimientos cariñosos hacia él sin haber visto nunca su rostro, pero también sabía que esos sentimientos no eran suficientes para detener lo que estaba a punto de hacer.

— Cuando hablamos en el evento, honestamente no pensé que estuvieras hablando en serio. Nunca había tenido una conexión instantánea con alguien así. Y no esperaba coquetear contigo como lo hicimos, porque normalmente soy un completo desastre con la gente, mucho menos con hombres cuyas voces me hacían sentir lo que la tuya hizo.

A su favor, él simplemente se quedó allí esperando, sin intentar interrumpirme, y curiosamente, tampoco se quitó el casco. Pero tal vez eso solo haría esto más fácil. Ser distraída por su rostro podría hacer que mi determinación vacile o llevarme a una tangente que solo haría todo esto más confuso.

— Y no me malinterpretes, esperaba con ansias cada uno de tus mensajes. Sentí que eras alguien que me entendía y me dejaba expresarme sin juzgarme, lo cual es raro en mi vida. Podía contar con los dedos de una mano el número de personas que me trataron así fuera de mi familia.

— Siento que viene un pero, — dijo, inclinándose hacia adelante para apoyarse con los antebrazos en los muslos.

— Sí. Hay un pero, — susurré antes de tomar una respiración profunda. — Pero no sería justo de mi parte darte una falsa sensación de esperanza. Porque tengo sentimientos muy fuertes por otra persona. Y no sé si me va a romper el corazón, o si es una idea terrible tener algo más con él, pero...

Fue más difícil de lo que pensé admitir esto, especialmente a un extraño que podría tener sentimientos por mí. — Pero él es alguien que me ha gustado durante mucho tiempo, y aunque mis sentimientos solían ser un enamoramiento de niña, se han convertido en algo que no creo poder negar por más tiempo. Y para ser completamente honesta, no quiero.

Siete se sentó allí en silencio, una de sus piernas rebotando nerviosamente.

— ¿Puedes tal vez decir algo ahora? Sé que apenas nos conocemos, y esto probablemente no sea tan importante para ti como lo es para mí...

Se sentó erguido, sus manos enmarcando el lado del casco. Se detuvo, y pude oírlo exhalar un fuerte suspiro antes de empezar a tirar hacia arriba. Su rostro estaba cubierto por un pasamontañas negro, pero cuando sus ojos se hicieron visibles, aunque cerrados, un suspiro de sorpresa escapó de mis labios.

— Pero...

— Lo siento, gatita, — La profunda voz de Reid estaba amortiguada por la tela que lo cubría, pero era como un puñetazo directo al estómago.

— ¿Cómo? Quiero decir, ¿qué...? Dios mío.

Mi pulso latía con fuerza mientras él se levantaba para quitarse la tela que cubría su cabeza. Su cabello estaba sudado y erguido, sus mejillas sonrojadas por estar dentro del casco tanto tiempo, pero nunca lo había visto tan guapo... Aunque devastado al mismo tiempo.

Abrió la boca, pero yo levanté una mano entre nosotros, tratando de parpadear las lágrimas que se habían acumulado mientras me sentaba allí y lo miraba. Quería gritarle, chillar y lanzarle cosas desde el escritorio de mi hermano a la cara, para asustarlo y herirlo tanto como me sentía yo en ese momento.

Pero solo una frase logró escapar de mi boca.

— ¿Cómo... Cómo pudiste?

Y entonces estaba de pie, corriendo hacia el baño al otro lado del pasillo para escapar de él, aparentemente me había enamorado del mayor imbécil del planeta.

Capítulo
Treinta

Reid

Cuando Hazel desapareció de mi vista, el sonido de la puerta del baño cerrándose de golpe, fueron como disparos directos a mi corazón. Sabía que lo había arruinado, pero la vista de las lágrimas en sus ojos y tanta decepción era casi más de lo que podía soportar.

Todos me habían suplicado que no lo estropeara, pero aún así lo hice. Porque en lugar de hablar con ella, había absorbido egoístamente tanto de su tiempo, tanto como Siete como Reid, como pude. La había perseguido. Le había enviado mensajes y la había encantado. Me había metido en sus asuntos y me había obligado a seguir esta idea descabellada para ayudarla a conseguir fotos de referencia para sus comisiones.

Tenía todo el derecho de estar molesta. Tenía todo el derecho de estar enojada conmigo por cómo había manejado esto. O no lo había manejado, porque había tenido más de una oportunidad para confesarle lo que había hecho.

Pero no lo hice. Porque en el fondo, tenía miedo de que no me amara. Y ahora prácticamente me había asegurado de que nunca lo haría.

Tal vez era mejor que solo hubiera confesado tener sentimientos fuertes por mí. Tal vez eso haría más fácil convencerme de que no había significado tanto para ella como ella había significado para mí. Porque sabía que estaría hecho un ovillo llorando en el suelo si ella hubiera compartido el hecho de que me amaba con otro hombre antes de decírmelo.

Pero ya no importaba una mierda, porque nunca lo haría. Y cuanto más esperaba, mirando esa maldita puerta del baño, más me daba cuenta de que no quería absolutamente nada conmigo.

Así que, aunque quería romper la cerradura y atraerla a mis brazos y disculparme por cómo la lastimé, hice lo que sabía que debía hacer. Por ella.

Recogiendo mi casco del suelo, lo metí bajo el brazo y tomé una respiración profunda, sacudiendo la cabeza mientras salía por la puerta de la oficina de Hudson, cerrándola suavemente detrás de mí. Dos pasos y apoyé mi palma

247

contra la madera desgastada de la puerta del baño, inclinándome para apoyar mi frente en ella mientras intentaba aceptar el hecho de que probablemente había alejado a la única mujer que podría amarme porque era un maldito imbécil y egoísta.

— Lo siento, Haz, — susurré a la puerta, pero no podía escuchar nada del otro lado. Probablemente estaba allí llorando y maldiciendo mi nombre y ni siquiera podía consolarla, porque no merecía estar cerca de ella en este momento. O tal vez nunca.

Cuando el otro lado de la puerta permaneció en silencio, me alejé. El camino hacia la puerta trasera estaba inquietantemente silencioso, todos en la parte delantera divirtiéndose mientras yo me escabullía, sabiendo en mi interior que esto era infinitamente peor que cuando me fui después de su accidente. Porque no solo me iba a evitar por vergüenza durante unos años. No, ella iba a evitarme por el resto de mi vida. Y para empeorar las cosas, había un hombre al otro lado del edificio más que dispuesto a ir tras ella y tal vez merecer los sentimientos que yo había esperado que ella tuviera por mí.

Con la cabeza baja, me moví rápidamente por el pasillo, pero al pasar junto al almacén, una figura apareció, bloqueando mi camino.

— ¿A dónde vas? — Hudson preguntó. — ¿Charley sabe que te vas?

No había dicho nada directamente en las últimas semanas, pero tenía la sensación de que su novia le había contado cómo me convenció para hacer el evento. No es que me hubiera costado mucho convencerme para aceptar.

— Sí. Todo bien. Voy de camino a casa. Simplemente no conecté con nadie. — Incluso para mis oídos, sonaba como una mentira. Puede que no haya conectado con nadie más durante el evento. Pero había compartido mucho más que buenas vibras con la mujer que se escondía de mí en el baño.

— Creo que ambos sabemos que eso es una mentira. — Los brazos de Hudson se cruzaron sobre su pecho. Probablemente teníamos una constitución similar, aunque yo era unos centímetros más alto, pero de repente una expresión amenazante se apoderó de su rostro. Fue entonces cuando supe que tenía más información sobre lo que había estado sucediendo en las últimas dos semanas de lo que había dejado entrever.

— ¿Qué?

— ¿Crees que soy tan estúpido? Solo te voy a preguntar esto una vez, y merezco una respuesta honesta.

Asentí, de repente temiendo que haberlo estropeado me había hecho perder más que solo a la mujer de la que estaba enamorado.

— Sabes que nunca te he mentido antes.

— Sí, solo te cuelas en mi bar después del último turno para ir tras mi hermana pequeña. Las mentiras por omisión siguen siendo malditas mentiras.

Dando un paso atrás, parpadeé, preguntándome exactamente qué sabía y de dónde había sacado la información.

— ¿Te lo dijo?

— Voy a necesitar que definas quién, imbécil, — gruñó, continuando bloqueando mi camino. — Charley finalmente me confesó unos días después del primer evento que te había pedido que participaras. Y aunque no quería que hicieras sentir incómoda a Hazel, ella me aseguró que todo estaba bien.

— Pero no estaba seguro de cuán cierto era eso esta mañana, porque entro al bar para prepararme y Char está consolando a Hazel por algo, y pensé que era por algún idiota del experimento. No me da vergüenza admitir que escuché un poco a escondidas y concluí que mi hermana estaba a punto de dejarle las cosas claras a ese tipo esta noche.

No estaba seguro si había terminado de hablar, así que simplemente me quedé callado.

— Pero luego mi hermana me deja completamente en shock cuando me confiesa que está enamorada de ti. Siempre supe que le atraías. Incluso cuando se alejaba de ti, te observaba. No me había dado cuenta de que tenía que preocuparme por mi mejor amigo follando con mi hermana pequeña hasta ahora.

— No estaba...

— Y después de que ella hablara conmigo, antes de pasar todo el día corriendo porque mi maldito congelador se rompió, me di cuenta de que había estado recibiendo alertas extrañas de mis cámaras de seguridad durante las últimas dos semanas. Las cámaras que envían una alerta a mi teléfono fuera del horario de trabajo. No había revisado las grabaciones hasta hoy, porque la alarma nunca se activó, así que la persona que entraba al bar por la noche tenía el código para desactivarla. Pero cuando lo hice, me quedé un poco sorprendido de que no fueran solo grabaciones de Hazel entrando y saliendo después de la medianoche.

Mis ojos se abrieron de par en par cuando se acercó a mí, mirándome directamente a el os ojos.

— Es un poco curioso que hayas estado aquí casi todas las noches durante semanas y nunca hayas dicho una maldita cosa. Entonces, ahora mismo, me vas a decir qué demonios está pasando.

No estaba seguro de qué decirle. Podía ver por el cordón que colgaba de mi cuello que yo era Siete, el chico con el que Hazel había estado hablando. Y ahora sabía que había estado viniendo aquí por la noche como yo mismo.

Odiaba jodidamente mentirle, pero le debía mi lealtad a la privacidad de la mujer en el baño en ese momento, así que le dije la mayor verdad que pude manejar sin revelar secretos que no tenía permiso para contar.

— Le he estado ayudando con sus ilustraciones.

— Por eso te fuiste anoche con el pelo de sexo, — se burló Hudson. — ¿Te acostaste con mi hermanita?

Sacudiendo la cabeza, di un paso atrás, pero él levantó una ceja. Retroceder solo me hizo parecer culpable como el infierno.

— No, pero...

— ¿Qué demonios, Reid? ¿No podías haber ido tras alguien más? Es una maldita virgen. Y tú eres mi mejor amigo, al menos eso pensaba yo. No puedes simplemente acostarte con mi hermana y luego esperar que esté bien con eso. — Su ira se había transformado en decepción, y me di cuenta de que tal vez merecía perderlos a todos por esto. — Cuando te aburras, Char y yo seremos los que nos quedemos consolándola. Ella se irá. Y luego, cada vez que ella se niegue a ir a algún lugar donde cree que podrías estar, querré darle una paliza al hombre que pensé que iba a ser mi mejor amigo hasta que fuéramos unos viejos sentados en nuestros porches asustando a los niños del vecindario.

— ¿Entonces eso es todo, no confías en que mis sentimientos por ella son genuinos? Que no me mató ver su rostro caerse cuando me quité el casco y se dio cuenta de lo que había estado ocultando. Que está encerrada en el baño ahora mismo, escondiéndose de mí. Y que nunca podré hacer nada al respecto cuando esté con algún cabrón que no la merece. Alguien a quien decidirá entregarle su corazón en lugar de a mí.

— ¿Y tú crees que te lo mereces? La estás dejando antes de que las cosas hayan comenzado. — Él sacudió la cabeza, mirándome como si no me conociera. Tampoco me conocía a mí mismo después de las últimas semanas. Al menos la persona que pensaba que era.

— La amo con locura, Hudson. Como si mi corazón latiera con fuerza cada vez que entro en la misma habitación. No puedo pasar cinco minutos sin pensar en ella. Cuando no estoy cerca de ella, todo lo que pienso es en la próxima vez que podré hablar con ella. Ella es todo lo que pienso... — Confesé, con la voz quebrada. — Y lo peor de todo es que ella no me quiere.

— ¿Le preguntaste eso?

— Dejó clara su elección, — dije, derrotado, mientras señalaba el pasillo hacia la puerta cerrada del baño. — Si tuviera algún deseo de hablar conmigo, no se estaría escondiendo. Y no me habría mirado como si le hubiera roto el corazón. La forma en que me miró iba a malditamente atormentarme.

— Está bien, sé un cobarde, — se burló. — Adelante, vete. Tal vez tengas razón. Tal vez no seas lo suficientemente bueno para ella porque te estás rindiendo como un cobarde sin siquiera intentarlo.

— Jódete, — murmuré, con los ojos ardiendo. — No sabes lo difícil que es saber que no soy el hombre adecuado para ella.

Hudson se apartó a un lado, señalando hacia la puerta trasera con una expresión de desagrado en su rostro.

— Supongo que nunca lo sabremos ahora.

Capítulo
Treinta y uno

Hazel

No estaba segura de cuánto tiempo había estado sentada en la tapa del váter, mirando el pestillo de la puerta del baño en el que me había encerrado, pero a juzgar por la sensación de hormigueo que subía por la parte posterior de mis piernas, había pasado un buen rato.

Cuando había escapado aquí, secándome las lágrimas de los ojos, me había sentido destrozada. Porque, una vez más, había sido lo suficientemente ingenua como para creer que había conectado con alguien.

Parecía que mi defecto era ver lo mejor en las personas. Suponiendo ciegamente, a menos que hicieran algo verdaderamente, abiertamente malicioso, que tenían las mejores intenciones y un buen corazón.

Y ahora estaba claro que no solo Reid me había ocultado cosas, sino que también mi mejor amiga. Que estaba enamorada de mi hermano, a quien le acababa de decir esta mañana que estaba enamorada de su mejor amigo. El chiste era sobre mí, porque aparentemente, todos eran unos malditos falsos.

Si Reid me hubiera dicho quién estaba pretendiendo ser hace unos días, antes de que le confesara a Charley lo que estaba pasando, entonces podría haber salvado mi dignidad. Pero ahora iba a tener que pasar el resto de mi vida en este baño.

No quería la compasión de nadie, y realmente no quería tener que explicar lo increíblemente distraída que claramente era. Aunque, considerando que me había estado enviando mensajes intencionadamente desde un número que nunca había visto antes, Reid sabía exactamente lo que estaba haciendo.

La única pregunta que aún me molestaba era por qué.

Si él sabía cuando se ofreció a ayudarme con mis comisiones que ya tenía mi número como Siete, entonces ¿por qué se molestó con la farsa? ¿Qué quería exactamente en este elaborado plan suyo para acercarse a mí?

No estaba segura de qué pensar de él en este momento. Nunca había llegado a extremos como este antes, al menos no que yo supiera, para llamar la atención de una mujer. Entonces, ¿por qué yo? ¿Qué tenía de especial yo para que sintiera la necesidad de no solo engañarme bajo el disfraz del anonimato, sino también invadir mi vida de una manera tan personal y compartir todos los momentos íntimos que tuvimos en las últimas dos semanas?

¿Era todo esto un juego para él? Una manera de engañar a una chica inexperta haciéndole creer que tenía sentimientos genuinos por ella.

Si leyera esto en una de las innumerables novelas románticas que había devorado en los últimos meses, querría patear el trasero de la heroína por ser tan ingenua.

También probablemente querría patearle el trasero por no confrontar al héroe de inmediato sobre sus tonterías y exigirle respuestas.

— ¿Haz? ¿Estás aquí?

— Joder, — susurré entre dientes, levantando cuidadosamente las piernas para que no pudiera verlas desde debajo de la puerta. Tal vez si solo fingiera que no estaba aquí, entonces ella se iría y me dejaría revolcarme en mi tristeza. Pero, por supuesto, ella sabía que estaba aquí, porque había tenido que desbloquear la puerta para entrar.

— Vamos, cariño. Sal y háblame. Hudson me dijo que Reid se fue justo después de que te lo contó. ¿Qué pasó?

— Oh, ¿quieres decir que no lo sabes ya? Pensé que tal vez, como estabas al tanto de todo, ya habrías recibido una actualización completa de lo jodidamente sorprendida que estaba.

— Sé que estás enojada, cariño, pero...

— ¿Enojada? — me burlé, sacudiendo la cabeza. — Estoy destrozada. Y me siento realmente estúpida por haber caído en lo que sea que estaba pasando. Y no solo lo sabías; lo alentaste. Esto es de lo que hablabas esta mañana, ¿verdad? Cuando dijiste que necesitaba mantener la mente abierta porque no era tu historia para contar, ¿verdad?

— Sí, pero...

— No me digas nada, pero Charley. Deberías haberme dicho. Supongo que al menos fue buena idea hacerlo en la oficina de Hudson y no en una sala llena de gente. Porque entonces podría olvidar lo que pasó, o al menos fingirlo el tiempo suficiente para volver a mostrar mi cara en el bar. Espero que nadie más se entere, porque si esto llega a la gente del pueblo, tendré que cambiarme el nombre y mudarme al otro lado del país. Supongo que al menos puedo dibujar malditos penes desde cualquier lugar. — Mi voz seguía elevándose mientras el pánico se mezclaba con la ira que fluía por mis venas. — ¿Qué pasaría si alguien estuviera caminando por el pasillo el tiempo suficiente para ver lo que pasó? ¿Qué pasaría si una de esas mujeres allá afuera, que aparentemente también cayó por su encantadora voz, descubriera que la única persona a la que Siete le envió un mensaje era realmente la ingenua hermana menor de su mejor amigo?

— Hazel, nada de eso pasó, pero podría pasar si sigues gritando sobre eso aquí.

— No estoy gritando, — siseé, levantándome y abriendo la puerta del baño, pero por supuesto ni siquiera pude hacer eso bien y el bolsillo de mi vestido se enganchó en el pestillo. Escuché el material rasgarse antes de mirar hacia abajo y ver el agujero de varios centímetros de largo en la costura lateral donde las puntadas se habían deshecho. — Genial, simplemente genial. Ahora voy a mostrar mi ropa interior a cualquiera que esté merodeando en el pasillo cuando finalmente decida escapar y esconderme en mi apartamento, donde tendré que comprar una legión de gatos para cumplir con la misión de mi vida de convertirme en una maldita señora de los gatos antes de cumplir veinticinco años.

— Haz, respira. — Charley imitó la respiración lenta por la nariz y la exhalación por la boca, sus ojos se abrieron de par en par mientras yo me dirigía a donde ella estaba de pie contra la puerta cerrada.

— No. Quiero. Respirar. Joder.

— Me estás asustando un poco ahora mismo, — susurró, con los ojos muy abiertos mientras se aplastaba contra la madera a su espalda.

— Bueno. Espero que sí. Porque estoy hasta el coño de que todos ustedes me oculten cosas para manipular mi vida. — Sacudiendo la cabeza, me mordí el labio para contener las lágrimas. No estaba segura si eran de rabia o tristeza, pero de cualquier manera, estaba a punto de estallar. Y Charley estaba justo en el camino del huracán Hazel.

— No estábamos tratando de... — se interrumpió cuando golpeé el suelo con el pie, el dolor se irradiaba por mi pantorrilla porque todavía estaba medio dormida, pero estaba llena de adrenalina y ansiedad, y no podía detenerme aunque quisiera en este momento. — Quiero decir, no estaba tratando de...

— Bueno, tal vez deberías haberlo intentado con más ganas.

— Lo siento. No debí pedirle que lo hiciera, pero más o menos adiviné cómo se sentía por ti, y ustedes dos iban a seguir tonteando el uno alrededor del otro durante otros dos años si no hacía nada y ahora...

— Y ahora me siento miserable, y él está de vuelta en casa siendo el mismo de siempre, y ahora no sé si puedo confiar en ninguna de las personas alrededor de mí. Pero sí, eso es mucho mejor que simplemente dejar que las cosas sucedan de manera natural.

— Oh, ¿crees que las cosas habrían sucedido naturalmente? — se burló, cruzando los brazos y levantando una ceja. Había estado pasando demasiado tiempo con mi hermano. Sus modales se le estaban pegando.

— Quiero decir, tal vez.

— Sí, claro, — se rió, sacudiendo la cabeza. — Él habría intentado coquetear contigo, y tú te habrías metido en tu caparazón tan encerrada que nadie podría haberte sacado.

— Me pareció que estaba muy bien mientras él coqueteaba conmigo durante las últimas dos semanas. No necesitaba tu ayuda para fingir ser alguien que no es y conseguir que le confesara cosas privadas bajo el fingiendo ser otra persona por mensajes de texto.

— No creo que estuviera fingiendo, Haz. Parecía genuinamente destrozado cuando Hudson lo confrontó.

— Sí, estoy segura de que lo hizo. Y estoy segura de que estabas ahí, escuchando esa conversación porque simplemente no puedes evitarlo. Eres tan malditamente entrometida que tuviste que meterte en mi vida, y ahora voy a terminar sola. Y alguien por quien pensé que tenía sentimientos reales resultó ser una maldita farsa, y mi hermano se lo va a echar en cara. Así que no solo arruinaste mi vida, sino que también arruinaste la de mi hermano.

Su cabeza se movió hacia atrás como si la hubiera abofeteado.

— No le dije a Reid que hiciera esto, Hazel. Nunca me dijo que iba a ir tras de ti en la vida real. Ni siquiera sabía si le ibas a dar tu número desde el principio.

— Bueno, ya que ambos me mintieron, ahora desearía no haberlo hecho.

— Entonces, ¿deseas que las últimas dos semanas nunca hubieran sucedido? ¿Es eso lo que estas diciendo?

Asintiendo, crucé los brazos, tratando de mantenerme en pie ahora que la adrenalina se estaba desvaneciendo.

— Sí. Más o menos. Ojalá nunca me hubieras convencido de este estúpido experimento.

— Entonces tal vez tus sentimientos por él no sean tan fuertes como pensabas. Porque la Hazel que conozco no estaría en un baño peleando conmigo si realmente estuviera enamorada del mejor amigo de su hermano. Le estaría gritando a él en su lugar.

— No importa cómo me sienta.

— ¿Por qué no? — preguntó, acercándose a mí lentamente y luego, con cuidado, atrayéndome hacia su pecho, sosteniendo la parte posterior de mi cabeza y animándome a apoyarla en su hombro mientras mi ira se desvanecía.

Me soné la nariz, tratando de evitar que mi voz se quebrara al hablar, pero no lo logré.

— Porque claramente él no siente lo mismo. No sé cuál era el propósito de todo esto.

— ¿Entonces por qué no vas y le preguntas?

Capítulo
Treinta y dos

Hazel

Y ASÍ FUE COMO terminé de pie frente a la puerta de su apartamento, nerviosamente de puntillas mientras esperaba que me respondiera.

La adrenalina de gritarle a Charley en el baño se estaba desvaneciendo, pero podía notar que mi cerebro todavía estaba surfeando la ola de dopamina impregnada de ira.

Ella había hecho parecer que Reid había vuelto a casa después de dejar el bar, pero a medida que el silencio se prolongaba, me preguntaba si había ido a algún otro lugar. No es que fuera a muchos otros lugares además de cruzar el estacionamiento.

Lo que me hizo preguntarme si ahora iba a evitar pasar tiempo allí. Hudson había estado demasiado ocupado en el bar para notar que me había ido, pero estaba segura de que tenía todo tipo de opiniones sobre lo épicamente jodida que se había puesto la noche.

Cerrando los ojos, levanté la mano y golpeé la puerta de nuevo, diciéndome a mí misma que esperaría otros treinta segundos antes de volver a casa. Para cuando llegué a veinticinco contando en mi cabeza, un ruido del otro lado de la puerta hizo que mi ritmo cardíaco se acelerara.

Podría hacer esto. Podría ser valiente. Incluso si en este momento podría vomitar de los nervios.

— Hud, sabes que te quiero, amigo, pero no estoy de humor para esto. Solo ve a follarte a Charley y déjame en paz. Puedes darme una paliza mañana.

La voz cansada de Reid se escuchó a través de la puerta, y sonaba tan derrotado como me sentía yo.

— Bueno, no voy a decir que nunca he pensado en acostarme con Charley, pero está asquerosamente enamorada de mi hermano. — Respondí, tratando de no darme la vuelta y salir corriendo en la otra dirección gritando, mientras la puerta se abría lentamente. — Pero quizás acepte la parte de la paliza.

Un Reid sin camisa estaba de pie en la puerta, vistiendo un par de pantalones de pijama de cuadros sobre su cadera. Su cabello estaba mojado, así que claramente había estado en la ducha, pero yo estaba aquí para obtener respuestas, no para mirarlo. Incluso si era asombrosamente atractivo mientras yo estaba aquí inquieta en el pasillo con un agujero en el costado de mi vestido, marcas de lágrimas en las mejillas y mi antes elegante coleta desordenadamente estilizada por el viento exterior mientras corría por el estacionamiento.

— ¿Por qué estás aquí? — preguntó. No exactamente la declaración romántica que había pasado por mi mente en los cinco minutos que había estado de pie en el pasillo. Claramente, estábamos optando por la opción dos, él no quería verme.

— ¿Crees que eres el único con llaves y códigos de alarma? — Charley me había dejado lavarme la cara mientras ella iba en busca de las llaves de repuesto de Hudson para la tienda de Reid. Me las puso en la mano con una nota adhesiva que tenía el código de su sistema de alarma y prácticamente me empujó por la puerta trasera. — La verdadera pregunta es, ¿por qué no estás allá?

— Porque me di cuenta de que nadie me quería allá. Era más fácil volver a casa y evitar empeorar las cosas. No es que pudiera imaginar algo mucho peor que saber que no quieres tener nada conmigo.

— Es una mierda, ¿verdad? — Me reí sin humor, y él inclinó la cabeza hacia un lado mientras me miraba.

Finalmente, suspiró, mirando hacia otro lado mientras se pasaba la palma de la mano por la barba. Era un tic nervioso que había notado que tenía hace meses. Al menos era una confirmación de que no estaba totalmente indiferente a mi presencia.

— Solo vete, Haz. Ambos sabemos que no quieres estar aquí. Tan pronto como te diste cuenta de que era yo, te falto tiempo para irte.

— Bueno, es un poco molesto descubrir que el chico por el que te has estado enamorando te estaba mintiendo en la cara. Y tu teléfono. Durante semanas. Y que aparentemente pensaba que era una broma. Porque no solo tenía tu número, sino que tenía los números de todas las chicas en la habitación.

Sacudió la cabeza, sin mirarme aún.

Lucha por mí, maldita sea. Quería gritar, pero era como si no pudiera seguir su propio consejo. Ni siquiera estaba intentando ser valiente. Estaba tirando la toalla. Y la tristeza que había sentido antes parecía multiplicarse.

— No. No era ninguna broma. Porque tiré todos los números excepto el tuyo.

Cuando su mirada cautelosa se encontró con la mía, traté de luchar contra el impulso de apartar la vista.

— ¿Esperas que me crea eso? Viste algunas de esas chicas. No estoy ni en la misma liga que ellas.

Asintió, enderezándose y cruzando los brazos.

— Tienes razón. No lo estás.

— ¿Qué demonios? Que te jodan...

Pero él sacudió la cabeza, elevando la voz por encima de la mía.

— No tienen nada que ver contigo, confía en mí. Tuve que soportar citas con ellas cuando todo lo que podía pensar era en tí.

— Pero no deberías haber sabido que era yo. El objetivo era hablar con alguien que nunca habías visto. Porque entonces podrían conocerse sin la distracción de la atracción física nublando tu juicio. — Sacudiendo la cabeza, traté de combatir el dolor que aún subyacía a todas las demás emociones contradictorias que sentía. — Pero sabías a quién le estabas enviando mensajes. La tonta que cayó en la trampa.

Abrió la boca para hablar, pero levanté la mano, decidiendo simplemente preguntarle lo que había venido a preguntarle.

— Sé que no tengo tanta experiencia como tú, claramente. Pero cada palabra que te dije y te envié por mensaje de texto en las últimas dos semanas eran verdad. Y ahora solo me siento como un chiste. ¿Realmente significó algo para ti?

Mi voz se quebró, pero logré contener las lágrimas. No merecía verme llorar.

— Haz, ¿qué demonios? Por supuesto que significaba algo. Significaba todo. Sentí que las últimas dos semanas habían hecho que todo en mi vida encontrara su lugar. Que había estado tan apático durante los últimos años, y todo lo que necesitaba para anclarme eras tú.

Sus palabras hicieron que mi corazón se saltara un latido. Pero los anclajes no solo mantenían a las personas en su lugar para evitar que se alejaran, también podían hundirlas.

— Podrías habérmelo dicho antes. Viendo la forma en que estabas bromeando sobre Siete y Diez como si fuera un chiste interno, mi mejor amiga también sabía lo que estabas haciendo desde hace más de una semana. Y ustedes dos deliberadamente me lo ocultaron. Podrían haberme dicho eso ese día y me habría sentido avergonzada como el infierno, pero al menos no me sentiría como me siento ahora.

Suspiró, apoyándose en el marco de la puerta con el hombro. Parte de mí no quería tener esta conversación de pie en el umbral de la puerta, pero nunca había estado dentro de su apartamento antes.

— ¿Por qué no pudiste simplemente abrir la maldita boca y decírmelo? Y decir *'Oye, Haz. Por cierto, tu astuta mejor amiga me engañó para que participara en su evento de citas a ciegas. Y me dio información, para que supiera exactamente cómo encantarte y hacerte creer que tengo sentimientos genuinos por ti.*

Tan pronto como las palabras salieron de mi boca, su cuerpo se tensó y sacudió la cabeza con la mandíbula apretada.

— ¡Mis sentimientos por ti no son una mentira!

Me sorprendió un poco que levantara la voz, pero si quería gritar, yo podía gritar también.

— Entonces, ¿por qué no abriste la boca y dijiste algo?

— Porque quería que me quisieras a mí, no a él.

— ¿Te das cuenta de lo jodidamente estúpido que suena eso? Eres él, — siseé. Entendí sus palabras, pero no tenían ningún sentido.

— Y estar enamorado de ti me ha hecho increíblemente estúpidamente tonto, — dijo, bajando la voz. — También estaba aterrorizado de que no sintieras lo mismo. Que me había sentido tan cerca de tí que cuando inevitablemente descubrieras lo que había hecho, no querrías tener nada que ver conmigo.

— Y aquí estoy, persiguiéndote, porque no importa cuán herida esté y cuán estúpida me sienta, la idea de nunca saber por qué pensaste que necesitabas hacer esto era insoportable. Me escondí de muchas cosas en mi vida, pero si me escondía de esto, las preguntas sin respuesta me devorarían viva.

— Pensé que la razón era obvia, gatita. Todo, cada mensaje y cada vez que te ayudé con tus comisiones, fue porque no he podido sacarte de mi cabeza durante meses.

El tono de su voz hacía parecer que estaba molesto por toda la situación, pero su mirada estaba haciendo cosas extrañas en mi estómago que deberían haberme hecho correr en la dirección opuesta.

— Lo hice porque te amo, Haz, y estaba dispuesto a hacer casi cualquier cosa para hacerte mía.

Capítulo
Treinta y tres

Reid

TAN PRONTO COMO LAS palabras salieron de mi boca, de repente quise hacer lo que había hecho Hazel y esconderme en el baño. Porque no estaba preparado para la respuesta que obtuve la primera vez que le dije a una mujer que estaba enamorado de ella.

— ¿Era? ¿Ya no estás dispuesto a hacer eso? — Hazel preguntó, y esa maldita actitud que se filtraba en su tono me hizo querer llevarla sobre mi hombro a mi cama para llenarla de besos de disculpa.

No esperaba que mi valiente chica viniera a por mí y me enfrentara. Honestamente pensé que lo de antes en la oficina de Hudson podría ser lo más cerca que alguna vez estuviera de ella de nuevo. Que volvería a evitarme y me vería obligado a vislumbrarla con avidez, lo cual nunca satisfaría del todo el anhelo que corría por mis venas.

Cuando no respondí de inmediato, entrecerró los ojos y apoyó las manos en las caderas, acercándose hasta que su pecho casi rozaba el mío. Era el peor tipo de tortura, estar tan cerca y saber que no debía tocarla.

— Entonces, no solo me mentiste... Me manipulaste... Jugaste con mis sentimientos, me hiciste casi imposible concentrarme en cualquier otra cosa las últimas semanas, ¿y ahora simplemente te vas a ir?

Su mano se aplastó contra mi pecho, mi corazón latiendo contra su fría palma. Me dolía físicamente no tocarla, pero cuando el rubor rosado que tanto deseaba manchó sus pómulos, supe que estaba a punto de enfrentar la ira de una muy enfadada Hazel Rivera.

— Supongo que nunca me di cuenta de que, para alguien que tiene tanta experiencia, eras un maldito cobarde, — dijo, apretando su mano contra mi pecho hasta que me empujó hacia atrás dentro de mi apartamento. Ella acentuaba cada palabra con otro empujón hasta que la parte trasera de mis piernas chocó con el borde de mi sofá de cuero. — Que tan pronto como las cosas se complicaron, el hombre que pasó horas hablándome y animándome a abrazar quien era en las últimas semanas se retiraría como un maldito cobarde.

— Haz, yo...

— No me interrumpas, maldita sea, — espetó, levantando ambas manos y empujando mi pecho con suficiente fuerza como para que me viera obligado a sentarme. — Porque ni siquiera estoy cerca de terminar.

La había visto enojada antes, pero nunca había dirigido su ira hacia a mí. Y sabía que no debería excitarme, pero no podía apartar la vista mientras se erguía sobre mí, cumpliendo con mi apodo para ella. Mi gatita había sacado las garras, y aunque me rasguñara, la dejaría desahogar cada onza de frustración en mí porque me lo merecía.

— Entiendo que estás acostumbrado a follar y salir corriendo. Y que nunca has pasado más tiempo conociendo en una mujer que el que te tomó meterte en sus bragas y luego correr en la otra dirección porque claramente los sentimientos son un concepto difícil de entender para ti. — El rubor que le subía por el pecho y los hombros cuando estaba excitada aparentemente también aparecía cuando Hazel estaba enfadada, y mis ojos estaban fijos en ella mientras me gritaba. — Pero si crees que vas a salirte con la tuya huyendo de mí con unas disculpas a medias y soltando alguna tontería sobre amarme, entonces realmente no me conoces en absoluto.

— Yo...

— No, — dijo, extendiendo la mano para detenerme de hablar. Cerré la boca y asentí para que continuara.

— Entonces, tienes dos opciones en este momento, Reid Harding. ¿Me estás escuchando?

Asentí, apretando los puños para no sucumbir a la tentación de arrastrarla a mi regazo.

— Puedes elegir esconderte de lo que hiciste, y volveremos a cómo estaban las cosas después del accidente, conmigo fingiendo que no existes. Y esta vez realmente te odiaré.

Su voz titubeó en las últimas dos palabras y su labio tembló, pero mi chica valiente respiró hondo y siguió adelante.

— O puedes seguir tu propio consejo y ser valiente. Y puedes ser sincero cuando te disculpes. Prométeme que nunca más me mentirás, especialmente no bajo la estúpida excusa de que es por mi propio bien. Demuestra que me amas y que estás dispuesto a ser el hombre que me mostraste que puedes ser y luchar por mí. Porque yo...

Pero no le di la oportunidad de terminar lo que iba a decir, porque no podía contenerme más. Me levanté del sofá y le agarré los lados de la cara.

Mis labios cubrieron los suyos, mi corazón martillando en mi pecho cuando ella no respondió inicialmente. Pero luego sus manos se envolvieron alrededor de mi cuello, sus dedos se hundieron en el cabello en la parte trasera de mi cabeza y me acercaron más mientras su lengua se sumergía en mi boca.

Besar a Hazel fue todo lo que pensé que sería... Pero también mucho más. Sus labios eran suaves y sabían al amaretto que sabía que le gustaba beber cuando estaba nerviosa. Esperaba que fuera tímida, pero no se contuvo ni un poco. Era la chica fuerte, mujer, que había estado escondida bajo mi nariz durante años y que nunca esperé necesitar como lo hago ahora. Nunca había sentido este tipo de desesperación antes, la necesidad de acercar a alguien y fundirme con ella.

— Joder, gatita. Te extrañé, — le susurré a la boca cuando nuestros labios se separaron. — Lo siento mucho.

— Bien, deberías sentirlo, — gruñó, su voz áspera haciendo cosas que dificultaban ocultar cuánto la deseaba debajo de los pantalones de cuadros que llevaba puestos. Cuando se puso de puntillas y presionó su cuerpo contra el mío, no había forma de disimular el efecto que tenía en mí. Pero no quería hacer nada que la asustara. Aunque debería haberlo sabido mejor cuando notó mi vacilación para no llevar las cosas demasiado lejos y tomó las riendas con sus pequeñas manos, bajando para acariciar el frente de mis pantalones y apretando. — ¿Qué vas a hacer para compensarme?

— Joder, — gruñí mientras su pulgar frotaba sugestivamente mi piercing.

— Eso suena como un buen comienzo, — me provocó, presionándose contra mi pecho hasta que caí de espaldas en el sofá. Luego me dejó completamente atónito al subir su vestido y subirse a mi regazo, sus manos enmarcando mi rostro antes de inclinar su boca sobre la mía y robar no solo mi aliento, sino también mi corazón.

El instinto se apoderó de ella, y se frotó contra mí mientras devoraba mi boca, gimiendo mientras mi desesperada polla se presionaba contra ella a través de unas pocas capas delgadas de tela. Me besó hasta que me embriagué con ella, jadeando cuando se apartó unos momentos después y recogió el dobladillo de su vestido para arrancárselo.

— Dios, eres preciosa, — murmuré, inclinándome para deslizar mis labios por su piel suave y sonrojada, disculpándome con besos y mordiscos que la hicieron jadear y moverse contra mí de una manera salvaje y necesitada.

Mis dedos recorrieron la piel expuesta que mis labios no podían alcanzar, eventualmente hundiéndose en su trasero y apretándola contra mí hasta que no pudo acercarse más. Nuestras caderas se movían una contra la otra mientras yo le chupaba el cuello, eventualmente tirándola hacia abajo para poder capturar sus labios de nuevo.

Sus pulgares se frotaban contra el metal que perforaban mis pezones, la sensación haciéndome palpitar debajo de ella. Si esto es lo que se sentía al tocarla mientras aún teníamos ropa puesta, sabía que sería explosivo cuando finalmente estuviera dentro de ella. Pero no estábamos listos para eso. Sabía que ella no lo estaba, y para ser honesto, tampoco lo estaba yo. Tenía razón; tenía mucho que demostrar. Y esto no era algo por lo que pudiera disculparme con mi polla.

— Fóllame, — gimió, bajando la mano entre nosotros y tirando del cinturón de mis pantalones, pero yo le agarré la muñeca, levantando su mano entre nosotros y colocando un beso duradero en el centro de su palma.

— Así no, — gemí, tratando de mantener el control.

Aunque anhelaba estar dentro de ella, no quería que decidiera así en el calor del momento. Hazel puede que no haya hecho un gran problema de su inexperiencia, pero no la follaría en mi sofá después de un día tan emocional. No quería despertarme por la mañana y encontrarme con que se había ido porque había cambiado de opinión y se había arrepentido de lo que había pasado entre nosotros.

— Por favor, — gimió, deslizando sus dedos por debajo los pantalones de franela que apenas me cubrían, agarrando mi polla con su mano.

— Joder, gatita. — Pero no había nada que pudiera hacer para detenerla mientras sus toques se volvían más desesperados, su agarre más firme y seguro mientras me llevaba a la desesperación. — No debería ser yo quien reciba el placer. Soy yo quien necesita hacer las paces contigo. Déjame cuidar de ti.

— No, — susurró, inclinándose para morderme la oreja, pero su mano libre tomó la mía, llevándola entre sus piernas. — No necesitamos elegir. Ambos podemos obtener lo que necesitamos.

Apartando el frágil encaje que la cubría, mis dedos acariciaron su piel resbaladiza. Cada toque provocaba un sonido diferente de la mujer desesperada en mi regazo. Un gemido ahogado cuando mis dedos se sumergieron dentro de ella, mi polla latiendo en su palma. Un jadeo cuando presionaron más, acariciando un lugar que la hizo balancearse y moverse contra ellos como imaginaba que ella me montaría. Soltó un gruñido cuando los saqué lentamente, seguido de un gemido al empujarlos de nuevo dentro, disfrutando de la forma en que ella se apretaba alrededor de mis dedos.

— Haz que me corra, — susurró contra mi mejilla mientras se movía conmigo, ambos persiguiendo la euforia que el otro sentía a través de nuestros toques desesperados.

— Joder, Haz, — gemí, latiendo en su palma mucho más cerca del borde de lo que quería estar, pero completamente incapaz de resistir cómo me hacía sentir.Mi pulgar encontró su clítoris, y traté de concentrarme en llevarla allí.

— Oh Dios, Reid... Joder... — gimió, echando la cabeza hacia atrás y gimiendo mientras montaba mis dedos, apretándolos rítmicamente mientras se dejaba llevar. Estuve segundos detrás de ella, pulsando en su mano y derramándome dentro de mis pantalones mientras ella exprimía cada gota de mí, mi corazón latiendo con fuerza en mi pecho.

Apoyando mi cabeza en el respaldo del sofá, observé su rostro. Sus ojos estaban cerrados, con una sonrisa tirando de la comisura de sus labios, y su pecho se movía con cada respiración laboriosa que tomaba. Ella estaba deslumbrante cuando volvió a mí, sus pestañas parpadeando antes de que sus ojos brillantes se encontraran con los míos. Cuando su sonrisa creció al mirarme, sus dientes salieron a morderse el borde del labio, ya no pude contenerme más.

— Te amo, — susurré, con la voz baja y áspera, pero su sonrisa creció, hasta que una risa se le escapó.

Se inclinó, apoyando su cabeza en mi hombro y metiendo su cara en mi cuello mientras sus dedos se hundían en mi cabello, acariciando mi cuero cabelludo mientras se acurrucaba contra mí. Quería hacer una broma sobre cómo se frotaba contra mí como una gatita, pero cuando susurró las palabras que no estaba seguro de volver a escuchar en mi piel, la abracé y nunca más quise soltarla.

— Yo también te amo.

Capítulo
Treinta y cuatro

Hazel

— Mmmm. — El pecho de Reid vibró contra mi espalda, sus dedos temblando y sus caderas flexionándose hacia adelante mientras salía del sueño relajado y agotado en el que habíamos caído anoche. Después de nuestro improvisado encuentro en el sofá, me llevó a la cama y se envolvió a mi alrededor, acariciándome el cabello hasta que me quedé dormida. — Quiero despertarme así todos los días.

Estuve completamente de acuerdo en que despertarse en sus brazos era agradable. Está bien, fue más que agradable. Cuando mis ojos se abrieron de golpe, noté el amanecer filtrándose por la rendija de sus cortinas, y me asusté al darme cuenta de que la noche anterior realmente había sucedido.

No solo no se resolvió mi problema de virginidad a pesar del intenso orgasmo de anoche, sino que Reid había sido el chico del que me estaba enamorando en la vida real y en los mensajes que habíamos estado intercambiando. La ira residual aún persistía en los rincones de mi mente, pero me defendí anoche de una manera que nunca antes había hecho, y él parecía genuinamente arrepentido por su parte en el engaño.

Odiarlo y evitarlo durante los próximos dos años no nos ayudaría a ninguno de los dos, especialmente si tuviera que verlo decidir probar una relación con otra persona. La idea de perder lo que se había estado construyendo entre nosotros era más dolorosa que lo que había pasado.

De una manera retorcida, me sentí halagada de que Reid hubiera manipulado las cosas para conectar conmigo y hacer que me enamorara de él. Y confiaba en que realmente no tenía planes jugar con mis sentimientos y luego dejarme, porque fácilmente podría haberme llevado a su cama mucho antes.

Demonios, podría haber dejado que Siete se desvaneciera sin más, sin revelar nunca lo que hizo. Entonces nunca le habría confesado cómo habían cambiado mis sentimientos por él. Eso habría sido mucho más engañoso que confesarlo, incluso si dolía.

Pero la pregunta que me atormentaba era, ¿cuánto tiempo habían estado creciendo estos sentimientos por mí? Hasta hace unos meses, mi existencia había parecido algo que se mantenía en la periferia de su vida. Yo era solo la hermana menor de su mejor amigo que alguna vez lo había considerado un amigo, a pesar de la naturaleza clandestina de nuestras sesiones de dibujo nocturnas.

En ese entonces, la diferencia de casi seis años había sido un gran problema. Yo era una adolescente enamorada, y él era un adulto, pero nunca había dicho o hecho nada que pudiera haber sido malinterpretado como inapropiado. Y a pesar de la forma en que lo había evitado durante los últimos años, él no había hecho nada para presionarme o hacerme sentir incómoda intencionalmente.

— ¿Dormiste bien? — preguntó, apretándome más fuerte mientras su mano se deslizaba lentamente por mi vientre y jugaba con la banda de mis bragas de encaje.

— Si.

— ¿Tienes hambre? ¿Quieres que te prepare el desayuno? No estoy seguro de qué comida tengo en mi refrigerador, pero soy ingenioso.

— Tal vez más tarde, — susurré, y su mano se detuvo. Se apartó un poco y me giró de espaldas, inclinándose sobre mí para mirarme a los ojos.

— ¿Qué pasa?

— Nada. — Pero pude notar por el destello de decepción en sus ojos que se dio cuenta de que no le estaba siendo sincera.

— Haz. Sé cuando estás sobrepensando algo y asustándote. Puedo saberlo por el tono de tu voz. Solo dímelo. Te sentirás mejor después de desahogarte.

En lugar de preguntar qué me estaba molestando realmente, hice otra pregunta que me daba curiosidad.

— ¿Cuánto tiempo pasó antes de que supieras que Catorce era yo?

Sus expresivos ojos marrones recorrieron mi rostro, deteniéndose en los míos por un momento antes de suspirar y rodar sobre su espalda a mi lado. Cogiendo mi mano, entrelazando nuestros dedos. No sabía si era para anclarse o para evitar que me escapara, pero me preocupaba que estuviera dudando.

— No estaba completamente seguro hasta antes de la comisión de la motocicleta. Charley se ofreció a decírmelo, pero no pregunté.

Parecía un poco demasiado tímido para compartir los detalles conmigo, pero ya no estaba mintiendo, así que era un comienzo. Y cuando giró su rostro para mirarme, toda la pasión e intensidad que me había convencido de que no existían brillaron intensamente entre nosotros.

Pero, acurrucada bajo sus cálidas cobijas, con su gran mano anclándome a él, era hora de ser sinceros el uno con el otro. Hablaba en serio cuando le dije que no toleraría más mentiras.

— Pero sospechabas algo antes de eso. — Mirando hacia atrás, todos los comentarios burlones con Charley sobre Siete eran una señal de alerta. Si no hubiera estado tan preocupada por su abrumadora presencia, debería haberme dado cuenta de que algo no estaba bien.

— El divagar durante la cita fue cuando empecé a preguntarme, pero después de nuestra primera conversación, no quise parar. Cuanto mejor te conocía, más fácil era ignorar que no te estaba diciendo la verdad. Aunque, estuve celoso de mí mismo durante unos días, cuando parecías estar más interesada en hablar con él que conmigo.

También lo había dicho anoche. Que quería que lo eligiera a él y no a Siete. Pero al mirarlo en retrospectiva, aunque no lo sabía en ese momento, las partes de la personalidad de Reid que me atrajeron en la vida real fueron las que llamaron mi atención con Siete.

— Lo cual sigo pensando que es estúpido, pero ahora lo entiendo. Querías que me gustaras por ti, no por un hombre que me llamó la atención a través de manera anónima cuando bajé la guardia.

— Sé que debería haberlo dicho de inmediato, pero sabía que te sentirías avergonzada por las cosas que me dijiste y probablemente te alejarías. No me da vergüenza admitir que vi una oportunidad para que me conocieras y la aproveché.

— ¿Planearon todo esto juntos? ¿Fue todo una mentira? ¿Soy tan ingenua?

La parte de Charley en orquestar y ocultar todo eso también dolía. Ella había sido mi mejor amiga desde que éramos niñas, y que fuera a mis espaldas y ayudara a manipular mis emociones era difícil de reconciliar.

— No, ella no me pidió que lo hiciera hasta que tú estabas encerrada en ese baño que tanto amas.

Mis mejillas se calentaron de verguenza, pero podía decir honestamente que ya no quería que Reid se alejara. Ahora era mío. O lo sería una vez que le entregara mi virginidad.

— ¿Estás seguro de que no te dijo cuál era mi número? ¿Te dijo que deberías decirme?

— No Haz, — susurró, inclinándose y presionando sus labios contra mi frente. — Nuestra conversación fue genuina, y también consolidó un poco lo que había sospechado durante meses. Que tal vez mis sentimientos por ti eran reales.

— Pero no sabía que eras tú.

— Y por eso bajaste la guardia y realmente hablaste conmigo. Porque ambos sabemos que si de repente empezara a coquetear contigo en la vida real, habrías vuelto a alejarme.

— Pero luego empezaste a coquetear conmigo en la vida real.

Se rió, acercándome y metiendo mi cabeza debajo de su barbilla. Sus manos cálidas rodearon mis hombros, y mi cuerpo se relajó mientras sus dedos trazaban mis omóplatos.

— Creo que esa conversación a ciegas desbloqueó algo dentro de mí. Te dije que estaba dispuesto a hacer casi cualquier cosa para hacerte mía.

— Ahí está esa palabra otra vez. Me hace pensar que planeas dejarlo todo en piloto automático ahora que me has metido en tu cama.

— Entonces tal vez necesite hacer algo al respecto. Ya que no obtuve la cita de San Valentín que había estado esperando.

— ¿Quieres decir que tener a la hermanita de tu mejor amigo gritándote por ser un idiota y luego metiendo su mano en tus pantalones no es tu idea de una cita romántica? — Me reí, trazando mis dedos por el oscuro vello que cubría su pecho. Uno de sus piercings estaba casi a la altura de mis ojos, y como estaba justo ahí, moví mi cabeza hacia adelante, agarrando la pequeña bola en el extremo con mis dientes y tirando. El gemido de respuesta de Reid y el movimiento de sus caderas contra las mías fueron como una inyección de adrenalina, y lo hice de nuevo, disfrutando de este nuevo poder sobre él.

— Gatita, — gruñó, acercándome más y hundiendo sus dedos en mi piel. — ¿Qué me estás haciendo?

— Pensé que con tu amplia experiencia podrías resolverlo, — susurré en su pecho, mis dedos deslizándose por su abdomen firme hacia la línea de vello que mi mano había seguido la noche anterior.

Pero el Sr. Responsable lo interceptó, entrelazando nuestros dedos y llevándolos entre nuestros pechos en lugar de dejarme saludar su erección matutina de una manera mutuamente placentera.

— Sabes muy bien que me encantaría arrancarte ese encaje...

— Sí, por favor, — reí, dejando un beso prolongado en su clavícula.

— Me pediste que te demostrara que podías confiar en mí, y aunque sé que ambos lo disfrutaríamos, follarte esta mañana no es la manera de hacerlo.

Haciendo un puchero con los labios, traté de no decepcionarme por su rechazo, pero la romántica que llevaba dentro de mí se desmayaba un poco ante su autocontrol. Incluso si estaba siendo un gran aguafiestas. Lo cual no sabía que era capaz de hacer. Pero tenía que admitir que su lado protector y respetuoso era sexy.

— ¿No quieres jugar un poco, solo la puntita? — Bromeé, pensando que probablemente solo con su punta haría algunas cosas muy agradables a mis partes íntimas.

— Haz, me estás matando, — gimió, rodando sobre su espalda y tirándome encima de él. Apoyé mi barbilla en su pecho, y sus dedos peinaron mi cabello desordenado mientras me miraba.

La forma en que me miraba ahora seguía siendo un poco impactante. Estaba impregnado de una ternura que me hacía querer tirarle mis bragas, pero también ayudaba a convencerme de que sus sentimientos eran genuinos y no solo impulsados por hormonas.

Parte de mí deseaba que su cámara estuviera lista ahora mismo, porque quería capturar este momento, dibujarnos a los dos en su cama, nuestros cuerpos presionados juntos con solo algunos trozos de encaje y un par de incómodos pantalones de pijama de cuadros separándonos. Quizás tendría que empezar a dibujar algunas ilustraciones ilícitas de memoria pronto, porque sabía que mi biblioteca de material de referencia mental iba a recibir una actualización de catálogo, y pronto.

Al menos, lo haría cuando Reid finalmente dejara de ser tan honorable al respecto.

— Déjame llevarte a salir antes de que yo...

— ¿Me folles? — Yo sugerí, disfrutando de cómo sus ojos se revolvían y del retumbar que recorría su pecho ante mis interrupciones sugestivas.

— ¿Qué voy a hacer contigo? — susurró en mis labios, estirando el cuello hacia adelante para besarme.

— Te dije que tenía una lista.

Debería haberme preocupado por el aliento matutino cuando su palma acarició la parte posterior de mi cabeza y su lengua se deslizó en mi boca, coaxionando lentamente la mía de una manera que me hizo arquear los dedos de los pies, pero solo me hizo desearlo aún más.

Capítulo
Treinta y cinco

Reid

COMO AHORA ME DEBÍA un favor, no me sentí mal por apoderarme de la destilería de mi primo por la mañana para llevar a cabo mis planes. Porque aunque quería mostrarle a Hazel cuánto deseaba pasar tiempo con ella en una cita real, también era mediados de febrero en las montañas de Colorado, así que hacía mucho frío afuera. Y proporcionaba la privacidad que quería con ella, lejos de miradas curiosas.

Había demasiada gente en Sage Springs y Butterfly Ridge que empezaría a hablar si me veían de repente volviéndome cariñoso en público con la hermanita de mi mejor amigo.

No estaba tratando de ocultarla. Simplemente no quería compartirla. Quería empaparme de todas sus miradas curiosas y saborear todos sus toques traviesos sin que las miradas curiosas de los demás diluyeran la forma en que ella me hacía sentir.

— Voy a correr a la tienda. Volveré en una hora, y espero que estés lista y esperándome.

— ¿Te has vuelto de repente muy mandón? — me provocó, poniéndose de puntillas y rozando sus labios a lo largo del borde de mi mandíbula.

El viento azotando detrás del edificio del bar la hacía temblar y hundirse más en mi pecho mientras la sostenía junto a la puerta trasera, reacio a dejarla fuera de mi vista o de mis brazos.

Se sonrojó al contar la historia de cómo se rompió el vestido anoche, pero hacía demasiado frío para enviarla a casa con él puesto de todos modos. Le había sacado un par de pantalones de franela que le quedaban enormes y los había enrollado en la cintura antes de cubrirla con una de mis sudaderas que le llegaba hasta las rodillas. Calcetines largos y unas chanclas demasiado grandes para cubrir sus delicados pies en lugar de los tacones altos que llevaba. Cada parte de mí se resistía a despedirse de ella tan pronto. Aunque fuera solo por un corto tiempo.

— No has visto lo mandón que puedo ser, — gruñí, girándome para darle un mordisco en la mejilla antes de doblar las rodillas y colocar un beso prolongado en sus fríos labios. Ahora que tenía acceso ilimitado a sus labios. no había podido resistirme a besarla toda la mañana mientras le daba el desayuno y la arropaba en mi cama para que dibujara en mi iPad mientras yo me daba una ducha rápida.

— Voy a llamar a la policía por allanamiento, — la voz de Hudson resonó a través del pequeño altavoz de la cámara montada sobre la puerta. — Deja de intentar seducir a mi hermana debajo de mi maldita cámara.

Hazel y yo ambos levantamos el dedo medio en su dirección mientras profundizábamos el beso, finalmente separándonos con una risa y acordando separarnos el tiempo suficiente para prepararnos.

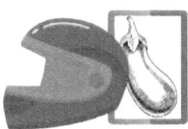

Bajándome de la moto detrás del almacén, desabroché rápidamente la correa del casco de Hazel y luego me quité el mío, dejándolos suavemente en el suelo junto a mi moto antes de abrazarla y besarla.

Todo el viaje a la destilería había sido un ejercicio de autocontrol mientras sus dedos trazaban patrones exasperantes en mi estómago debajo de mi chaqueta. Todavía no sabía dónde había escondido sus guantes, pero estaba disfrutando demasiado de su toque como para detenerla mientras conducía mi motocicleta por las carreteras que, afortunadamente, habían sido despejadas de nieve.

— Eres una chica traviesa, Hazel, — gemí contra sus labios.

— No me llamas gatita por nada, — susurró mientras me mordía el labio. Luego se agachó para agarrar lo que ahora era su casco. De hecho, ella se convirtió en una cálida y pequeña mochila, y no podía imaginarme montando con nadie más.

— Me estás matando, — gemí entre dientes, sacando la comida que había traído del almacenamiento al lado de mi motocicleta y siguiéndola por el camino de nieve hasta la puerta trasera.

Saltó en su lugar mientras yo desbloqueaba la puerta, apresurándose a entrar en el cálido edificio y quitándose el abrigo mientras yo la seguía, encontrando un lugar debajo de las ventanas que daban al bosque en la parte trasera del edificio para montar nuestro picnic.

— ¿Me trajiste de vuelta a la escena del crimen? — bromeó, envolviéndome con sus brazos por detrás y apoyando su mejilla contra mi espalda. Para una mujer que había sido reacia a acercarse a mí a solo unos metros hace unas semanas, no había tenido ningún problema en adaptarse a poder tocarme ahora. Y su continuo afecto me hacía enamorarme aún más de ella, porque anoche pensé que mis decisiones cuestionables la alejarían para siempre.

Pero ella había decidido darme otra oportunidad, y no la desperdiciaría, porque merecía un hombre que no tuviera miedo de mostrarle cuánto valía.

— Si no recuerdo mal, parecías disfrutar mucho tu tiempo aquí.

— Para alguien que se negó a meter solo la puntita esta mañana, no parece estar haciendo un muy buen trabajo manteniéndome distraída. Porque acabas de montar un picnic romántico en el mismo lugar donde solo jugamos con la yema del dedo.

— Cállate y siéntate para que pueda darte uvas como la diosa que eres, — gruñí. Dando una vuelta, la atraje a mis brazos mientras se reía. La incliné hacia atrás, presionando mis labios contra el hueco de su garganta, y mi pecho se calentó al ver cómo se aferraba a mí con la misma fuerza con la que yo la sostenía.

— Y me dijiste que nadie te había lanzado sus bragas en este edificio.

Acostándola sobre la manta y apoyándome de lado junto a ella, le susurré palabras al oído que la habrían hecho huir de mí hace solo unos días.

— Déjame enamorarte como mereces ahora mismo. Puedes quitarte las bragas y arrojármelas todo lo que quieras una vez que te tenga en mi cama más tarde.

— Promesas, promesas, — suspiró, inclinándose para darme un beso en la nariz antes de sentarse, alcanzando el tazón de uvas y sosteniéndolo frente a mi cara. — Ahora, aliméntame, ya que no me vas a follar.

SI PENSABA QUE HAZEL era tímida antes, claramente no había estado prestando mucha atención.

Pasamos la mañana y bien entrada la tarde coqueteando, hablando y besándonos en el almacén oscurecido hasta que supe que teníamos que irnos porque Colette venía a dirigir unas últimas visitas y catas mientras Jay aún estaba en Wyoming.

Aunque sabía que su primo no nos juzgaría por escaparnos a algún lugar apartado y tranquilo para tener un tiempo a solas, tampoco quería compartir mi tiempo con Hazel.

Finalmente me estaba mostrando un lado completamente nuevo de su personalidad al que me estaba volviendo irremediablemente adicto. La persona introvertida, sonrojada y a veces parlanchina y adorable que siempre me había mostrado antes seguía muy presente en su personalidad, pero había una nueva confianza en la forma en que interactuaba conmigo que era indudablemente sexy.

Y aunque había logrado resistirla anoche, y de nuevo esta mañana; ahora estaba luchando contra el impulso de arrancarle las bragas antes de que pudiera lanzármelas.

Pero ser atrapado follándola frenéticamente sobre una manta en un suelo de concreto no era cómo había imaginado estar con ella la primera vez. Quería desenvolverla como un regalo y besar cada centímetro de su piel antes de entrar en ella.

— ¿Lista para ir a casa? — Le susurré al oído, disfrutando de cómo se presionaba contra mi pecho mientras descansaba entre mis muslos con mis manos trazando sin prisa la piel de su abdomen.

— ¿Estás listo para follarme? — me preguntó, girando la cabeza hacia un lado para mirarme. — Ahora que me has mostrado cuánto romántico eres, me cuesta resistirte.

— El sentimiento es completamente mutuo. — Mis labios trazaron la suave piel del lado de su cuello de manera sugestiva mientras mis dedos se deslizaban por debajo de la cinturilla de sus pantalones. Quería llevar las cosas más lejos, pero el pitido del sistema de alarma sonando en la entrada del edificio me hizo levantarla y meter rápidamente los restos de nuestro picnic de vuelta en mi mochila.

— Joder, Colette está aquí para hacer las visitas de la tarde.

— ¿Intentando esconderme? — preguntó, pero podía decir que solo me estaba bromeando.

— No, simplemente no quiero jodidamente compartirte. — Hazel se rió, ayudándome a limpiar y apresurándose hacia la puerta trasera mientras la voz de su prima resonaba en nuestro rincón oculto.

— ¡No tienes que irte corriendo por mi culpa!

— Lo siento, Coley. Hablamos luego. ¡Tengo que ir a violar a mi novio ahora! — Hazel se rió, tirando del frente de mi chaqueta hacia ella para robarme un beso antes de salir corriendo por la puerta trasera hacia mi motocicleta que me esperaba.

Colette asomó la cabeza por la pared parcial que ocultaba nuestro escondite mientras yo volvía a abrir la puerta.

— Entonces, no debiste haberla cagado demasiado, — se rió, moviendo una toalla de bar a su lado, claramente una amenaza oculta de empezar a darme con ella como lo había hecho ayer.

— Oh, lo hice, — me reí, todavía un poco incrédulo de que Hazel realmente me hubiera seguido anoche. — Pero estoy trabajando en solucionarlo.

— Bien. Ella merece a alguien que no la abandone. Y supongo que si realmente estás decidido a madurar de una vez por todas, tú también.

Sonriendo, recogí el resto de nuestro equipo.

— Ah, eso fue casi sincero, Col.

— Pero no la cagues. Porque conozco cada sendero en esta montaña donde nadie pensaría en buscar un cuerpo.

Ella se rió mientras asentía y escapaba por la puerta trasera, ansioso por volver a casa con su prima. Porque ahora que le había dado a Hazel lo que merecía en una cita, quería terminar la noche dentro de ella, mostrándole exactamente cómo debería ser adorada por un hombre.

Capítulo
Treinta y seis

EL VIAJE DE REGRESO por la montaña fue tan tortuoso como el de ida, y estaba jodidamente adolorido para cuando llegamos al estacionamiento detrás de la tienda. Quería llevarla a mi cama, pero había coches estacionados en la parte delantera, y realmente no quería que mis empleados supieran cómo sonaba cuando hacía que Hazel se corriera.

Asintiendo hacia el estacionamiento del bar después de ayudarla a bajarse de la parte trasera de la motocicleta, estaba agradecido por pequeños milagros porque el coche de Hudson y su motocicleta estaban ausentes, a pesar de que él normalmente ya estaría aquí para comenzar con el trabajo de preparación.

— ¿Tu casa?

Pero no podía aguantar más, y él simplemente tendría que joderse si estaba follando a su hermana pequeña cuando llegara al trabajo.

— No me importa mientras tengas esa polla dura dentro de mí en los próximos diez minutos, — susurró Hazel en mi oído, su mano apretándome a través de mis vaqueros y enviando un chute de adrenalina recorriendo mi columna vertebral.

— Trato hecho, — gruñí, apartando su mano y besando sus labios fríos antes de escabullirme por la parte trasera de la tienda para guardar nuestros cascos dentro de la puerta antes de agarrar su mano y arrastrarla a través del estacionamiento detrás de mí.

La risa de Hazel nos rodeaba mientras me apretaba contra su espalda, observando cómo sus dedos temblorosos marcaban el código en la puerta. El sonido me calentaba por dentro y por fuera, y quería mantenerla así de feliz siempre, pero también tenía prisa por desnudarla.

Cogiéndola por la cintura con un brazo, la llevé hacia las escaleras con mi mano sobre su boca, por si acaso había alguien aquí que no conocíamos. No iba a arriesgarme a más interrupciones.

Entramos de golpe por la puerta de su apartamento momentos después, desgarrándonos la ropa mientras tropezábamos por el pasillo hacia su dormitorio.

Su camisa fue lanzada sobre mi hombro mientras pasábamos junto al sofá. Se quitó los zapatos y rasgó sus pantalones mientras yo intentaba desabrochar mi chaqueta y desabrochar mi cinturón. Para cuando llegamos a su cama, mis pantalones estaban alrededor de mis tobillos y sus manos tiraban de mis bóxers.

— Joder, — gruñí mientras su fría mano se envolvía alrededor de mi polla, pero se convirtió en un fuerte gemido cuando me empujó a sentarme en el borde del colchón y se arrodilló. Su lengua salió disparada, trazando lentamente la parte inferior. Cuando llegó a la punta, sus dientes tiraron del pequeño anillo en el extremo antes de que pudiera apreciar completamente que tenía su boca en mi piel desnuda.

La última vez que Hazel tuvo mi polla cerca de su boca, me corrí vergonzosamente rápido en mi propio bóxer y esta vez no fue mejor, ya que ella chupó la punta, su lengua jugando con mi piercing, y luego abrió la boca, mi polla dura desapareciendo entre sus labios hinchados por los besos.

— Oh, joder, más despacio, — gemí, entrelazando mis dedos en su cabello y moviendo mis caderas al ritmo de su boca pecaminosa. Mi gatita era una traviesa y me tenía al borde en cuestión de minutos, tratando desesperadamente de aguantar, porque esto no debería ser solo sobre mí.

Usando mi ventaja sobre su cabello para inclinar su cabeza hacia atrás, froté el pulgar de mi otra mano contra su labio inferior mientras jadeaba, disfrutando del modo en que ella gemía contra él.

— Sube a esta cama, porque la próxima vez que me corra, va a ser dentro de ti, — gruñí, levantándola y girándola para que se sentara en la cama. Levantó las caderas, arrastrándose hacia atrás. Se recostó contra sus almohadas. abriendo las piernas y acariciándose los pechos mientras me veía quitarme las botas y los vaqueros, dejándolos en el suelo junto a su cama.

— Eres tan jodidamente hermosa, — gemí, arrastrándome por el colchón para meter mis hombros entre sus piernas, enganchando mis brazos alrededor de la parte trasera de sus muslos y tirando de sus caderas hacia mis labios. Podía chuparme la polla otro día, porque tenía algunas disculpas que hacer. Lo primero en mi lista era su coño.

La espalda de Hazel se arqueó mientras succionaba su clítoris entre mis labios, sus dedos se hundían en mi cabello y me acercaban más mientras se movía contra mi lengua. Si hubiera sabido que sería así, la habría seducido hace años.

— ¡Oh, joder, me voy a correr! — jadeó, tirando de mi cabello mientras yo lamía, concentrando la punta de mi lengua en el lugar que sabía la llevaría al éxtasis. Gimió mi nombre mientras su coño pulsaba contra mi lengua y yo gruñí en su carne mientras sus uñas rasguñaban mis hombros en su frenesí por acercarme más.

Subí besando su estómago, acaricié su cuello, agarrando mis mejillas y metiendo su lengua en mi boca a pesar de la evidencia de su orgasmo por todos mis labios y barba.

Mis caderas se frotaron contra las suyas mientras me besaba, ya no tan tímida. Y me encantaba que ella estuviera tan desesperada por mí como yo por ella.

— Mesita de noche, — jadeó, extendiendo la mano a ciegas, mientras succionaba su cuello. Estaba destinado a dejar una marca en su delicada piel, pero realmente no me importaba, siempre y cuando todos supieran que era mía. — Ahora, Reid, por favor.

Inclinándome, abrí su cajón, resistiendo una risa cuando vi que aparentemente había puesto el vibrador de dentro de él después de que terminamos la otra noche. Quería verla con eso, pero tendría que ser en otra ocasión, porque no había manera de que ella llegara al clímax con un juguete de silicona cuando yo estaba a punto de estar dentro de ella.

Apartándolo, agarré un condón, desgarrando el borde del envoltorio con los dientes antes de apoyarme en un brazo, nuestras manos desapareciendo entre nuestros cuerpos para colocarlo en su lugar.

El pecho de Hazel se agitó mientras me acomodaba sobre ella, sus ojos buscaban los míos desesperadamente mientras le provocaba con mi polla en la entrada, observando cómo el anillo cubierto presionaba contra su clítoris. Movía sus caderas contra mis movimientos provocativos, montando la punta y cubriendo el condón con la evidencia de su deseo por mí.

Ella jadeaba y respiraba con dificultad mientras la provocaba, llevándola a un punto en el que se retorcía desesperadamente debajo de mí. Un gemido escapó de sus labios, cortándose con un jadeo mientras me adentraba lentamente, apretando los dientes por lo ajustada que estaba.

Anoche se ajustaba perfectamente a mis dedos, pero a este ritmo estaba a punto de estrangularme y llevarme a un orgasmo vergonzosamente precoz.

— Respira, gatita, respira. Te tengo.

— Lo sé, — jadeó de nuevo, inclinando las caderas y yo gemí mientras me deslizaba más adentro. — Pero es tan grande. Quiero decir, sabía que era grande, pero ahora está grande y dentro de mí y se siente tan... Y...

Ahogué su parloteo con un beso profundo, acariciando mi lengua contra la suya hasta que sentí su cuerpo derritiéndose en el colchón debajo de ella. Era comprensible que estuviera nerviosa, y sabía que divagaba cuando estaba abrumada, pero necesitaba que se relajara. Porque solo quería hacerla sentir bien. Tenía que hacer de esto algo que ella recordara con cariño.

Ella merecía tener una primera vez memorable, incluso si era con un pedazo de mierda como yo que no merecía esto. Que no la merecía. Pero quería hacerlo, desesperadamente.

— Oh Dios, — gimió contra mis labios, arqueando la espalda y presionando su pecho contra el mío, el tono de su voz casi tan desesperado como sus pequeños pezones duros rozando mi pecho. — Estás en todas partes. No sabía que sería tan abrumador.

— Estar dentro de ti es jodidamente adictivo, — murmuré, inclinando mis caderas y presionando hacia adelante hasta que no supe dónde terminaba ella y comenzaba yo. — Esto se siente tan bien. Nunca...

— Sentí esto antes, — terminó mi pensamiento, persiguiendo mis movimientos con sus caderas mientras me retiraba y luego me movía completamente dentro de su apretado y húmedo coño, que ahora era mí. Ella era mía. Y yo era un cabrón egoísta que nunca quiso que ella perteneciera a otro hombre. Nunca. Yo era el único que alguna vez la tocaría así. El único que alguna vez estaría dentro de ella.

— Y te preocupaba no saber qué hacer.

Sus ojos danzaban por mi rostro mientras yo miraba sus mejillas sonrojadas, catalogando cada matiz de sus rasgos. Era tan hermosa, y una parte de mí todavía no creía que sus sentimientos fueran tan fuertes como los míos.

— Yo... Oh, joder, justo ahí... Justo ahí... Me encanta esto... Te sientes tan... No sabía... Quería que fueras tú... Yo...yo... Te amo, — balbuceó, sus uñas clavándose en mi espalda mientras mis caderas flaqueaban, la intensidad de todo acercándome demasiado al borde.

— Yo también te amo. — Te dije que quien tuviera la suerte de estar dentro de ti así se enamoraría locamente de ti.

Sus ojos brillaban mientras trazaba sus sienes con las yemas de los dedos, observando cada una de sus expresiones mientras movía mis caderas. Mis párpados temblaron mientras su coño apretaba mi polla con fuerza cada vez que me alejaba, claramente tan desesperada por mantenerme dentro de ella como yo por estar allí.

Pero la fricción me estaba volviendo loco lentamente, penetrándola más fuerte. Deseando cada gemido y quejido mientras luchaba contra el impulso de follarla hasta que gritara.

— Nunca quise que fuera nadie más que tú. Siempre te quise a ti, — jadeó, girando la cabeza y gimiendo en su almohada. Necesitando acercarme más, le rodeé la espalda con mi brazo, manteniéndola apretada contra mi pecho mientras me adentraba en ella. Mi boca descansaba en su cuello, su pulso palpitando contra mis labios.

— Sabía que estar dentro de ti así me volvería loco.

— Más fuerte, — susurró, moviendo sus caderas contra las mías. — Lo necesito más duro. Quiero sentirte por días.

— Voy a correrme si me muevo más. Estás demasiado... Es demasiado... — Ella murmuraba en acuerdo mientras mantenía el ritmo constante de embestidas profundas, sintiendo su cuerpo encenderse a medida que mi polla rozaba un lugar dentro de ella que la hacía contraerse cada vez que mi miembro la rozaba.

A pesar de solo haberla visto correrse en persona unas pocas veces en los últimos días, instintivamente supe que estaba cerca.

Empujándome lejos de ella, casi riendo cuando intentó arrastrarme de nuevo hacia abajo, presioné mi rodilla hacia adelante y angulé mis caderas, mi pecho retumbando ante el gemido sorprendido que escapó de ella al cambiar el ángulo.

— Otra vez. Eso se sintió tan bien. Más. Por favor. Joder... Reid. Quiero correrme con tantas ganas. Puedo sentirlo creciendo pero...

Mis caderas se movían en movimientos firmes pero fluidos, su torrente de palabras mezclándose con sus gemidos desesperados mientras la sentía al borde. Desesperada por caer, pero sin acercarse lo suficiente.

— Respira, — exhalé, llevando mi mano a donde estábamos unidos y deslizando lentamente mi pulgar sobre su clítoris como la había visto hacer a ella.

La forma en que había estado desesperado en ese momento, pero tan perdido en una neblina de excitación porque había estado persiguiendo mi climax mientras la veía correrse en el sofá al otro lado de la habitación.

Pero no podía pensar en las veces que la había visto correrse en la última semana. La forma en que sonaba cuando pulsaba alrededor de sus propios dedos en lugar de los míos.

Porque necesitaba que ella se corriera aquí y ahora.

— Mierda. Puedo sentir lo cerca que estás. Estás tan jodidamente mojada. Y apretada y quiero que respires y te sueltes. Necesito que te corras en mi polla, gatita.

— Yo...yo... — ella jadeó, sus ojos se pusieron en blanco y su cuello se arqueó mientras se movía al compás de mis movimientos. — Eso es... Siente... Se siente jodidamente espectacular. Qué bien se siente esto. Más fuerte, — gimió, y apreté los dientes, haciendo lo que me pedía y apenas manteniendo el ritmo mientras intentaba no dejar que lo increíble que se sentía me hiciera correrme antes que ella.

— Lo que tú quieras. Solo quiero hacerte sentir bien.

— Es tan bueno, — sollozó, una lágrima rodando desde la esquina de su ojo mientras me miraba a través de sus ojos vidriosos.

Sabía que si me mantenía en este ángulo, podría llevarla allí, pero la necesitaba más cerca.

Acunándola contra mi pecho, moví las caderas, empujándola hacia arriba en el colchón con cada embestida. Se aferró a mí, su pecho subiendo y bajando mientras dejaba que el placer la arrastrara, gritando en mi cuello mientras llegaba al clímax.

— Joder, Haz. Sí. No sabía que se podía sentir así. No quiero parar.

— Quiero que te corras dentro de mí, — gimió, sus uñas cortas clavándose en el centro de mi espalda, instándome a unirme a ella.

Intenté desesperadamente alargarlo, sentirla un poco más, pero no pude aguantar, me corrí en el condón momentos después mientras la aplastaba contra mi pecho, aferrándome a la mujer sin la cual no podía imaginar mi vida.

— ¡OH, DIOS MÍO! ¡DIOS! ¡MÍO! ¡DIOS! — La voz emocionada de Hazel me hizo correr escaleras arriba hacia el apartamento, deseando haber sido yo quien la hiciera gritar así, pero no dudé en correr por el estacionamiento cuando me envió un mensaje diciendo que había recibido un paquete esta mañana.

Usando mi llave para entrar, la encontré saltando en el sofá, con un libro de tapa dura apretado contra su pecho.

— ¿Ya llegó? — Me reí, sabiendo cuánto significaba este momento para ella. Esto era un gran acontecimiento, y estaba tan malditamente orgulloso de ella.

— Oh Dios mío, me encanta tanto, — susurró, acunando el libro en sus brazos y balanceándose de lado a lado con lágrimas de alegría escapando de las comisuras de sus ojos.

Cruzando la habitación, me senté en la mesa de café frente a ella, extendiendo una mano mientras veía a mi novia perder la maldita cabeza por un libro.

— Bueno, déjame verlo.

Ella inclinó la cabeza, sus ojos se encontraron con los míos mientras lo apretaba un poco más fuerte.

— Oh, vamos, gatita. Yo te ayudé, al menos podrías dejarme verlo por un segundo antes de que te lo lleves. Si no supiera más, pensaría que amas más la portada de un libro que a mí.

— Nunca, — susurró, ofreciéndome a regañadientes el libro de tapa dura, con una de sus ilustraciones envolviendo toda la cubierta.

En los últimos cinco meses, su negocio había prosperado, y cuando un editor de Boston se puso en contacto con ella para encargar una portada de edición especial para dos de sus autores, celebramos follando en mi motocicleta escondidos detrás de la cabaña de sus padres en las montañas antes de ponernos a trabajar tomando docenas de fotos de referencia para que ella pudiera trabajar.

— Esto es increíble, Haz. Estoy tan orgulloso de ti, nena.

Se secó las lágrimas de felicidad, sonriéndome de una manera que hizo que mi corazón latiera con fuerza.

E.L. KOSLO

— ¡Todavía no puedo creer que mi trabajo esté en las librerías ahora y que realmente he hablado con Chastity Rose y Stone Evans!

Riendo, dejé cuidadosamente el libro sobre la mesa a mi lado, acariciando sus mejillas y secando sus lagrimas, mis labios cubriendo los suyos hasta que suspiró en mi boca y trató de meterse en mi regazo.

Por mucho que quisiera disfrutar de más sexo de celebración, tenía planes para ella esta mañana, y esperaba que estuviera tan emocionada como yo por ellos.

— Tengo una mejor idea, — murmuré contra sus labios, deteniendo sus manos traviesas antes de que pudiera bajar la cremallera de mis vaqueros.

Hazel era insaciable, y me encantaba, pero ahora quería quitarle los pantalones por otra razón.

— ¿Mejor que yo montándote en el suelo de la sala de estar? — preguntó, tirando de mi oreja con los dientes.

— Puedes montarme más tarde si no estás demasiado adolorida, — gemí en su mejilla, deseando darme una patada por no dejarla hacer lo que quisiera conmigo, pero había estado completamente ocupado todo el mes y finalmente había despejado una tarde en mi agenda para sorprenderla.

— ¿Adolorida? — preguntó, tratando de retroceder para mirarme.

Pero ignoré mi desliz, tirando de su mano y esperando poder distraerla antes de que hiciera demasiadas preguntas.

— Vamos, ven a la tienda conmigo.

Ella resopló, pero no dudó en seguirme. Les había dado a mi personal una tarde libre pagada, así que el pasillo trasero estaba tranquilo mientras la guiaba adentro.

Hazel conocía bien el camino hacia mi espacio de trabajo privado, pasaba mucho tiempo acurrucada en la esquina dibujando mientras yo trabajaba en bocetos para los clientes. Estaba encantada de verme finalmente en acción, sin darse cuenta de que tenía un software muy similar al que ella usaba para sus comisiones.

Pero hoy iba a ser la clienta en la silla, no solo una observadora o mi compañera de bocetos.

— Toma asiento, — le dije, pasándola y moviéndome hacia el fregadero para lavarme las manos antes de ponerme un par de guantes negros, sus ojos se abrieron cuando juguetonamente chasqueé la banda contra mi muñeca.

— ¿Planeas jugar al doctor travieso y la paciente? — preguntó, extendiéndose sobre el papel arrugado que cubría mi silla reclinable.

— No exactamente, — me reí. — Pero necesito que te quites los pantalones.

290

Ella miró hacia la puerta abierta, pero se bajó lentamente las mallas. La observé, con los dedos inquietos por tocarla, pero solo esperé con las caderas apoyadas en la encimera detrás de mí mientras su piel suave y perfecta aparecía a la vista.

— Las bragas también.

Su cabeza se inclinó hacia un lado mientras me lanzaba una mirada traviesa, moviendo las cejas mientras hacía lo que le pedí, lanzándolas hacia mí una vez que quedó descubierta de la cintura para abajo.

— ¿Quieres que me quite la camiseta también? — susurró, tirando juguetonamente del dobladillo y mostrándome el sujetador que combinaba con las bragas que tenía apretadas en mi puño.

— Más tarde. — Mi voz era áspera, mi cuerpo me traicionaba mientras mi polla intentaba negociar un desvío a mis planes de la tarde. — Recuéstate en la silla.

— ¿Quieres que abra las piernas? — me respondió con desdén, mostrándome una vista tentadora de su coño desnudo, pero tenía que ser fuerte, porque quería ver mi tinta en su piel más de lo que quería follármela en este momento. Por muy mal que me sintiera al rechazarla, tenía mis razones.

— No, necesito que te acuestes de espaldas, con las manos en el estómago.

Ella hizo un puchero, fingiendo bajar los dedos para tocarse, pero finalmente escuchó, soltando un profundo suspiro con las manos cruzadas sobre la camiseta que cubría su estómago. Me senté en mi taburete y me acerqué. Pasando un algodón con alcohol sobre el hueco en el lado de su cadera, esperaba que hiciera un millón de preguntas, pero ella solo observó en silencio mientras yo afeitaba los vellos finos de su piel. Sus ojos se abrieron de par en par cuando continué colocando la plantilla en su lugar y frotando cuidadosamente con movimientos firmes de mi pulgar para transferir la imagen a su piel.

Sus ojos curiosos se iluminaron mientras despegaba el papel, revelando el contorno abstracto del gatito que había dibujado en su tableta hace meses, mientras planeaba lo primero que quería tatuar en su piel.

— ¿Qué pasa con la envoltura de la pantorrilla? — preguntó, sabiendo que había pasado los últimos meses perfeccionando la ilustración de las peonías enredadas para su próximo tatuaje.

— Pensé que podría ser una buena idea empezar con algo pequeño para que sea el primero, — murmuré, desenrollando mis herramientas y colocándolas en mi carrito rodante. — Este no tomará mucho tiempo, y si decides que quieres esperar con la pieza de la pantorrilla, no tendrás un tatuaje parcialmente terminado en la pierna mientras tanto.

Ella inhaló una respiración temblorosa mientras cargaba la tinta en la aguja, suspendida sobre su cadera, mientras le daba un momento para calmarse.

— ¿Estás lista? — Pregunté, queriendo inclinarme para besar la pequeña marca temporal en su piel, pero también sabiendo que solo tendría que retrasar las cosas para desinfectar de nuevo antes de poder empezar a trabajar.

— Sí, adelante, — dijo ella, asintiendo.

— Respira hondo, gatita. Luego suéltalo lentamente.

Ella escuchó, tomando una respiración profunda antes de soltarla por la nariz, sus ojos observando mis manos mientras la aguja rozaba su piel por primera vez.

Había algo satisfactorio en saber que me había dado otro de sus primeras veces, una sonrisa tirando de mis labios mientras trabajaba. Hazel había soltado un suspiro sorprendido en las primeras punzadas de la aguja, pero luego se había derretido en la silla, mirándome marcarla con los ojos entrecerrados.

Lo que hizo que resistirme a ella fuera mucho más difícil, y para cuando alisé el vendaje transparente sobre el tatuaje del tamaño de una moneda de veinticinco centavos, me alegré de haber desalojado el edificio por la tarde.

— ¿Quieres follar aquí o en mi cama? — Pregunté, sabiendo exactamente lo excitada que se había puesto mientras la tatuaba. La tímida Hazel se habría mortificado al ver la marca húmeda en el papel debajo de sus caderas, pero la Hazel excitada simplemente sonrió cuando gruñí al verla.

— Cama, — jadeó antes de que me inclinara, besando sus labios mientras extendía la mano a ciegas para dejar mi maquina de tatuar en el carrito y me quitaba los guantes que cubrían mis manos para poder tocarla. Debería ser responsable y limpiar mi equipo, pero eso podría esperar más.

En este momento, necesitaba follarla mientras miraba la marca permanente que le había dejado en la piel. Cuando ella arrancó mi cinturón de los lazos y su mano se zambulló en mis pantalones, agarrando mi polla dura, supe que ella necesitaba lo mismo.

Con cuidado, la recogí en mis brazos, acunando su cuerpo contra mi pecho y me dirigí hacia las escaleras, deteniéndome cada pocos pasos para besarla mientras ella arañaba mi cabello.

Mis movimientos fueron intencionalmente suaves mientras la sentaba en la cama, observando cómo se quitaba la blusa y desechaba el sujetador mientras yo me arrancaba la ropa. Mientras me bajaba los boxer, calculaba las posiciones que podríamos usar para no rozar su nuevo tatuaje, pero quería ver su cara cuando se corriera. Aunque ella había llegado a apreciar el uso de las paredes durante el sexo.

Sentándome en el centro de la cama, la atraje hacia mí con cuidado, maniobrando para que se sentara sobre mis piernas con las suyas extendidas detrás de mí. Levantando una pierna y pasándola por encima de mi hombro, sonreí mientras ella jadeaba y se apoyaba con la palma de su mano en el colchón entre mis piernas.

— Qué suerte tienes de que sea tan flexible, — se rió.

Su cadera tatuada estaba recta mientras se extendía más allá de mí, pero me detuve brevemente para asegurarme de que estuviera cómoda antes de posicionarme en su entrada y animarla a levantar las caderas.

— Y aunque me encantaría doblarte como un pretzel y follarte contra el colchón ahora mismo, quiero verte usar mi polla para correrte sabiendo que tienes un recordatorio permanente de mí en tu piel.

— Qué romántico, — suspiró, bajando la mano para frotar la cabeza de mi polla contra su clítoris. Se provocó a sí misma con mi piercing antes de encajar mi polla en su entrada, deslizándola suavemente dentro de su húmedo coño. Palpitaba mientras desaparecía dentro de ella, mi profundo gemido uniéndose a su jadeante gemido mientras sus caderas se movían contra mí.

— ¿Te sientes bien, gatita? — Le pregunté, moviendo mis caderas para igualar sus movimientos, sosteniendo su pantorrilla y arrastrando mis labios por su cicatriz mientras ella me montaba con la cabeza echada hacia atrás.

— Ohh, sí, joder, — gimió, persiguiendo el climax que sabía que podía darle, inclinándose hacia atrás hasta que pude sentir mi polla golpeando el punto dentro de ella que la llevaría al borde más rápido. — Sabes que me encanta tu polla.

Hazel había sido tímida al montarme cuando empezamos a tener sexo, pero rápidamente superó sus nervios, a menudo prefiriendo verme desmoronarme debajo de ella ahora que sabía exactamente cómo controlar el ángulo para usar mi piercing a su favor.

Ella sabía que estaba irremediablemente adicto a verla correrse. Especialmente cuando estaba dentro de ella. Aunque le gustaba ponerme celoso obligándome a mirarla con un juguete hasta que no podía soportarlo más y lo lanzaba por toda la habitación antes de reemplazarlo con mi polla y mostrarle quién realmente poseía su coño.

— Te amo, — gemí en su piel mientras sentía los indicios reveladores de su orgasmo construyéndose, sus uñas clavándose en mi hombro mientras se frotaba contra mí.

Mis ojos se posaron en el pequeño gato tatuado, mi mano sosteniendo su cintura firme para evitar que lo perturbara demasiado con sus movimientos frenéticos.

— También te amo, — gimió, con la cabeza inclinada hacia atrás y una expresión de éxtasis pintada en sus delicadas facciones mientras la levantaba sobre mis caderas. — Oh, joder, estoy cerca.

Gimiendo, empujé más fuerte, tirando de sus caderas hacia las mías, observando cómo un rubor recorría sus pechos y subía por su cuello antes de sentirla finalmente llegar con un fuerte gemido. La seguí momentos después, pulsando dentro de ella mientras ella jadeaba mi nombre.

Sus ojos encontraron los míos con una sonrisa satisfecha antes de que girara el hombro, cayendo de nuevo sobre el colchón entre mis piernas con una risita.

— Entonces, ¿te gusta tu nuevo gatito, gatita? — Me reí, frotando mi pulgar a lo largo del borde del papel transparente, teniendo cuidado de no hacerle daño.

— No se te permite tatuar más a mujeres, — se rió, girando la cabeza hacia un lado, su cabello era un caos contra las sábanas arrugadas. — Porque era irreal lo cachonda que me ponía eso.

— No estoy interesado en follar a nadie más que a ti después de una sesión, — reí, levantando sus caderas a regañadientes y deslizándome fuera de debajo de ellas. Se acurrucó en mi pecho después de que me estirara sobre el colchón junto a ella, sus dedos trazando la tinta oscura sobre mi pectoral.

Había hecho que Gray me tatuara un pequeño gatito a juego en tinta blanca sobre mi corazón, que casi se mezclaba con mi tono de piel, hace casi un mes, dándome la lata todo el tiempo. Afortunadamente, coincidió con el viaje de Hazel a Boston para reunirse en persona con el editor y finalizar el diseño de la portada. Se había curado lo suficiente para cuando ella regresó, y aún no se había dado cuenta.

Atrapando sus dedos, los moví al centro de mi pecho, sosteniendo su dedo mientras lo usaba para trazar la forma, observando con una suave sonrisa mientras ella notaba la marca tenue, sus ojos encontrándose con los míos mientras su barbilla temblaba.

— ¿Por mí? — preguntó, con los ojos llenos de emoción.

— No, — bromeé. — Es para esa otra señora de los gatos que vive al otro lado del callejón.

— Que te jodan, — se rió, empujando contra mi pecho, pero cuando mis labios se aplastaron contra su frente, me dejó acercarla para respirar su aroma. — Ya no vive allí.

— Mmm, — murmuré, sonriendo contra su piel. — Me alegra que finalmente haya recuperado el juicio y se haya hecho cargo de mi apartamento.

— Yo también. — Su voz era suave mientras su yema del dedo volvía a trazar la marca en mi pecho.

Hazel seguía trabajando en el espacio sobre el bar, y a veces nos quedábamos allí después de sus turnos esporádicos si estábamos demasiado cansados para volver a casa. Pero en el último mes, la mayoría de su ropa había migrado a mi armario, y su caos se había extendido por la mayoría de las superficies planas del apartamento. No me importaba, sin embargo, porque significaba que podía volver a casa con ella cada noche.

— Deberíamos vestirnos antes de que lleguen los niños, — susurró, inclinándose para besar la piel sobre mi corazón.

— Sí, ya que se supone que debemos comportarnos responsablemente. Probablemente no sea una buena idea corromper sus jóvenes mentes dejándolos atraparte devorando a tu novia con la que vives arriba de la tienda.

Hazel se había lanzado de lleno para ayudarme a planificar y promocionar los talleres de verano que había mencionado como Siete. Incluso había conseguido que algunas de las empresas de suministros de arte que ahora le patrocinaban en las redes sociales donaran los materiales que necesitábamos.

Habíamos publicitado el programa en las dos escuelas secundarias locales, los profesores de arte nominando a los estudiantes para participar. Incluso se estaba planeando un conjunto de talleres para las vacaciones de invierno del próximo año porque habíamos terminado con una lista de espera de estudiantes que querían asistir.

Casi estaban más emocionados que yo cuando se enteraron de que uno de sus mentores iba a tener su trabajo en la portada de un libro distribuido internacionalmente.

— Tienes que ir a buscar el libro para mostrárselo. — Levantándome, crucé hacia donde había dejado mi ropa, vistiéndome rápidamente antes de desaparecer en mi armario y agarrar un vestido de verano largo para que Hazel se lo pusiera. Aunque no me gustaba la idea de que no llevara bragas alrededor de un grupo de chicos adolescentes llenos de hormonas durante unas horas, el vestido era suelto y largo, así que no lo sabrían.

Hazel gemía, finalmente sentándose para que pudiera volver a ponerle el sujetador, dejando un beso en su hombro mientras lo cerraba en la parte de atrás. Levantó los brazos y observó con ojos divertidos mientras le ponía el vestido por la cabeza, alisándolo cuidadosamente una vez que la hice ponerse de pie frente a mí.

— Eres un buen partido, Sr. Harding, — murmuró, apoyando su mejilla contra mi pecho. — Qué buen chico.

— Solo me alegra que me hayas dejado atraparte. — Envolviéndola con mis brazos, la abracé con fuerza, agradecido de que a pesar de mis travesuras inusuales y arriesgadas que ponían en peligro nuestra relación, me hubiera dado una oportunidad para ganarme su corazón.

— Eres un poco difícil de resistir.

EL FIN

También escrito por E.L. KOSLO

En Español:

Secuestro Accidental (Amazon)

Libro uno de the Masked Men of Sage Springs Series
Hudson and Charley
Vista previa de Secuestro Accidental: https://BookHip.com/JDZLPZX

Illustración Traviesa (Amazon)

Libro dos de the Masked Men of Sage Springs Series
Reid and Hazel
Vista previa de Ilustración Traviesa: https://BookHip.com/CKMNCVA
.

En Inglés:

Foreplay on Words (Amazon)

Libro uno de The Dirty Words Series
Evan and Chase
Vista previa de Foreplay on Words: https://BookHip.com/WCJHJGA

Mark my Words (Amazon)

Libro dos de The Dirty Words Series
Sam and Kristine
Vista previa de Mark my Words: https://BookHip.com/QHWGXTZ

Bound by Words (Amazon)

Libro tres de The Dirty Words Series
Nathan and Kelly
Vista previa de Bound by Words: https://BookHip.com/NRRHRBN
.

More Than Words (Amazon)

Libro cuatro of The Dirty Words Series
Adrian and Isobel
Vista previa de More Than Words: https://BookHip.com/TARMSTL

Accidental Abduction (Amazon)

Libro uno de the Masked Men of Sage Springs Series
Hudson and Charley
Vista previa de Accidental Abduction: https://bookhip.com/CDPWXAB

Illicit Illustration (Amazon)

Libro dos de the Masked Men of Sage Springs Series
Reid and Hazel
Vista previa de Illicit Illustration: https://bookhip.com/CDPWXAB

Smokin' Situation (Amazon)

Libro tres de the Masked Men of Sage Springs Series
Annie and Tristan
Vista previa de Smokin' Situation: https://bookhip.com/FCDAKTZ

The Midnight Voyeur (Amazon)

Ginny
Vista previa de The Midnight Voyeur: https://BookHip.com/SZXGKKQ

The Mystery Correspondent (Amazon)

Ryder and Stella
Vista previa de The Mystery Correspondent: https://BookHip.com/XPBVAMB

Redes Sociales

Página web (en inglés): ELKoslo.com

Instagram: @elkoslo_writes
Threads: @elkoslo_writes
TikTok: @elkoslowrites & @elkosloauthor

Facebook: E.L. Koslo
EL Koslo Romance Writer
E.L. Koslo's Dirty Words Brigade

Pinterest: @elkoslo

X: @ELKoslo
BlueSky: https://bsky.app/profile/elkoslowrites.bsky.social

Amazon: amazon.com/author/e.l.koslo

Linktree: linktr.ee.Elkoslo

Newsletter: https://elkoslo.beehiiv.com/

Sobre la
E.L. KOSLO

ENCUENTRA LO DIVERTIDO EN tu vida.

E.L. escribe comedias románticas picantes con una variedad de héroes de rollos de canela y heroínas fuertes. Creció en el medio oeste de los Estados Unidos, se casó con su novio de la universidad, ahora vive en uno de esos estados con sus cuatro enérgicos hijos y su compañero de escritura y perra apoyo emocional, Bernedoodle, Quinn. Las bromas y la vergüenza de segunda mano son su mermelada, así que prepárate para reírte con o de sus personajes.

Sus novelas combinan su amor por el romance tórrido, los protagonistas torpes pero adorables y las heroínas testarudas con una pizca de humor y un poco de picante.

www.ingramcontent.com/pod-product-compliance
Lightning Source LLC
Chambersburg PA
CBHW020412260626
47156CB00007B/2346